阪田寛夫の世界

谷 悦子
Tani Etsuko

和泉選書

表紙カバー／まど・みちお「5月の風」(1961年10月)
扉絵／まど・みちお「少女の顔」(1961年8月)
周南市美術博物館所蔵

自宅周辺（東京都中野区白鷺）を散歩する阪田氏
2001年頃　内山 繁氏撮影　「サライ」8（小学館）より

左の3人は大中寅二夫妻と恩氏、中央は母と阪田氏、右へ姉、祖母、父、兄
（1926年、大阪にて）

左から阪田氏、長女 啓子さん、次女 なつめさん（芸名 大浦みずき）、
妻 豊《とよ》さん。なつめさんが宝塚に入団して2年目の1975年頃。

「21世紀に残す、ステキな童謡の世界
藤田圭雄先生追悼」で、『あおくんときいろちゃん』
（藤田圭雄訳）を紹介する阪田氏
（2000年10月28日（土） 於：大阪国際児童文学館）

児童文学特別講座「童謡史の
新しい頁を拓く」終了後。
阪田寛夫氏と藤田圭雄氏と
著者および 梅花女子大学
谷ゼミの学生たち
（1992年12月20日（日）
於：大阪国際児童文学館）

シンポジウム「まど・みちおの世界」終了後。 前列まど・みちお氏、後列左から著者、
シンポジウムの出演者　谷川俊太郎氏、安野光雅氏、阪田寛夫氏、長田暁二氏
（1992年11月7日　於：徳山市文化会館　平野重男氏撮影）

「梅花学園学園歌」の直筆稿

梅花学園　学園歌

―此の花に寄す―

林一夫の詩より

阪田寛夫

むかし浪花の甍《いらか》のかげに

梅の園生《そのう》を夢見た保羅《ぽうろ》

風は立ち

時流れても

香りはさやに

あたらしく

いのちの朝のいまここに

光に歩む　梅花学園

北の山べに瞳上げれば

瑠璃《るり》の空より光は降《くだ》る

つどう友

心ひとつに

恵みをうけて

つつましく

初花白くいま薫れ

誇は高く　梅花学園

道は涯なく嵐吹くとも

神の光にのびゆく若木

ねがわくは

この花ひとつ

小暗い夜《よる》の

明け星と

かがやくことをいま祈る

望は永久《とわ》に　梅花学園

目次

第一章　闇を劈《ひら》く光……3
一　摂理──母の信仰　3
二　「光」を希求する梅花学園学園歌　21
三　絵本『ひかりが　いった』　31
第二章　「歌の根っこ」にあるナンセンス……37
一　幼年期の歌──父の音楽　37
二　常識（センス）の転倒　47
三　でてくる童謡　58
第三章　「音楽のわかる詩人」の童謡観……67
一　日本童謡史における位置　67
二　童謡観──童謡とは？　74
三　未刊の『童謡十夜』　91
「童謡の天体　～お話と歌でたどる童謡唱歌史～」総目次　98

第四章　時空を越える幻想……111
一　シュールな映像性　111
二　〈夕陽と桜〉の夢幻世界　123
三　絵本『サンタかな　ちがうかな』　130
第五章　多面体で描かれた子どもの心と言葉……143
一　潑剌とした子ども　143
二　「種々の複雑相」をもつ子ども　151
三　まど・みちお、谷川俊太郎との比較　169
第六章　短編童話集『桃次郎』と長編童話『ほらふき金さん』……175
一　現代児童文学の動向　175
二　『桃次郎』――視点と語りを中心に　185
三　『ほらふき金さん』――おかしくてかなしい世界　202

第七章　文学散歩と卒業論文……219
一　文学散歩――関わりのあった人々　219
二　高知高等学校から東京大学へ　241
三　卒業論文「明治初期プロテスタントの思想的立場」　247
付録　文庫解説・書評・解題他……259
・『まどさん』（ちくま文庫　一九九三年）解説　259
・『まどさん』（新潮社　一九八五年）書評　264
・『童謡の天体』（新潮社　一九九六年）書評　266
・小学校教科書（二〇〇六年度版）掲載　阪田寛夫作品　268
・『サッちゃん』（国土社　一九七五年）解題　269
・追悼　阪田寛夫先生　271
・阪田寛夫著作と受賞一覧　275
・略年譜と文学散歩地図　283
あとがき……289

阪田寛夫の世界

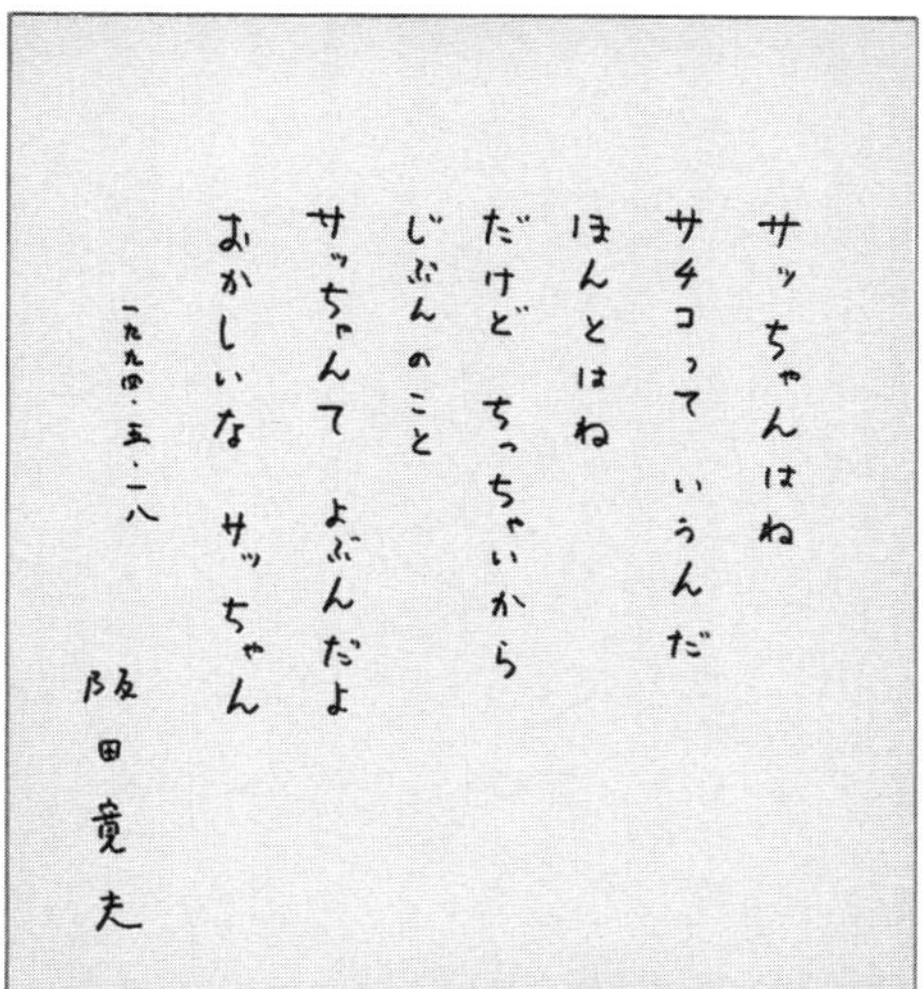
サッちゃんはね
サチコって いうんだ
ほんとはね
だけど ちっちゃいから
じぶんのこと
サッちゃんて よぶんだよ
おかしいな サッちゃん

一九九四・五・一八

阪田寛夫

第一章　闇を劈《ひら》く光

一　摂理――母の信仰

キリスト無くば／キリスト教無く
キリスト教無くば／洋学校無く
洋学校無くば／宮川無く
宮川無くんば／おれも無し

熊本洋学校に学び、教師ジェーンズの感化で受洗した宮川經輝《つねてる》の評伝小説『花陵』（文藝春秋　一九七七年）の中で、阪田寛夫はこう記し、さらに次のように語っている。

洋学校なくば宮川無く、は問題ないが、薬売りの効能書きはここで突然人間くさくなる。宮川經輝が大牧師として名を馳せていた明治三十年代に、中学生だった私の父と女学生の私の母が同じ大阪教会に通いだした。どのようにして知り合ったか詳しくは聞いておかなかったが、彼と彼女が一つの教会に落ち合わなければ私の生れ方は違っていたわけだ。それだけではない。

牧師の四女増世さんの想い出話によると、小学生の頃大阪玉造の牧師宅へ、私の母方の祖母が娘の縁談の相談に来たそうだ。この祖母は士族の娘で、のち私の家ではわがまま婆さんで通った人だが、宮川家では正直な人だと評判がよかったらしい。彼女は長男をなくしたのが機縁で宮川牧師の教会へ通いだし、その頃は執事（信徒の役員）の一人に選ばれていた。

縁談は二つあって、どちらも相手は大阪教会員であった。一つは古い家柄の人で、祖母はこちらを選びたかったらしい。もう一口が私の父であった。祖母の口からその名前が出たとたんに宮川牧師は大声で、

「阪田君賛成！」

と言った。それで決まった。増世さんは縁側で小さな妹と遊びながら、座敷の中の成行きを興味津々という感じで聞きとった。

そこで、「宮川無くんば、おれは無《（ママ）》し」となるのである。しかし、この言葉の鎖の、はじめと終りを残して間をつめれば、／「キリスト無くば、おれは無《（ママ）》し」／になってしまう。（一三四～一三八頁）

父の阪田素夫《もとお》は、中学二年の時クリスチャンの友人に誘われて江戸堀のキリスト教会の牧師宅に遊びに行き、「体がうずくような西洋の匂い」と出会った。そして、「此のホームこそ清潔なる花園なり」「而して、花園を支うる二本の柱は何ぞ。一は愛也。他は音楽也。ああ、日本の道徳改革は家庭《ホーム》の建設より始めざるべけんや」[1]と教会へ通い始め、一九〇四（明治三七）年に大阪教会牧師の宮川経輝から受洗。東京高等工業学校を卒業後、家業の新聞インキ製造業を継ぎ、株式会社阪田商会をはじめ関連会社の社長や重役を歴任する一方、教会音楽の育成に情熱を注いだ。また、南大阪教会、大和教会の創立に参与した。母の京《きょう》は一九〇六（明治三九）年に東京から大阪に転居し、翌年、宮川牧師から受洗している。[2]大中寅二（「椰子の実」の作曲者）は弟である。「明治の末にはまだ珍しい女専出の、ハイカラな家庭の娘で」オルガンを上手に奏した。二人は聖歌隊の活動を通して結ばれたようだ。

> 毎日曜朝三十分間、私の父は大きなタクトを振り、大きな声で叱咤激励しながら、信者たちの心の中から古い悪い音楽の亡霊を追い出すために奮闘努力した。この啓蒙活動に共鳴し、全面的に協力したのがオルガニストの杏子であった。杏子は京都の女専の英文科に通っていたが、彼女は彼女で、かねて教会の讃美歌の伴奏を弾きながら信者たちのリズム感の欠如に業を煮やしていたのであった。（中略）こうして二人は火のような情熱をもって改革運動を始めた（中略）その夏、父は杏子と結婚したいという希望を両親に打明けた。（『土の器』一六～一七頁）

阪田寛夫は、一九二五（大正一四）年十月十八日に、大阪市住吉区天王寺町二二七九番地（現在の阿部野区松崎町三丁目一六番八号）に生まれている。その前年、南大阪教会は、「大正十三年十二月のクリスマスに現在の松崎町に借家をして最初の集会所ができ」、「阪南町の会堂は、昭和三年に完成しましたが、教会が独立したのは仮会堂（松崎町）時代の大正十五年」[3]であった。仮会堂から四、五百メートル離れた所に、大阪教会が「牧師に邸宅を寄贈した時に、父はわざわざ隣に土地を買って同じような家を建て」、「いつも何が何でも宮川先生という態度で」、「他人には、宮川先生の永久の玄関番になるのだと父は広言していたらしい」（『花陵』）。姉の「温子《はるこ》」と「寛夫《ひろお》」の名付け親は宮川經輝で、子ども時代、隣家の「宮川おじいちゃん」に遊んでもらいに行くこともしばしばあった。「両親は熱心なキリスト教徒かつ音楽好きで、大正時代から昭和三十年頃まで毎週木曜日の夜は自宅の『応接間』が教会の聖歌隊の練習場になった」（『わが町』「年譜」講談社）。こういった環境の中で、自然の成り行きとして一九三九年六月、十三歳の時に、南大阪教会で大下角一牧師から洗礼を受けている。けれども、一九六〇年以降の活発な執筆活動の中で、阪田は自分がキリスト教徒であることをくり返し否定的に語っている。以下に引用する文の冒頭（　）の部分は筆者による要約である。

（受洗したのは）兄も姉もそのくらいの年に洗礼を受けたから、半ば義務として申し出た。国家主義の風潮が強まり、キリスト教徒は非国民扱いをされたので、外に向ってはキリスト教徒たることをひたかくしにかくし、内に向っては好色であることをかくした。（『わが町』二二三頁）

戦争中は非国民と言われるのがいやで隠したのだし、戦後は流行に乗りそびれた形で、時たま聖歌隊に遊びに行くだけだから、いずれにしても「私はキリスト教徒です」と人に言ったことはなかった。もとより言う資格も無いのである。（『花陵』七五頁）

（遠藤周作夫妻らとイスラエルへ旅行の折）私のみは非信者だ。非カトリックのみならず非クリスチャンという意味である。／しかし、これがまた、そうは判然と言いきれぬところがある。私はキリスト教徒の両親を持ち、中学時代にプロテスタント教会で洗礼を受けている。教会にご無沙汰しているけれども、まだ洗礼の取消し（そんなものがあるかどうか）は受けていないし、自分で無宗教の方針をしかと定めたわけでもない。だから、イスラエルへ行くと聞いて、知人のなかには、／「巡礼ですか？」／と訊ねた人もいる。そう言われると、なぜか屈辱的な感じで、／「いや、ただ見に行くだけです」／と、むきになって訂正した次第であった。／四国遍路に行ったことがある。（中略）思うに、四国の場合は、しょせん偽者であって、お大師さんとは意識の深みに於て殆どつながりがなかったから、何と呼ばれようと平気でおれたのだろう。キリスト教の方には、縁もゆかりも恨みもつらみもあり過ぎて、歪んだコンプレックスが抜けない所から、むきになったり反撥したのだろう。（「中途半端」『燭台つきのピアノ』一一～一二頁）

（高知高等学校文科に在学中）高知帯屋町のキリスト教会の小さな和室で開かれた「新入生歓迎会」に連れて行かれ、一番恐れていたことをさせられた。一人ずつ自分の信仰について話すことになったのである。／私は先ず自分がキリスト教徒の家に生まれついた宿命をのべた。いやおうなしに教会へ通わされたこと。感激もなしに着せられた肉のシャツみたいなもので、「アーメン」「非国民」と言われるたびに脱ぎたく思い、また心に卑しいことを思い浮かべるたびにますます卑屈に心が内向した云々と。(「運命と摂理」前掲書　二〇頁)

阪田がキリスト教徒であることを、執拗に否定的に語るのはなぜだろうか。信仰は魂の最も内なる渇望(叫び)から生まれる。それが、縁とゆかりの網目にからめとられ、脱げない、けれども着心地のよくないシャツとして着せられてしまったことへの恨みつらみ。とともに、非クリスチャンと判然と言いきれず、無宗教の方針もしかと定め得ないところに、「キリスト無くば、おれは無し」という思いが意識の深みに潜んでいる。「キリスト教徒です」と言ったこともなければ言う資格もないという阪田の言葉は、反語的にキリスト教徒のあるべき姿を実体において模索しているといえよう。

阪田は身近な人々を題材にした小説を数多く書いているが、その中で「キリスト教徒とは? 信仰とは?」を問い続けているように見える。父を描いた「音楽入門」(『土の器』文藝春秋　一九七五年)に次のような一節がある。

小学生の私にとって、最も辛いのは両親とピクニックに行くことであった。父も母もピクニックを好み、しばしば家族連れでサンドイッチを持参して野山を跋渉した。特に彼らは瓢簞山という小山を好んでいた。両親と私たち子供は瓢簞山の中腹で讃美歌を合唱してからサンドイッチを食べた。それが苦の種だった。

いかに丘の上であろうと、讃美歌を合唱すると、必ず人が見にくるのである。父も母も、もともと声が大きい上に、野外だとますます声をはげまして歌った。歌いながら私はまっさきに気配に気付いた。大ていうしろの灌木の茂みから十二もの眼玉がこちらを凝視しているのである。附近に働く農家の人と、その子供たちだ。

異教徒たちの射すような眼が恐ろしく、私は黙ってしまう。しかし、母は決してそれを許さなかった。彼女は私を叱りつけ、かつて江戸堀の教会で歌ったように天にひびく声で誇らかに歌いつづけながら、立木の枝をひき裂いて私の膝の裏を激しく打った。

父や母にとって新時代の旗印であったキリスト教、讃美歌、西洋音楽などというものは、私にとって近所迷惑な厄介物にすぎない。そこの所が父母には理解できなかった様だ。（二一六～二一七頁）

「シナ事変が始まって国粋主義が貴ばれ」「人前でうっかり讃美歌をうたうと、たちまち『アーメン！』と野次られる時勢」に、多感な年頃に入りかけていた子どもにとって、こういった体験は内面に深い屈折（歪んだコンプレックス）を作ることになった。武田友寿は、『日本のキリスト者作家たち』（教文館　一九七四年）でこの部分を取り上げて、「ここにみられるのは『異和感』というよりも『嫌悪感』といっていいものだろう。それは、キリスト教そのものよりも、公衆の面前にひけらかす父母のキリスト教に対する激しい嫌悪感なのである。つまり、『私』の家庭のキリスト教の軽薄さに対する嫌悪と羞恥にほかならない」といい、「音楽入門」について次のように評している。

母の闘病にしろ、父の臨終にしろ、死と闘う彼らには、あれほど心酔したキリスト教も西洋音楽趣味もまったく生きていない。死を予感した父が子孫に残そうとした最後のものが「故郷の子守唄」であり、死を克服するために母の信頼したものが「日本的精神療法」であり、喘息止め吸入器という「物」であった。（中略）ぼくらは、ここに何をみるだろうか。むずかしいことをいえば、近代日本に受容されたキリスト教（西洋音楽もふくめて）の根なし草的運命をみることができるかもしれない。あるいは、死に対面した人間にとってのキリスト教の非力さをみとどけることもできるにちがいない。その二つとも、『音楽入門』は語っているであろう。だが、作者・阪田寛夫氏がこの作品の基調においたものは、そのようなキリスト教を示すことではなかった。（中略）キリスト教とは自己変革をもたらすものでなければならず、その人の生涯を貫き通すだけの強靭な姿勢をもつものでなければならない。氏は、そのようなキリスト教を、『音楽入門』を書くことで確認しようとしていたのである。（一六四～一六五頁）

「音楽入門」の中で阪田は、キリスト教界の有力な信徒であり聖歌隊の熱心な推進者であった父を、清貧の中で聖曲を作り続けた叔父の大中寅二に、「キリスト教界のボスになっとる」「本当の音楽と縁の遠いやつ」だと言わせている。キリスト教が個の内面の深部に根をおろし得ていないことに、批判の眼差を向けているのである。が、その背後には、キリスト教徒（信仰）のあるべき姿を求めている作者がいるといえよう。

阪田寛夫は、東京大学在学中、最初は音楽を志して美学科に入ったが、耳を悪くして国史学科に転科している。それは、「美学では卒業できる見込がなかったからだが、キリスト教や近代を受けつけようとしない日本の歴史の構造を人生の入口で一度しっかり調べておこうとも考えた」からだ。卒業論文は、「明治初期プロテスタントの思想的立場」というテーマで、宮川經輝とその仲間の国家主義について論じた。それをさらに発展させたのが宮川經輝の評伝小説『花陵』である。「明治九年一月三十日、熊本洋学校生徒の有志三十数名は熊本市の西、花岡山頂上に集り、キリスト教を奉じて国家に尽そうという趣旨の奉教趣意書を朗読し、信仰を誓った」のであるが、その筆頭署名者が宮川經輝であった。卒論に取り組む過程でこの奉教趣意書を読んだ阪田は、「自分はキリスト教徒でないという自覚を持っていたにもかかわらず、熊本バンドの人々に対して」次に記すような「矛盾に満ちた怒り」を発している。

「個人に於ける罪の自覚――キリストによる救い」を根本とするのがキリスト教のあるべき姿であった。ところが花岡山に登った宮川經輝以下の連中は、誰ひとり自分の正しさを疑ったりしていないのである。／私が旧憲法下の「平民」であるせいだと思われても仕方がないが、彼らが一人残らず武士や郷士の息子であるのも気に食わなかった。「士族」の優越感をそのまま露呈しているのが腹が立った。おのれを正しとする人間が、愚かな民百姓どもを教え導いてやらなければと、文字通り高い所から叫んでいるのが花岡山の誓いだった。これこそイエスが最も果敢に攻撃を加えた相手ではないか、と思った。そう思って彼らを責める私自身が、また自分の正しさを疑っていないのだから滑稽なのだが（『花陵』八一〜八二頁）

そして「稚い論文の序言」からの引用と断って、自身の見解を述べている。

「故に、明治初年、外国人宣教師の手によって積極的にプロテスタンティズムの伝道が始められた時、逸早くこの教説に触れた極く少数の日本人が、〈個人に於ける罪の自覚――キリストによる救い〉を根本とする外来の宗教を、自分達の立場から受容れ、そして自分たちの目的観に適合させ乍らこの異質的な土壌に移植してゆく、その過程を見つめる事によって、西欧的なものと日本的なもの――即ち近代的な意識とまだ充分近代化されない遅れた意識とがどの様に対立し、そして又調和されて行ったかを考えてみたい」（『花陵』八二〜八三頁）

阪田は、明治以降の日本におけるキリスト教の受容を、近代的な意識としての個我の目覚め（内面の深化）の問題として捉えようとしていたことが窺える。キリスト教徒のあるべき姿の根底に〈個人に於ける罪の自覚――キリストによる救い〉を置いているが、それは〈個我の最も内面的な魂の葛藤・絶望の果ての救い〉を渇望することに他ならない。

が、熊本バンドの教派（宮川經輝や阪田の父もそこに属していた）は、信仰と国家意識を結合させ、「国家主義の方へ、キリスト教を合わせて枉げて行った。」「昭和十三年の紀元節を期して（中略）国民精神総動員週間に協賛して、大阪の中央公会堂で、『報国大講演会』を開いた」りもしている。キリスト教徒の大人たちが国家主義と軌を一にしつつある頃、住吉中学校（現住吉高等学校）に入学したばかりの感じ易い少年であった阪田は、「非国民、アーメン」といわれるたびにキリスト教徒であることに心を鬱屈させていた。そして、「戦後は熊本バンドの国家主義が気にかかり、またごく最近はその熊本バンドのキリスト観が異端に近いことにはじめて気がついて、その影響下にある自分というものを、あらためて見直し」始める。さらに、義父（妻の父）の評伝『背教』（文藝春秋　一九六七年）では、常に自分の正しさを疑わず、日曜学校の校長まで務めながら、子どもの死をきっかけに、キリスト教を仏教や神道と折衷した日本主義の新興宗教に入って行った人物を描いている。その主人公は子どものように無邪気で開放的な性格の故に、「キリスト教をすてたという罪の意識が皆無」で、意識が徹底して欠如しており、「近代日本人のひとつの象徴的な姿」に重なると、古屋健三は「死と時間」（『文学界』文藝春秋　一九七六年六月）で評している。

阪田は、「キリスト教が曲がって行くことが気になって、」「批判をすればその反面、刃はこちらにも向ってきまして、やはり自分自身を検証するというか、ただすということを小説の中でせざるを得なくなりました」(4)と語っている。身近な人々のキリスト教徒としてのあり方とその影響下に生きてきた自分を考える時、阪田の内部には幾重にも屈折した思いがあり、キリスト教徒であることにこだわる背景は複雑に絡みあっているといえよう。

しかし、母を描いた「土の器」(一九七五年に第七十二回芥川賞受賞)で、阪田は一条の光を見出している。身近な人々の中でも、母親は阪田に最も強い影響力を及ぼした人だ。瓢簞山のピクニック(前掲「音楽入門」)で、母が木の枝をひき裂いて讃美歌を歌おうとしない息子の膝の裏を打つ場面は象徴的だ。母は常に「威のある声」で「惰弱な息子」を打ったのである。

この声が私は昔から苦手だった。母は柔弱な私を鍛えようと考えて、いつも二町四方はとどろくような声で私の名を呼んだ。その声で撃たれると卑しい自分がよけい卑しく思われ、世界は色彩を失って黒い冬枯の林のように見えた。そして母が怒れば怒るほど、私はとめどなく卑屈になった。(『土の器』一〇八頁)

阪田家の「日常の禁忌を司る裁き人は母親」で、「私の犯すあらゆるけちな悪事を、キリスト教の名に於いて叱責した。」阪田寛夫が「内には好色であることをかくした」というのは、母を畏怖し、自分を卑屈に思う気持ちが強かったからであろう。子ども時代の阪田は、「キリスト教」の名の下に家の外と内とで心を萎縮させられ、内面が深く傷ついていたわけだ。その母は「人のためになりふりかまわず働く反面、妙に高踏的な側面があった。母は姉に対して『ピアノのけいこをしなさい』という代りに、〳〵『プラクティスなさい！』〳〵と言った。気の毒な私の姉は、そのためによけいピアノを恐れるようになった。これから『プラクティス』させられる燭台つきのピアノが、彼女には恐らく無慈悲な冷蔵庫のように見えていたに違いない」[5]と描いた姉の立場は、そのまま阪田自身のものでもあった。そしてピアノを冷蔵庫に比喩するところに阪田らしいおかしみが潜んでいる。

母の京は、ウヰルミナ女学校（現大阪女学院）を出た後、同志社女子専門学校の英文科を卒業している。早くから社会奉仕活動や青少年教育に関心をもち、大阪キリスト教女子青年会（ＹＷＣＡ）の幹部委員や、排酒・純潔・世界平和を三大目標にする日本基督教婦人矯風会の副会頭を勤めた人だ。[6]「昔から母は身なりをかまわないのがトレード・マーク」で、「化粧はしないし、年中同じ着物に自分で工夫した『ひっつけ帯』を巻き、裾を蹴り上げてキリスト教の仕事と病人の世話にかけ廻っていた」。それに対し、嫂は、「お洒落だの他人の噂だの、目の前の些細なことに一喜一憂する当り前の人間の気持というものを最初から認めず、厳しく拒む母の生き方は、要するに自分の中にあるあらゆる弱いもの汚いものを見るまい見せるまいとするヴァニティ、我の強さの別名に過ぎぬ」と見ていた。そして「真面目だが現実的なキリスト教徒である兄夫婦」は、「何とかこういう『ヴァニティ』の皮を剝ぎとって、煩悩をありのまま発散する普遍の人間にかえしたい」と考えていた。

ところが、その母は一九七三年に八十歳で膵臓癌にかかり、心や肉体を圧倒するすさまじい痛みと苦しみの中で痛みどめの麻薬注射に頼るようになると、「人間からグロテスクな物に変り始め」る。

六十何年大阪に住んでも東京弁を使い、西洋音楽好きで、「いい格好」をし続けてきた母が、「あーしんどお！」と大阪弁の胴間声で叫び、調子の外れたひきつった地声で「行けども……／行けども……／ただ砂原……」（「やけたる砂原いたむ裸足、渇きのきわみに絶ゆる生命」と続く讃美歌）を呟くように歌う。羞恥心がなくなり「別の人」になってしまうのである。〈病〉という意志を超えた力によって、母の「ヴァニティ」は打ち砕かれたのだ。延命のためのパイプをつながれ、「惨憺たる人間濾過器」に変貌していく母の姿に耐えかねた阪田は、思わず祈る。内なる呻きを言葉にする。

その朝ひとり夙川へ戻り、無人の家の広い居間の絨緞にパンツ一つで坐っているうちに、どうしてもここで神に祈らずにはおれなくなった。正確には母の神さまに、である。グランドピアノの腹の下に頭をつっこむように、——母が私の家のソファ・ベッドでちんまり坐って手を組み合わせた時と同じ格好をして始めたのだが、言葉の方は「天に在《い》ます父よ」という風にはいかなかった。形を履まないからいきなり「こんなに最後の最後まで苦しみばかりでかわいそうです」と祈るよりは糺す調子になってしまった。私は思い直して、「何か最後に母に喜びを与えて下さい」と頼み、それからつけ加えて（あとになって困るとも思わずに）、／「私はもう神を否定するようなことを喋ったり書いたりしません」／と言った。（『土の器』一五〇～一五一頁）

深刻さの極まった場面を、パンツ一枚でピアノの下に頭をつっこんで「母の神さまに」祈るという風に描くところに、阪田らしい滑稽性（笑い）があるが、「土の器」のモチーフは、「最後まで苦しみばかりでかわいそう」という点にあった。眠るように大往生する人もいるのに、これでは「葡萄園の譬えで言えば、一番早くから働いていた者が、夕方になって金をもらう代りに、いきなり鞭で打たれるようなもの」だという思いが阪田にはあった。葡萄園の譬えとは、「マタイによる福音書」第二〇章一節～一六節の、イエスが天国について語る部分である。体の具合がさほど悪化していなかった死の一年ほど前に、母の京は次のような文章（前掲書）を書いている。

「老いのあり方について最近私が教えられたのは、死というものをいやなものと思わぬ事です。十字架の上でイエス様は『わが神わが神、なにゆえわたしを捨てられるのですか』とおっしゃった。その聖句はイエス様の苦しみを描き出して居ます。しかも、父なる神の愛と力とを明かにうつし出して居ます。周囲のものも、死ぬ人の為に、死をおそれてはいけない。本人にとってはそれは真実の、之にまさるものなき平安である事を深く信じましょう。人生はすぎ行かねばならないように出来て居る。その為に神様は或は病気を、又死を与えて転機を備えて下さる。私はこの事を教えて頂いて眼が開けて、人生がより合理的に見え感謝にみちています」（一三二頁）

また別の処では、「困ったらいけないのです。四方から艱難を受けても窮しない、途方にくれても行き詰まらない、之はパウロの声です。私たちはこの土の器の中に神から与えられた宝を持っているのです」とも記している。このように言明した一年後に死ぬまで激痛が続く苛酷な運命に襲われたわけだが、「母が果たしてそれも『摂理』だと享受したかどうか」[7]。元気だった時に言っていたように「老も、病も、死も、すべて神備えたもう道」として受け入れたのかどうか。そのことを探ることが「土の器」のモチーフであった。

阪田のこの問いに、パイプで生かされているだけで人間としての会話も成立しなくなった母親は、二つの不思議な動作によって答える。その一つは、唇だけをかすかに動かして「どうもありがとう」をくり返すことであった。阪田は最初これを自分たち周囲の者に言っている言葉と解するが、後に次のように認識する。

窓の外につむじ風が巻いている。暗い扁平な月が中空にあり、風と葉鳴りと土煙の中に、とつぜん隣家の屋根の蔭から白い恐ろしげなものが飛び立った。たぶん大きな鳥だったと思うが、西の方の、湧き立っている闇の空へ瞬時に消えた。

また風だ。ポプラの木々が大きく揺らいでいる。あの時、――浄福が来たと思った夜、母に「ありがとうございます」と言われて感激してしまったが、母は（私がそう信じこんでいたように）本当に私や家族に向けてあれを言ったのだろうか。あのメッセージを本当に投げかけようとした相手というのは、もっとずっと遠くにいたのに、たまたま目の前にいた自分と同じようなもろい素焼きの器たちが、間違えてあわてて受けとめてしまったのではないか。

母があの時見ていたのは、たとえばこの闇や狂風や黒い地塊や、それらをひっくるめた根元の地軸をいま傾けつつある何か、ではなかったか。（『土の器』一六四頁）

「ありがとう」のメッセージは、母自身がいま遭遇している現実の闇と狂風をつきぬけて、はるか彼方に存在する者に向けて発せられていたと、阪田は推測する。それは、入院直前に、母親が明るい朝の部屋で自足して、旧約聖書の詩篇第七五篇「神よ、われらはあなたに感謝します。／われらは感謝します／われらはあなたのみ名を呼び、／あなたのくすしきみわざを語ります。」を読んでいたことと照応している。

もう一つの不思議な動作は、他人の目には昏睡としか映らない「笑い」である。

状態が悪くなり、痛みの度合いがひどくなってから、母の笑いが花のように深くしずかになった。痛みのない時、掛け布団なしでころんと横向いて誰かの手につかまっている母は、天から飛んで来て疲れて昼寝している天使の子のように見えることがあった。どうかした拍子に目があって笑い返されると、それだけでもう何もいらないという気持ちになった。この「いい顔」は、体の芯から滲み出ていると思った。（『土の器』一六〇頁）

母親の「笑い」がこちらを認めて反応しているのかどうかを確かめるために、枕許の豆電球の光を

「姉と私の顔の方にためしにあてると、母は二人を認めて笑った。（笑ったと私たちは思った）」。そこで、「母の焦点に立って、光を浴びるように、そのほほえみを体にうけ」る。「母の存在が濾過器そのものに近づけば近づくほど、なぐさめているのは私ではなく、却って母の方だという感じが強くなって来た」と阪田が語るように、母親は無意識の彼方から〈なぐさめの光〉を放つ存在になっていた。老・病・死の究極において母親の示したものが、〈光のようなほほえみ〉と「ありがとう」という感謝であったという認識は、死に至る病がかわいそうな理不尽なものではなく、母の言葉通り「神備えたもう道（摂理）」として阪田にも享受されたことを物語る。それまでの阪田にとって「摂理」は、「人知では測り知れぬ神の意志、という一種の慣用句」「それを唱えれば万事あるがままにおさまる、お経のようなもの」で、「好感を持てない言葉[8]」であった。しかし「土の器」を書きあぐねていた時、とつぜん送られてきた池田浩平（高知高等学校時代の上級生）の遺稿集『運命と摂理[9]』の中に、「宿命観の穴ぐらから出て、主人の意志を知ること、すなわち神の意志と一致すること――それこそ摂理の世界の骨頂である」という文章を見出して、啓示を受けてもいる。「土の器」は、阪田自身が「摂理」の享受に到る道程の書であった。

　母の京（土の器）は、自身の老・病・死の苦痛と懊悩を贖として〈生涯を貫き通す信仰〉を阪田寛夫（素焼きのもろい器）の魂に刻み、祈りへと導いたのである。「私はもう神を否定するようなことを喋ったり書いたりしません」という祈りこそ、〈最後に母に喜びを与えるもの〉であった。阪田は母を通して〈闇を劈く光〉を見たといえる。

が、芥川賞選考委員の一人であった永井龍男が、「それにしても、この作者の連作の、読後におそってくるやりきれない暗さはなんであろう」（『芥川賞全集第十巻』文藝春秋　一九八二年）と語っているように、この作品でも末尾の、「さっと身をひるがえすように掌がつめたくなり、もう振返っても母はどこにもいなかった」には虚無観（哀しみ）が含まれている。そこには、母の死を通して「摂理」を享受しながらも、人間と現実の闇を見据えている阪田の眼差（情感）が窺える。

二　「光」を希求する梅花学園学園歌

梅花学園学園歌は、一九七八年の創立百周年を記念して、阪田寛夫によって作詞され、従兄の大中恩によって作曲された。童謡「サッちゃん」と同じコンビである。学園事務局の本山徹から依頼されて作詞を引き受けることになった経緯と、「林一夫の詩より」を付けた理由について、阪田は筆者宛の書簡（一九九三年一一月一四日）で次のように語っている。

1Ⓐ　本山徹氏は、私が子供の頃から南大阪教会の会員で、よく存じ上げていました。奥様が南大阪教会幼稚園の先生をしておられた時期が、私の在園時と少し重なっており、かつ、ご夫妻とも聖歌隊員として、毎週木曜日の夜、私の（父親の）家の練習に見えておられた時期もあって、昭和六、七年頃からご逝去に至るまでご交誼を得ておりました。

Ⓑ　梅花学園は、『花陵』（文藝春秋――絶版）という小説、その生涯を書いた宮川經輝牧師〔一八五七年――一九三六年。阿蘇の人で、明治維新後、熊本洋学校に学び「熊本バンド」の一員として同志社に進学。梅本町公会の後身である大阪（組合）教会牧師・名誉牧師として生涯を終えた人。大阪教会で中学時代に受洗をした私の父（素夫）が尊敬の余り、大正十三年に隣に家を建て、「玄関番」と称しておりました。〕が、澤山保羅の友人として、また彼の後任の校長として、関係が深かった学校で、父も、のちに理事をつとめていたことがあったかと思います。戦後学園長をつとめられた故民秋重太郎氏や梅花教会の故鎌谷巌牧師も、昔南大阪教会に居られた方々で、私も実体はよく知らぬものの、「梅花」には親密な気持を勝手に持っておりました。（碌に出席せぬまま、私どもの教会の籍は梅花にあります。）このような間柄のⒶ本山氏からⒷ梅花の学園歌を、というお話がありましたので、ある条件のもとにお引受けしました。

2　条件というのは、梅花学園で既に募集された歌詞がある、とうかがったことに発していますす。私はもともとキリスト教主義の学園の歌を書くのに不適当な人間だと自覚しています。詩もうまくありませんが、信仰に根ざす歌を書ける器ではありません。それゆえ、幾つかの応募歌詞を見せて頂いた結果、（林一夫氏の）Ｉの詩を、いわば精神的な柱として使わせてもらって、歌詞を書くことなら出来ます。と申し上げた次第です。この場合「林一夫の詩より」という断りの一言を入れて頂きたいと、私からお願いしました。そういう条件でならばと申し上げて、ご承認いただいたと記憶しております。

余談ですが、ご承知の通り、江戸堀の大阪（組合）教会は、明治七年、西区本田梅本町の民家を借りて始まり、梅本町公会と称していた時代があります。同じアメリカン・ボードの影響下にあって、梅花の「梅」の字の方の由来の教会です。浪花教会の澤山保羅と宮川經輝の出会いは、明治十年夏にさかのぼれます（宮川日記）。宮川の梅花女学校就任（牧師と兼職）は明治二十年二月、澤山の病死は同年三月でした。

阪田にとって関わりの深い宮川經輝は、校祖澤山保羅《さわやまぽうろ》の友人であり、澤山の按手礼を受けて大阪教会の牧師になった。その大阪教会（梅本町公会）は梅花女学校の創立に参画し、宮川は、病勢の悪化した澤山の後を継いで第三代めの校長に就任している。父の素夫は、一九四九年から一九六一年九月に亡くなるまで梅花学園の理事を勤め、一九六三年以降は、兄の一夫が一九七一年まで理事を勤めている。それゆえ、梅花学園に親密な気持ちを抱く阪田は、親しい本山徹からの作詞依頼を受けることになった。「宮川無くんば／おれも無し」のフレーズに続けて、私たちは「阪田寛夫無くんば／梅花学園学園歌も無し」ということができるほど、学園にとってゆかりの深い詩人によって学園歌は書かれたのである。

ところで、阪田が「精神の柱」にした「既に募集された歌詞」とは、どんな作品であったのだろうか。梅花学園では、戦後、茨木市に短期大学・女子大学が設立されて以降も、一九二八（昭和三）年の創立五十周年に制定された校歌（清水千代作詞、岡野貞一作曲。現在は、高等学校・中学校校歌になっている）が歌われていた。

箕面《みのも》山脈《やまなみ》　匂いつつ
麦生《むぎふ》にうるむ　春の色
前途《ゆくて》の希望《のぞみ》　輝けと
神こそいませ　わが梅の園

豊中の原　水澄みて
芒《すすき》に光る　秋の色
少女《おとめ》の生命《いのち》　はぐくむと
神こそいませ　わが梅の園

という歌詞であるが、創立百周年を迎えるに当たり、もっと時代にあった新しい学園歌を、という声が上がった。学園内で募集した結果、短期大学の教授で歌人であった林一夫の作品が入選になった。学園資料室に保管されている直筆コピー（ただし署名はなく、本山氏による転写だと思われる）には、Ⅰ、Ⅱ、Ⅲと三種類の作品（いずれも三連構成）が記されている。阪田が参考にしたⅠを掲げてみよう。下段は林の「作歌方針」である。

㈠むかし保羅の　拓《ヒラ》きたまいし
梅花の園に　百年《モモトセ》の
歴史を慕い　うら若き
われらおとめ　集《ツド》い来《キタ》りぬ

Ⅰ編応募者の添付した「作歌方針」

1　三節に分かち、歌唱の主体を生徒学生に置いて、「われらおとめ」の語がそれを示す。

2　三節は夫々学園の過去・現在・未来を表わ

光りあり　栄えある
古き伝統《ツタエ》

(二)北の山脈《ヤマナミ》　緑の樹蔭《コカゲ》
御霊《ミタマ》は降《クダ》る　学舎《マナビヤ》に
虔《ツツ》しみふかく　清らけく
われらおとめ　睦《ムツ》び勤《イソ》しむ
誇りあり　実りある
若き努力《チカラ》

(三)神の御恵み　永久《トワ》に尽《ツ》きせず
移りゆく世に　向かうべき
道を求めて　ひとすじに
われらおとめ　たずさえ往かん
願いあり　望みある
熱き精神《ココロ》

し、特に第一節には「百年の歴史」と云う語を置いて、百年記念を寓した。

3　三節を通じて、キリスト教精神に則り、第一節には学園創立者「保羅」の名を挙げて、キリストの弟子を示し、第二節には「御霊」第三節には「神」の御名を稱えた。

4　また第一節では「伝統」第二節では学業とその成就、第三節では求道的精神による進路と覚悟の程を意味した。

5　現在の校歌にうたわれている学舎の環境は作歌当時と較べて一転しているので、その点は「北の山脈　緑の樹蔭」というふうに簡単に触れておいた。

6　作曲のテンポはゆっくりと歌えるように、また荘重で力強く歌えるようにあるのが望ましい。作曲者の要求によって詩句を変更することは可能である。

新しい時代にあった歌を望んでいた学園は、入選にはしたものの、この歌詞では言葉が古風で難しいと判断して阪田寛夫に依頼することになったようだ。作品は、阪田によって現在歌われている学園歌に生まれ変わった。サブタイトルとして「此の花に寄す」をつけたところに、阪田の深い思いが窺える。梅花女学校は、梅本町公会（宮川經輝）の「梅」と浪花公会（澤山保羅）の「花」とを合わせて（両教会の信徒の協力で）成立したが、第五代校長に迎えられた成瀬仁蔵《なるせじんぞう》（澤山と共に創立に携わった）は文芸活動にも力を入れ、文芸誌「この花」を創刊。山川登美子を育てた。阪田は、明治時代に「文芸の梅花」の礎を創った成瀬への敬意もこめたといえよう。(10) 次頁の下段に楽譜を掲げておく。

むかし浪花の甍《いらか》のかげに
梅の園生《そのう》を夢見た保羅《ぽうろ》
風は立ち
時流れても
香りはさやに
あたらしく
いのちの朝のいまここに
光に歩む　梅花学園

北の山べに瞳上げれば
瑠璃《るり》の空より光は降《くだ》る
つどう友
心ひとつに
恵みをうけて
つつましく
初花白くいま薫れ
誇は高く　梅花学園

道は涯なく嵐吹くとも
神の光にのびゆく若木
ねがわくは
この花ひとつ
小暗い夜《よる》の
明け星と
かがやくことをいま祈る
望みは永久《とわ》に　梅花学園

梅花学園 学園歌

林 一夫の詩より
阪田寛夫 作詞
大中 恩 作曲

林一夫の作品は、「われらおとめ」が中心におかれ、歴史と伝統ある学舎に睦び勤しみ、道を求めてたずさえ往かんと、現実的で学業徳育励行的な描き方になっている。これに対し、阪田の歌詞は、「むかし浪花の甍のかげに／梅の園生を夢見た保羅」と物語的に語り出され、全体が保羅の見た夢の実現・願望としての梅花学園として展開されている。寒い冬に耐えて花を開き慎しく香りを放つ梅に、生徒・学生の姿と保羅の願いを象徴的に重ね、「瑠璃の空より光は降る」「初花白くいま薫れ」などの色・光・香りの交響によってイメージの美しい描き方になっている。そこには、身近な人々の評伝を書く一方でリリカルな詩人でもある阪田の特質が反映されている。

林一夫は作品に六項目の「作歌方針」を添付しているが、阪田が「精神の柱」としたのは、この中の「三節は夫々学園の過去・現在・未来を表わし」「第一節には学園創立者『保羅』の名を挙げて、キリストの弟子を示し」「第三節では求道的精神による進路と覚悟の程を意味し」というような点ではなかったかと思う。が、林の作品と明確に違っているのは、各連で、「光に歩む」「光は降る」「神の光にのびゆく」と、「光」が強調されている点である。「光」は、象徴的には人間を導き護る神の顕在である。天地創造の最初、「地は形なく、むなしく、やみが淵のおもてにあり、神の霊が水のおもてをおおっていた」時、「神は『光あれ』と言われた」(「創世記」)。「光」は、混沌と虚無と闇とを劈く。阪田の中には、闇を劈く「光」を希求する心がある。それは、小説の中でも詩の中でも現れている。「道は涯なく嵐吹くとも／神の光にのびゆく若木」は、現在を生きる生徒・学生だけではない。過去の時間において、校祖澤山保羅もそうであった。ミッション（欧米の宣教師派遣団体）の援助を受けない日本最初の自給独立の梅花女学校が開校した一八七八（明治一一）年、澤山は二十五歳であり、赤貧と病苦（闇）の中で、祈り・信仰（光）を持ち続けた。三十四歳の若さで世をさった澤山は、「まだ封建思想が根強く、女子教育など思いもよらない時代[11]」に、女子教育に光を投げかけ、「小暗い夜の／明け星」として「神備えたもう道」を歩んだのである。

現在→過去→未来と線上に存在する時間ではなく、現在の中に過去が生き続け、未来が胚胎するような時間の描き方をしているところに、詩「おなじ夕方」などに通じる阪田の特徴がある。また、視点を「われらおとめ（生徒・学生）」に限定しないで、過去に生きた保羅（および彼を支えた人々）から、現在・未来を生きる梅花学園に集う者全ての眼に重なるように設定している点に林作品との違いがある。全体は流動感のある七音を基調にしているが、メッセージのこめられた部分（「風は立ち・あたらしく・いまここに」「つどう友・つつましく・いま薫れ」「ねがわくは・明け星と・いま祈る」）のみ五音として転調しており、大中恩はこの詩にぴったりの美しいメロディーを作曲している。

随筆「むかしの仲間」の中で阪田は、「一つ年上の従兄は魅力ある少年だった。／本名は大中恩だから、私はメグちゃんと呼んでいた（中略）メグちゃんは東京弁を話す。東京生まれだから当り前だが、大阪弁の私は彼がいる間は自分の泥臭さが腹立たしくて仕方がない[12]」と語っている。一方、「従兄という特権を利用して彼の詩を独占作曲していた」という大中恩は、阪田について、「こどものころはからだが弱く、そのために余計過保護になり、上流家庭の坊ちゃん然とした彼でしたが、私の眼には、旧制高校に入ったころから急に男らしく映るようになりました。[13]」と述べている。

「音楽のわかる詩人」の詩に少年時代から親密であった従兄が曲をつけ、詩と曲との一体化した数々の名作が生まれたが、梅花学園の学園歌もその一つといえる。阪田は、「サッちゃん」について「声を出して歌詞を読んだ時の抑揚やリズムが、そのまま（拡大強調されて）旋律になっている」[14]と評しているが、この評言は梅花学園学園歌にも当てはまる。なお、梅花学園の「創立六十周年記念歌」は大中寅二によって作曲された。

阪田寛夫は、「はじめの讃美歌」[15]（『童謡の天体』新潮社　一九九六年）で次のような言及もしている。「明治初期の梅花女学校関係者の中に、日本の讃美歌の歴史につながる人が何人か」おり、梅花学園は「讃美歌史の名所旧蹟の一つである」。「カーティス宣教師は、先ほど澤山先生が大いに助力して明治十二年に讃美歌集（歌詞のみ）を編集したと申しました、当の主編集者です。」「もし、カーティスからメーソンに、日本語歌詞による『あてこみ』の骨法が伝授されたとしたら、日本の唱歌の根幹に澤山先生の繊細な語感、音感が、盛り込まれていることになります」。

梅花女学校の創立に尽力した後、教師・校長も勤めた成瀬仁蔵（日本女子大学の創立者）は、著書『澤山保羅――現代日本のポウロ』[16]の中で、澤山保羅について次のように語っている。四年間のアメリカ留学から「彼が帰国したと聞くや、私は彼を訪ね、長いあいだ私を悩ましてきた数多くの疑問を彼にぶつけた。彼はとても熱心に、はっきりと、思慮ぶかく、私に答えてくれた。私の目はたちまち新しい世界にむかって開かれ、私はキリスト信徒となった。」「澤山氏には独自の磁石のような力が備わっていた。彼と話をした人びとは、彼から素晴らしい感銘を受けずにはいなかった。」

三　絵本『ひかりが　いった』

絵本『ひかりが　いった』（至光社　一九八八年）は、「光は暗きに照る」をモチーフにしている。作品が生まれたいきさつを阪田は表紙カバーの解説で次のように語る。

最初は界面――そこから上は空で下は水という透明な平面、について書きたいと考えました。二年前、至光社の武市さんが何十枚も、川崎春彦さんの画から選んだ美しい複写写真を見せてくださった時のことです。考えあぐねてある日、高い位置から水面を見下ろす画の視点に、まど・みちおさんの「かがみ」の詩を思いました。海や川や湖は、地上に置かれた美しい鏡。この詩的発見に導かれて方向が決まり、武市さんと十四枚の画の小シンフォニーを組立てることができました。その途次、「光は暗きに照る」という聖書の言葉に行き当ったのです。／私をとらえた川崎さんの宇宙空間の輝きと翳《かげ》りは、鏡を鏡たらしめる者の息づかいなのでした。

絵本の全体は小シンフォニーという感じの物語詩である。「ひかりが　いった／『やっほー　かがみ』／『かがみじゃないよ』／と、うみが　いった／『ぼくは　うみ』」で始まり、光が川、池と対話していくうちに雨が降り暗くなる。すると池も海も鏡をやめて何も映さなくなる。光は消えそうになるが、「ひかりは　きえなかったよ／くらくなると／くらくなるほど／ひかりは／ひかる」と展開していく。闇が極まった地点で、光は一層その存在意義をもってたち現れるのである。「闇が自覚されるのは、たとえほんのわずかであっても光によってである」（『光のイメジャリー』桐原書店　一九八五年）。光（鏡を鏡たらしめる者）の存在によって、池も川も海も鏡になる（自身の中に光をもつ）ことができる。久野昭は、「自然の光と恩寵の光」という「異質とよんでいい二様の光」（前掲書）があるといっているが、阪田は、自然の光を題材にしながら、恩寵の光を暗示的に描いているといえよう。そして最後は、池が「やっほーひかり！／おおきくて　とおくて／かがみが　はいりきらないよ」と、光に呼びかけ光を賛えるところで終わっている。ところで、この作品を書く際の鑑《かがみ》にしたというまど・みちおの「かがみ」（『風景詩集』かど創房）はどんな作品であろうか。掲げてみよう。なお、下段は『ひかりが　いった』の部分（但し絵本は横書き）である。

この地球のうえには
ほうぼうに置いてあります
海や
川や
湖水《みずうみ》など
さまざまな美しいかがみが

かがみが　なくなると
ひかりも　きえそう
ひかりがきえたら
どうなるの

それが　そこに置いてある…
ということよりも相応《ふさ》わしいことは
この世の中にないかのように

それは　私たち
生き物だけのためにでしょうか
山や
雲
太陽や星たちでさえ
じぶんの顔を見たくなることが
あるからではないでしょうか

どうなるの
　どうなるの……
ひかりは　きえなかったよ
　くらくなると
　くらくなるほど
　　ひかりは／ひかる

ほら
うみが　また
かがみに
なりたがっている

まどは、「かがみ」を地球の「ほうぼうに置いて」、「雲／太陽や星たちでさえ／じぶんの顔を見たくなる」とスケールの大きな広角レンズで捉え、〈そのものが在ること・そのように共に在らされていること〉を、静謐に賛えている。闇・光は問題にされていない。それに対し阪田は、光が闇を劈くことによって「かがみ」が現出することを、動的に描いている。まどが〈在ること〉の意味を問うているのに対し、阪田は〈光の作用〉を重視している。〈光の作用〉とは、「鏡を鏡たらしめる者の息づかい」である。それは「創世記」冒頭の、「神は『光あれ』と言われた。」を想起させる。

まど・みちおは、二十代でホリネス派という激しいキリスト教と出会って受洗したが、そこからゆるやかに遠ざかった。そして現在は、一切が何者か（人間を超えた大いなる者）によって創られ宇宙に生かされているという漠然とした神の意識をもつようになっている。[17] 阪田は、評伝小説『まどさん』（ちくま文庫）の中で、「キリスト教と何とか結びつけたい私の思いこみの強さと、それを上廻るまどさんの考え方や感じ方の意外さ」を描いているが、阪田にはキリスト教へ収斂していく志向性があるのだ。そこから、同じように海・川・池を題材にしても、静かに〈在ること〉に関心を傾けるまどと、ダイナミックに〈光〉に執着する阪田との違いが生じているといえる。

「くらくなると／くらくなるほど／ひかりは／ひかる」は、ヨハネによる福音書第一章の「光はやみの中に輝いている。そして、やみはこれに勝たなかった」の部分と照応する。闇が深くなる程、光は輝きを増すというのは、阪田の母が、病状が最も悪化した時に周囲の者を慰める存在（光）になったことと、象徴的に重なる。

「ほら、光るよ／ほら、かげるよ／海原の波のように」（「野山をわたる風」）や、「ねがわくは／燈台の光のように／ねがわくは／花たちの寝息のように／ひかりなさい／かげりなさい／わたしのうたよ――」（「この樹の下で」）、「光る／光る　樹々の青／ゆたかに匂う／今日の日が」（「光る」）、「みんなのなかにも／今日がある／みんなのなかにも／この日が光る」（「今日のよろこび」）といった作品

（『夕方のにおい』所収　教育出版センター）に見るように、阪田は、「輝きと翳り」そして「光る」をモチーフの底流にもつ作家だといえる。「けやき」（左記の引用は部分）では、覆ってくる闇に抗するような夕映え――〈闇を劈く光〉を、〈神さまのおまけの愛〉として認識している。

夕方なんか、葉の落ちた枝の
上の方だけ暮れのこって
まだ冷えきらず
かぼそい赤みに染まるとき
世界のなかでここにだけ
神さまがしばらく
おまけの愛をとどめておられる、と
わたしに思えてなりません
そのおめぐみを忘れずに
みんな凍《こご》える風の夜
けやきは小さなさびしい星を
はだかの梢にやすませます

（『ばんがれまーち』理論社）

注（1）「音楽入門」『我等のブルース』（三一書房　一九六九年）と『土の器』（文藝春秋　一九七五年）に所収。
（2）（6）『日本キリスト教歴史大事典』教文館　一九八八年二月
（3）筆者宛書簡。「現在の松崎町」は大正十四年三月末までは「大阪府東成郡天王寺村」と称されていた。
（4）『キリスト教文学研究』第五号　日本キリスト教文学会　一九八八年
（5）（7）（8）（12）『燭台つきのピアノ』人文書院　一九八一年六月
（9）橋本淳「日本のキリスト教会とキエルケゴール」（『神学研究』関西学院大学神学研究会　二〇〇三年三月）の中に、「戦没学徒の手記『運命と摂理』（池田浩平）」が紹介されている。
（10）（15）一九九四年五月一八日、澤山記念館で、梅花女子大学・大学院 児童文学会主催で行われた講演「キリスト教と童謡」の中で、この点に言及。「はじめの讃美歌」は、この講演を基にしている。なお、梅花学園同窓会の機関誌名は「この花」である。
（11）『梅花学園百十年史』学校法人梅花学園 中本三省　一九八八年一〇月。澤山保羅（澤山馬之進。長州吉敷の人）は、月給一五〇円という官界からの誘いを断って、月給七円の牧師の道を選んだ。
（13）「音楽のわかる詩人」『詩集 サッちゃん』講談社　一九七七年一一月
（14）『童謡でてこい』河出書房新社（文庫版）一九九〇年一一月
（16）この本は、一八九三（明治二六）年にアメリカで英文で出版されたものを、新井明訳で日本女子大学が二〇〇一年に出版。澤山保羅と成瀬仁蔵の関わりについては、青木生子著『いまを生きる 成瀬仁蔵——女子教育のパイオニア』（講談社）に詳述されている。二〇〇六年には梅花学園生涯学習センターと日本女子大学とが〈二〇〇〇年の時を越えて〉提携し、両大学長によるＴＶ中継講座を行った。
（17）拙著『まど・みちお詩と童謡』創元社　一九八八年三月
なお注のない引用は『花陵』『土の器』（文藝春秋）、『燭台つきのピアノ』（人文書院）に拠る。

第二章　「歌の根っこ」にあるナンセンス

一　幼年期の歌――父の音楽

世界はつねに幼年時代にあるのだという感覚を最もよく喚起するのは、何であろうか。それはどんな時代にもある真に新鮮で、唐突で、独創的なことどもである。（中略）ノンセンスが真に未来の文学たらんとするなら、この宇宙と人生について独自の観点を提示しなければなるまい。すなわち、世界は悲劇的、ロマンティック、宗教的たるのみならず、ノンセンス的でなければならぬというわけだ。そして、ノンセンスは、思いもよらぬ仕方で、ものごとに対する精神的あるいは霊的見方を補助するであろう、というのが私の空想なのだ。

「ノンセンスの擁護」(1)の中で、チェスタトンはこのようにいっている。ナンセンスこそ「真に新鮮で、唐突で、独創的な」未来の文学であるとするならば、私たちは、もっとナンセンスの豊かな開花を願わなければならない。が、現実に目を向けると、日本児童文学学会の機関紙『児童文学研究』でも、日本児童文学者協会の『日本児童文学』でも、日本の児童文学におけるナンセンスを本格的に論じているものは、見当たらない。ナンセンスといえば、三大古典の〈マザー・グースの唄〉、エドワード・リアの〈ノンセンス絵本〉、ルイス・キャロルの〈アリス〉について論じられがちなのだ。

一九九二年四月号の『日本児童文学』(文溪堂)が、「笑い・ユーモア・ナンセンス」で特集しているが、「ナンセンス特集」ではなく、ナンセンスについては原昌の「ナンセンス・ワールドのスケッチ——ナンセンス文学の諸相」が掲載されているだけだ。エリザベス・シューエルは、「ノンセンスを、ある知性がもっている何かはっきりしたシステムに、その構成において合致しない言葉または事件という風に定義して論を進め」、「笑いはノンセンスにつきものだが、本質的なものではない」と、ユーモアやコミカルなものと一線を画している。[2] そういう点から見ると、『日本児童文学』の特集が「笑い・ユーモア・ナンセンス」と並列しているのは、ナンセンスに対する認識のあいまさを反映しているし、その背後に研究の不振をみることができる。最近ファンタジーが大きく市民権をもち始めたのに比べると、ナンセンスは、詩の分野では〈ことばあそび〉の領域に活路を見出している程度で、創作・研究の両面でたち遅れているといえる。そこで本章では、阪田寛夫にみるナンセンスを、歌の根っこ——童謡観との関わりにおいて探ってみたい。

〈人間にとって歌とは?〉という問いを、阪田寛夫は内在させている。父をモデルにした「音楽入門」は、死期の近づいた父が最後に故郷の子守唄に執着する様子が描かれていて印象的である。

咽喉・気管を全開させようともがく、苦しまぎれの呼気が僅かに淡を押し上げる。その間隙にひとかたまりの空気の泡が進入して父は生き返った。生き返った数秒を利用して、

「イワシヲ、トチガウ」

と彼はけんめいに主張した。

「イワシウ三匹取ッテキテヤ！」

父はこの期に及んで、故郷の子守歌を後世に伝えようと思い立ったらしい。

「はいはい、わかったわ。いわしう三匹ね」

「だから、静かに寝ましょうね」／と母がいった。

私は父を安心させてやりたく思い、おき上ってうろ覚えの言葉を大声でとなえた。

「いわしう三匹取ってきて
たいて食うても塩からし
やいて食うても塩からし……」

「チガウ」

と父がストップをかけ、青い瞳孔で私をみつめた。胸は激しく熱く鳴っている。

「タイテトチガウ……」／そういいかけた瞬間に咽喉のコックが閉じた。彼は絶息してのけぞり、
胸を叩き、かきむしった。（『土の器』四七〜四八頁）

阪田の父は「広島県の猟師町に生まれた。生家の東隣は白壁の蔵、西側は海へ下りる小路で、祖母は父をおぶってこの小路を行きつ戻りつ、広島弁の歌をうたった。」（前掲書）それは、

向こうの山に／猿が三匹通りようて
どの猿も物知らず
一の中の小猿が／よう物知って
日本国中歩いて／鰯を三匹取ってきて
たいて食うても塩辛し／焼いて食うても塩辛し
あんまり塩が辛ろうて……

というような伝承童謡であった。父がこだわっているのは、幼年の耳がなじんだ広島弁の発音やひびきやリズムをもった童謡である。猟師町の光景、母親の背中のぬくもりや声音とともに五感を通して幼児期にしみこんだ生きた歌である。

父の素夫は、中学時代に大阪教会の牧師宅でキリスト教と西洋音楽に出会い、オルガニストであった京（阪田の母）とともに聖歌隊の活動に情熱を傾けていく。七十歳を過ぎてからドイツに行き、バッハのマタイ受難曲を聞いて感動し、帰国後この演奏会を聖歌隊によって実現しようと計画したほどの人だ。が、死という虚無の領域が心身を侵蝕し始めると、老は幼の世界へ転倒し、西洋音楽とは対

照的な故郷の童謡《わらべうた》が蘇る。呼吸困難に陥って本人も周囲の人間も悲惨と深刻の淵におかれている状況下で、「イワシウ」にこだわる父の姿はナンセンスである。現実を誇張（虚構化）してこのように描くところに阪田のナンセンス意識があり、父にとっての「音楽入門」が母親の背中で聞いた童謡にあったことを暗示している。

「理想的な童謡」を、阪田は、『童謡でてこい』（河出文庫　一九九〇年）の中で、次のようにいっている。

此の間、私は庄野潤三氏の随筆を読んでいて、面白い言葉をみつけました。

『あとにのこるは、毛虫いっぴき』

これは氏が小さいときに読んだ絵本の中にあって、すっかり気に入ってしまった言葉だそうです。絵本の話の筋はすっかり忘れてしまったのに、意味のよく分らぬたった一行だけが六十年余り庄野氏の心の中に生き残って、折にふれてとび出して来るというのです。

ふしがついているわけではありませんが、私にとって理想的な童謡とは、この『毛虫いっぴき』の一行の如きものではないかと、考えてみたわけです。ひびきと、リズムと、意味が一つになっていてそれも意味らしい意味ではなく、その代りにどんな風にも解釈できる大きさと深さを持っている。（中略）少しおかしくて、はかないところがあります。口に乗りやすくて、しかも人生のかんじんな時に限ってとびだしてくるような一面もあります。ああ、どうかこのような言

葉に自分もめぐりあいたいものだと、私は時どき思うのです。（二五一頁）

阪田寛夫が考える「理想的な童謡」とは、〈素晴らしい意味はなく、少しおかしくてはかないところがあり、人生のかんじんな時に限ってとび出してくる口に乗りやすい歌〉なのである。父の素夫が執着した故郷の子守歌や庄野潤三の幼な心が捉えた言葉のように、人間の意識の深層に生き続けている幼年期（センス以前）に培われた童謡である。それは、集団的無意識から生まれた伝承童謡もあれば、ふと幼児の口に上った童言葉《わらべことば》(3)や大した意味はないが魅力をもった音響の場合もある。

『童謡でてこい』（河出文庫）の中で後者の例としては、「おじいちゃんちのカメ」（新沢としひこ作詞中川ひろたか作曲）が挙げられている。作品の全体は、おじいちゃんちのカメは元気がなく動かない。シワだらけで「おじいちゃんとカメは／よく似ています」と日常のありのままをモノローグ的に語った上で、真中と終わりの部分に、

カメは飼うほど年老いて（ハイ）
かめばかむほど味がでて（ハイ）

というフレーズが入る。「カメは飼うほど年老いて」という常識の世界が、意味上は不連続で類似音の「かめばかむほど味が出て」が続くことによって、一挙にナンセンスに転じている。これは作詞者の新沢としひこが幼年期に、「風呂の中で、でたらめ歌をうたうのが好きで、毎度楽しくやっているうちに、ふと昨日うたったメロディーが、今日も出てくるのに気がついた。これはすごいんじゃない

か。ずうっと覚えていると歌になる」と思った結果、生まれた作品である。作詞者と作曲者の「二人が小さい頃持ちあわせていた『すごい』ものが、向うの方から、のこのこと出てきて握手した感じの歌だ」と、阪田は評している。

また、「くまのプーさん」の言葉を借りて、「歌をこしらえるのは、頭でする仕事ではない。ときどき歌は向うからぼくのほうへやってくる」といい、そこに「歌の本質」があるともいっている。

おかしなことじゃ　あるけれど
もしもクマが　ハチならば
巣を木の下に　つくったろ
そすれば（ハチはクマだから）
こんなにのぼらず、すむのにな

（石井桃子訳『くまのプーさん』岩波少年文庫）

くまのプーが歌うこの歌は方向《センス》を転倒している点でナンセンスである。「右の歌をうたって間もなく、あえなく木からついらくするわけですが、こういう熊こそ、毎日のつらい人生からおかしい真理やまじめな逆説をつむぎ出しては人の心をたのしませ、この世もそんなにわるくない所だと思わせる点において、まさに詩人の名に値します」と、幼年世界の代弁者であるプーが紡ぎ出す歌の〈おかしい真理やまじめな逆説〉を阪田は重視する。

『童謡でてこい』というタイトルにも掲げられているように、〈歌は向こうから出てくるもの〉というのが阪田の童謡観だ。では〈向こう〉とはどこか。

阪田は、宮沢賢治の「風の又三郎」をとりあげ、「この作品の、そして作者の存在の根っこに、風の青い影のような詩のひびきがある」といい、「初めにでてくる『どっどど　どどうど　どどうど　どどう』という風の歌」は、「ちょっとした言葉の遊びや思いつきではなくて、風土と詩人の生理に深く根ざす大事な音だ」といっている。また、「原体剣舞連」の中の「特異なリズムをあらわすローマ字の一行」に、「歌の根っこ」を見ている。

dah—dah—dah—dah—dah—sko—dah—dah／と、それは表記されている。そのひびきを口にのせる時、日本の中央の政治や文化の届かない太古の深みから、まっすぐこの土と森の詩人の感性の奥へとつながる創造のエネルギーを私は感じる。同時にまた、歌の根っことは、本来こういうものかも知れないと思われてくる。（『童謡でてこい』二〇七〜二〇八頁）

「歌の根っこ」は、言葉（歌）を発する人の「存在の根っこ」つまり風土と人間の生理に深く根ざし、「太古の深み」に根をおろしていると、阪田は考えている。そして、「存在の根っこ」に原初的混沌としての「冥さ《くら》」を見る。

阪田は、「子どもの冥さ——子どもの文体と作文」（『文学』岩波書店　一九八一年一〇月）で、阪田宛に届いた小学一年生のある組の子どもたちの手紙文を例に、「意味がよくつかめないが、何だか迫力がある」「冥い迷路をひとり往く気概」をもったような幼年期の子どものさまざまな「冥さ」に言及している。ある子どもはイエスが「世界をいい天気にする機械をもっていた」と暴露しておきながら、「自分で暴露した事実をまた更に断固否定し」、「とめどなく地下のトンネルに入って行く感じ」の文章を書いている。論旨明快な、型にはまった手紙文を書く子もいるが、多くは、「主語があっちへ行ったりこっちへ行ったり」、「突然変型して、ヴァリエイションが生まれたり」、「変化・発展の成り行きはめちゃくちゃ」で、「約束ごとの文字や言葉がまだ使いこなせないで冥い尻尾を残している」と。また、自身の幼年期の古いノートの中にも、「未分化の冥いもの」を見出している。

ヘビノ西ヘビノ西カジガイタノデ大サワキトオオケヨト下トキニカギガシマテアケラレヌト
ウトウソコデシニマシタシニマシタ／(大きく) オモシロ

カジガイタとは火事が起ったの大阪弁。
トオオケヨト下トキは戸をあけようとした時の誤記。

臆病だから蛇やイモリが怖かった。今から五十年昔の自分の家の、祖母が住んでいた部屋の縁側の外の景色が、この書きつけから見えてくる。山野を跋渉して蛇やイモリを見つけたのではなく、日の当る、こまごまと調度を置き並べた六畳の祖母の部屋から寒そうに外を見ている私が、こんな訳のよくわからない未分化の冥いものを自分のなかに見ていたのだ。／しかし、なぜ三篇

とも「死」がでてくるのか。幼児は「死」からまだそれほど隔たっていない世界に棲んでいるためであろうか。（二〇六頁）

幼児が「〰〰した時」を「〰〰下トキ」と記すのは、現在の「ワープロ・ナンセンス」につながるものがあって興味深い。おのずと発声した時の〈ひびき・音・リズム〉をもった「歌の根っこ」は、こういった幼年期の「訳のよくわからない未分化の冥い」世界に、根を張っているといえる。そしてこの「訳のよくわからない未分化の冥い」世界こそは、ナンセンスの温床であり、〈人間にとっての歌〉は、この混沌から生まれる。このことについて阪田は、「輝く断片」[4]の中でさらに次のように語っている。「子どもの歌というものは、大人の考えている『歌』の概念よりもっと広く、彼らの日常の言葉、動作ともつながりあって切れめなく遍在している」。わらべ唄のような「あそびの歌も、まじないの歌も、彼らの生活の中に確かに織りこまれているけれども、もっとそれ以前の、まだ形をととのえていない言葉の調子、繰返し、まね、といった無数の断片を、彼らはまるでガラス玉のようにまき散らして歩いていると言ってもよい／私はこういう輝く断片が、つまり歌の要素なのだと思うようになった。（中略）歌というものを氷山にたとえれば、形をなさない水面下の無数の断片が、海の上に突き出た小さな部分を支えているわけだ」

阪田にとっての「理想的な童謡」は、幼年期（合理性や分別などのセンスが成立する以前）の未分化な世界からでてくるナンセンスなのである。

二　常識（センス）の転倒

「マザー・グース・メロディー」（『花田清輝著作集III』未来社　一九六四年）の中で、花田清輝は、「昔ながらの童謡が、本来、そのなかに、いささかも、諷刺や皮肉の要素を含んでいないにもかかわらず、一挙に『良識《ボン・サンス》』の世界を、根底からくつがえ」すのは、「その表現が一見、単純で、無邪気で、無意味にみえればみえるほど、いよいよ、それは、複雑な陰影を帯び、気味の悪い、超自然的な効果を発揮する」からだといい、「ナンセンス」を次のように定義している。

ナンセンスというのは、センスの否定であり、「無意味」というよりも、ボン・サンス（またはグッド・センス）によって、がんじがらめに縛られない前のわれわれの心の状態を指す言葉だ。つまり、それは、童心の世界、本能の命ずるがままに、不羈奔放にわれわれの生きていた世界――われわれの心の故郷を形容する言葉だ。（中略）ナンセンスには二つの種類があり、一つのほうは、いまもいうように、ボン・サンスによって拘束されない前の本能だとか、無意識だとかの支配している、われわれの内部の現実を指すのだが――しかし、もう一つのほうは、ボン・サンスの拘束を超越している状態とでもいおうか、極度に尖鋭な理知も、その前に立つと、たちまち眩暈をおぼえはじめるような、物それ自体のすがたを示す、われわれの外部の現実を指している

ように思われる。(一〇二頁)

花田は、ナンセンスを二つの観点で捉えている。一つは、〈心の故郷ともいうべき童心の世界、本能や無意識が支配している人間の内部の現実〉である。阪田寛夫の「理想的な童謡」はこちらに近い。他の一つは、〈極度に尖鋭な理知が示す物それ自体の姿、人間の外部の現実〉である。それはシューエルが「知的な構造体」と称する世界に通じる。シューエルは〈ノンセンス〉を、「周到そのものに限定され、理性によりコントロールされ導かれている一世界であり、それ自身の法則に従う一つの構造体」だと捉えている。意図的に作られた〈ノンセンス〉は、「自らの構成の規則」をもつ。「遊びのルールに則った言語の組み立ての試み」があり、ゲーム的な面をもつ。言語のゲームは単語を、「子供たちが『ちょうど砂や積木をいじるように言葉と戯れる』時のように、つまり『もの』であるかの如く扱える限りにおいて成立する。[5]」

したがって子どもの場合でも、チュコフスキーが『2歳から5歳まで』(理論社　一九七七年)でいうように、「知的生活の一定の段階では、ほとんどすべてのこどもが、ひっくりかえしに興じたいという欲望をもつ。」「正しい対位がはっきり分かったとき、こどもにははじめて物の逆転がおもしろく思われ」、「原理が完全に明瞭になったとき、(直接の関係を逆の関係におきかえ)こどもはこれをもてあそぶように」なる。つまり子どもは未分化の混沌の中で冥い尻尾をつけてナンセンスを紡ぎ出す一方で、習得した言語(体系)を駆使して「さかさ唄(でんぐりがえった世界)」に興じるようにもなる。「無数のわらべ唄など、このお遊びの典型」で、「ひっくりかえしの常套手段」で描かれる。

ナンセンスは、原初の混沌と、言葉の知的な組み立ての、双方から生み出されるのである。ナンセンスは「意味《センス》の否定である無意味《ナンセンス》であるよりは、なによりも秩序感覚のよろめき」であり、「方向《センス》の倒錯（あべこべの世界）」である。[6] 高橋康也は『ノンセンス大全』（晶文社　一九七七年）で、「《センス》とは秩序であり、秩序とは、意味づけの体系であるとすれば、そのような体系を解体するのが《nonsense》だ」と定義している。そして、「破壊が創造であるような、しかも嘻々たる諧謔にみちた創造であるような《nonsense》は、これを（イギリス式に）《ノンセンス》と名づけ」、「《厳密性》と《創造性》を欠いた」アメリカ式発音の〈ナンセンス〉と区別するといっている。

しかし、一般にはこういった区別をしないで〈ナンセンス〉を用いている場合が多い。本書では高橋の説を参考にしながら、「破壊が創造である」場合も、「《厳密性》と《創造性》を欠いた」場合も含め、両義的な言葉として〈ナンセンス〉を用いることにした。現実には、両者を明確に区別し難い面があるからだ。ナンセンスの語意を以上のように確認した上で、次に阪田の作品を実際に検討してみよう。「アフリカのまんなかで」は、アフリカのまん中を歩く三日月さんが登場する。

アフリカの　まんなかを
三日月さんが　あるいてた

ねぼけたあぶが　とんできて
三日月さんに　ぶつかった

アフリカの　まんなかで
三日月さんが　停電だ

（『サッちゃん』国土社）

天空にあって美的に眺められるはずの三日月が、アフリカ（砂漠）のまん中を歩いていて、美的とはいえない小さい黒い虫（それもねぼけたあぶの不注意）によって光を失う——世界が姿を消すというのは、まさに秩序の解体と諧謔にみちた創造である。「三日月さんが　停電だ」というただそれだけを、単純に描いているところに乾いたおかしみがある。非実在のキャラクター「三日月さん」に奇妙なリアリティーがあって、イメージが鮮やかに浮かぶ。阪田のナンセンスの中でも特に面白い。

不羈破天荒な子どもの空想力を駆使した作品に、「アフリカ見えた」がある。「さかだちしたら」「でんぐりがえりで」、でたらめ遊びの楽しい世界が広がるのである。

さかだちしたら／アフリカ見えた
シマウマ百ぴき／ラグビーしてた
勝ったシマウマ／シャツぬげば

まっくろくろの黒馬さ
キリマンジャロに／まえあしあげて
キック　キック／ブルブルブルッ！

でんぐりがえりで／アフリカ見えた
ライオン百ぴき／シャックリしてた
コップまわして／水のんで
まじめな顔で息とめた
おでこのしわが／ひっこまないぞ
ヒック　ヒック／グホン！

（『ぽんこつマーチ』大日本図書）

野放図な子どもが、黒馬に変身してキリマンジャロに向かって叫んでいるような躍動感に溢れたナンセンスだ。シューエルのいう「知的な構造体」も、子ども（になり変わった阪田）のエネルギーに吹き飛ばされている。また「アフリカのまんなかで」もそうだが、広大な砂漠（乾いた大地）を連想させるアフリカが、ナンセンスの舞台として効果を発揮している。

「現実がさきにあって言葉であとからそれをなぞるのではなく、言葉そのものに創造力がある──これがノンセンスの特徴」(7) なのだが、絵本『イルミねこが　まよなかに』（『こどものとも』福音館書

店　一九九三年一月）は、織茂恭子の色とりどりの「ふしぎで面白い」「不定形の紙屑」（折り込みふろく）で構成された絵に刺激されて、言葉が創り出した動物たちの詩だ。それらは、「イルミねこ」「ゆうぐれぎつね」「あんぶくがえる」「こわがりこけこ」「こうらかーめん」などである。中でも「あんぶくがえる」がユニークだ。「あんぶく／ぶく　ぶく／ぶくがえる」は、「ひと／むしになれえ／こども／おとなも／むしになれえ」と人間を虫に変えて食べてしまう。

むしびと　きたきた／とんできた
あーら　きれいだ／うまそうな
こっちの　みーずは／あーまいぞ
そっちの　みーずは／にーがいぞ
ひー／ひー／ひーとよこい
あぶくで　からめて／のんでやろ

グロテスクで残酷な現代わらべ唄である。伝承童謡「ほーほーほーたるこい」の無邪気で美的な世界が、「ひーひーひーとよこい」の類似音によって不気味で醜悪な世界に転倒する。伝承をパロディー化してわらべ唄を再創造しているところに子ども的発想があり、まさに人を食った謡《うた》である。リズムにもわらべ唄調が生きていて、大正期以降の日本の創作童謡が欠落させてきた伝承童謡の冥い世界やリズムを蘇らせている。そこにナンセンスとしての新しさがある。阪田の他の作品「どんどん　ほったら」の、「ずんずん　ほったら／そこぬけた／おやまあどこです　このはら／ちきゅうの　むこうだ　いいてんき」と地球の向こう側に抜けて「そこがぬけたら　かえりましょう」というのも、「なべなべ　そこぬけ」の伝承童謡《ナンセンス》を下敷きにしており、共通する面白さがある。

以上は非現実を扱ったナンセンスだが、「熊にまたがり」は現実に取材している。

熊にまたがり屁をこけば
りんどうの花散りゆけり
熊にまたがり空見れば
おれはアホかと思わるる

（『わたしの動物園』牧羊社）

これは『空想の部屋』（世界思想社　一九七九年）の「ナンセンス詩抄」の中に谷川俊太郎、中江俊夫の作品とともに掲載されており、ナンセンスとして評価されていることが窺える。「現実に取材している」といったが、「熊にまたがり」というのは非日常的な行為だ。不可能ではないが、熊にまたがるのは「金太郎」と相場が決まっている。つまりイノセンスな人間でないと「クマニマタガリ、オウマノケイコ」はできないのだ。が、「おれはアホか」と自嘲する近代自我に目覚めた男が熊にまたがるのである。ここには明らかに「方向《センス》の倒錯」がある。さらに、「りんどうの花散りゆけり」「空見れば」という、いかにも日本的な抒情（美意識）が、「熊にまたがり屁を」こき「おれはアホか」と思う無頼な人物と結合しているところに、「破壊が創造であるような諧謔にみちた」世界（ナンセンス）が現出している。なおこの作品について阪田は、「自費出版で詩集を出した時、この四行も入れておいた。ところが、詩集を見た人がりんどうという花は散るものではない、と文句を言った。実は私はりんどうとは青い花、くらいしか知らないで、ただ言葉のひびきや調子だけで使っていたのである。／『本来なら散らないりんどうが、はらはらと散るところが面白いのです。』／と、ごまかしたが、花の名を知らない私がお陰でりんどうだけは判断できるようになった」[8] と語っており、阪田のナンセンス精神を垣間見ることができる。

「ぽんこつマーチ」も現実に取材しながら、無頼な世界が日本的抒情と結合してナンセンスを生み出している。同じようにナンセンスなマーチでも、軽妙さの点で対照的な「マーチング・マーチ」を下段に掲げておこう。

とうちゃんじまんの
ぽんこつ号
はやさはまるで風のよう
野原をいけば野の光

マーチったら
チッタカタァ
行進だ
右足くん／左足くん

モグラが三びき
びっくりして　ちゅうがえり
とうちゃんじまんの
ぽんこつ号
ほんとはまるでウシのよう
海べをいけば海の風
クジラが三びき
ワッハハハと　ふきだした
とうちゃんじまんの
ぽんこつ号
エンジンすでに老いたれど
山道いけば山の霧
イノシシ三びき
目ン玉むいて　あと押した

カワリ／バンコ
カワリ／バンコ
ぼくをはこんで
チッタカ　タッタッタァ
野ッ原へつれていけ
チッタカ　タッタッタァ
カ　カ
カエルのおへそ
ミ　ミ
ミミズのめだま
あるのか　ないのか
ないのか　あるのか
見にいこう

（第三連省略）

（『ぽんこつマーチ』大日本図書）

各連の四行目に注目したい。「野原をいけば野の光」「海べをいけば海の風」「山道いけば山の霧」これだけを抽出すると、完全な叙景的抒情詩である。が、この美的な自然を舞台に活躍するのは、とうちゃんとぽんこつ号、モグラ・クジラ・イノシシの動物たちといったあまりスマートではない面々である。舞台とキャラクターのちぐはぐさにナンセンスがある。これは北原白秋の「栗鼠、栗鼠、小栗鼠」のパロディーともとれる。白秋は、「栗鼠、栗鼠、小栗鼠、／ちょろちょろ小栗鼠、／杏の実が赤いぞ、／食べ食べ、小栗鼠。」というように全体を反復形で書きながら、各連の三行めに、「杏の実が赤い」「山椒の露が青い」「葡萄の花が白い」と感覚的写生詩の手法で美的な情景を嵌め込み、人間と動物の交感をまじめに描いたからだ。

そして、とうちゃんであれ車であれ「ぽんこつ」——古びて時代遅れで効率の悪いものに対する作者の愛着こそは、〈進歩・合理性・近代性〉を是とする常識《センス》を転倒するナンセンス精神なのである。作者が「ぽんこつ」を尊重していることは、第二詩集の書名が『ぽんこつマーチ』（一九六九年）となっていることからもわかる。この作品は、「マーチング・マーチ」の「マーチったら／チッタカタァ」という滑らかで軽快なリズムに比べると、ぽんこつ風である。「ぽんこつ号・風のよう・野の光・ちゅうがえり」が五音で、止まる印象を与え（二、三連も同じ）、全体の音数も八音・七音・六音と揃っていないため、リズム自体がガタゴトしている。それは、「エンジンすでに老い」「ウシのよう」に行進していることを暗に示している。つまり、リズムにおいてもタイトルの「マーチ」の常識を転倒しているのである。そこに「音楽のわかる詩人」阪田の特質が反映している。

一九六四年に「NHKたのしいうた」に発表された「マーチング・マーチ」は、無意味だが音が心地よい〈ことば遊び〉である。自分の体（足）に「くん」をつけて親しく呼びかけ、バトン振りやラッパを吹くまねをしながら行進する子どもの姿が、服部公一の躍動感にあふれた曲に乗って浮かびあがる。日本童謡史には画期的な、元気で潑剌とした「子どもの歌」の誕生であった。さらに〈ことば〉を〈もの〉として遊んでいる作品に、「ばくあり」（『ばんがれまーち』理論社）がある。

らくあれ
ばくアリ
どんな蟻
夢をばくばく
たべる蟻?
そんな蟻あるかしら
ありません

らくあれ
ばくアリ
こわイモ
のみたさ
ころばぬさ
きのつえ
ありゃ、りゃりゃりゃりゃ?

らくあれ
ばくあり
きりぎりす
くあれば
らくあり
これが蟻
やっとわかった／ありがとう

「らくあれば　くあり」といった成句の音節の切り方を変えること（言語の解体）によって、非実在の「ばくアリ」「こわイモ」が創造される。潜在的には文脈を保ちながら、「こわイモ／のみたさ／ころばぬさ／きのつえ」と文脈が無化されて、ことばの連想遊び的な面白さがある。

『まどさんとさかたさんのことばあそび』（小峰書店　一九九二年）の中の「さみしい　さしみ」は、「さみしい　さしみ／さらのうえ／なにみてる／うみみてる／なみみてる／たべてるひとの／みみみてる／／さしみ　みばかり／たましいは／いたましや／いたまえさんが／いためてたべたと／いいました／／わさび　そなえて／さびしい　さしみ」という作品である。「さ」「み」「し」「い」の音が基本的にはアナグラム的手法で用いられ、(9)「うみみてる→なみみてる→みみみてる」と同語反復しながら一文字変えることによって、意味と無意味の間を浮遊する。押韻による音響効果や七音五音のリズムの心地よさによって、〈意味らしい意味はなく、少しおかしくてはかないところがあり、口に乗りやすい歌〉になっている点が阪田らしいといえよう。

一九七三年に谷川俊太郎の『ことばあそびうた』（福音館書店）が出現して以降、〈ことばあそび〉の分野は花ざかりであった。『まどさんとさかたさんのことばあそび』は、その一つの成果である。

三　でてくる童謡

センス（合理性・分別）以前の世界から生まれてくる童謡（わらべ唄）は、マザー・グースのみならず、日本においても、本来ナンセンス性を有し、音響への愛着を示すものなのだ。けれども、大正期に興隆した創作童謡は、わらべ唄が内包していたはずのナンセンスを顧みずに、センスを重視した詩（意味・イメージ・抒情）の方へ傾斜していった。詩人の中では、北原白秋だけが「根本を在来の童謡に置く」とわらべ唄を重視し、「曼珠沙華《ひがんばな》」のような不気味で不条理な世界と歌謡のリズムをもった作品を童謡の本源として出発した。(10) が、次第に「童謡も詩の一つの道」と詩の方へ歩みを進める。また白秋は、いちはやく幼児の口頭詩に注目して『日本幼児詩集』(采文閣　一九三二年)を刊行しているが、幼児の片言は「一つ一つに詩の玉を吐いてゐる」(11) といっているように、詩への関心が強かった。阪田寛夫のように〈子どもの混沌とした冥さ〉には目を向けていない。

日本の童謡史における各詩人の童謡観で、〈童謡の本質は文学性よりも娯楽性にあり、遊び・ナンセンス・でたらめこそが重要だ〉と戦前から主張していたのは、まど・みちおだけである。まどは、童謡を「自分の中のみんな(集団的無意識)がうたいだしたものであると考えている点で、わらべ唄(伝承童謡)の特質を継承している。」(12) 戦後に登場した阪田は、まどの考えと軌を一にする面をもっているが、まどと比較すると、歌う(発声する)側の〈子ども主体〉により目を向けている。『現代詩手帖』(思潮社　一九七四年七月)に所収されている「わらべうたと童謡」を掲げてみよう。

「わらべうた」を広辞苑でひくと、「子供達の歌う歌。昔から子供達に歌われて来た歌」と出ている。ここではもう少し狭い意味に限らなければならないが、定義するのはなかなかむずかしい。「昔から歌われて来た歌」の方は問題ないとして、いま出来た、あるいは出来つつあるわらべうたもある。／明治維新で「洋楽」が入るまでは、わらべうたのことを童謡と言ったらしい。／(中略)私自身はその中(注「童謡・子供の歌・わらべうたが三極に分立している現状」)で、「子供の歌」と一緒に走ってきて、今や疲れて迷っているというところだろうか。尤もひとごとのように書いてきたからこそ「近代ヒューマニズム」という言葉も使えたので、自分の歌とそういう観念を直接結びつけたりはとても出来ない。とすれば、私は自分が定義した観念の上の「子供の歌」から、はみ出した歌しか書いてこなかったということになる。／純粋な良心というものは、純粋な西洋音楽と同じように、言葉やふしにするには気恥かしい。ひょっとすると、私はその気恥かしい部分を、無意識にいまの「わらべうた」的な要素で埋めてここまでやって来たのかも知れない。何かつけ加えているつもりで、実は「子供の歌」をかき廻し、濁して、その崩壊を早めているだけかも知れない。（八四～八七頁）

阪田の「歌の根っこ」（無意識の部分）には「わらべうた」が潜在しているのだ。それは昔の伝承童謡に止《とど》まらず、「いま出来た、あるいは出来つつあるわらべうた」なのである。歌い出すのは、現実の生きた子どもたちであるが、一方では、〈幼年期の阪田自身――内部現実としての幼な心〉であり、時空を超えた〈自分の中のみんな〉でもある。

いつの時代にも子どもたちは「その幼い生活の中で何かに感動し、感動のままに発する叫びとしての童言葉(13)」を紡ぎ出している。そしてそれが、「児童の間に自然に発生して流行」した時、童謡《わらべうた》になる。「自然に発生する歌」こそ、阪田のいう〈でてくる童謡〉なのだ。

高橋睦郎は、前掲書（『現代詩手帖』）で「童謡」について、「『表現』や『作』為からは遠く、これは『自然に発生し』たというのが、いちばん正しいのだ」といい、「童謡ほんらいの真意」は「たとえば岩波文庫版の与田準一編にかかる『日本童謡集』に謂う童謡から最も遠いものである」といっている。「時間のはるか彼方にたしかに存在した童謡的空間」は、「いわば内外一如《ないげいちによ》の、ふしぎな構造にあった。うたは外から訪れるものであったが、同時に内から湧きあふれるものでもあった。さらに正確には、外から訪れることが内から湧きあふれることであり、内から湧きあふれることが外から訪れることである、という構造を、うたが持っていた」とも語っている。また、白秋を次のように評価している。「童謡というものが本来『児童の間に自然に発生』する歌であるということを最もするどく捉えていたのは『まざあ-ぐうす』の訳者でもあった北原白秋であろう。白秋の童謡運動に併行した児童詩運動も、『児童から自然に発生』するものを汲み上げようとの企図であったろう。」そして、「童謡の本質を見抜いていた」白秋でも、「児童から自然に発生」した「つぎのうたの無意味にはかなわない」といっている。日本の子どもたちは、いまもこのような童謡《ナンセンス》を生み出し続けているのである。

あのね　おしょさんがね
くらいほんどうでね
なむし　かむし
あらま　おかしいわね
いちりとらんらん

らんきょくって　しっしっ
しんがらもっちゃ　きゃっきゃっ
きゃべつで　ほい

阪田は、自分の中に棲んでいる幼年や現実の子どもたちの自然発生的に〈でてくる童謡〉に耳を傾け、ナンセンスな世界を紡ぎ出しているといえる。『ばんがれ　まーち』（理論社）は、特にそういった作品が多い。書名にもなっている「ばんがれ　まーち」は、「ばんがれ／ばんがれ／ばんがれ　まーち／さかだち／いっかい／がんばれ　まーち」と、子どもがふざけながら自分を励ます歌である。「うみにでっかいくちあけた」は、「元気なあさちゃんが、元気をとりもどして、海へ泳ぎに行った」と題に付記されており、阪田の〈幼な心〉が「あさちゃん」という幼児の発話となって生まれ出た作品である。海が空無の口を開いたような不思議な童謡《ナンセンス》だ。

うみに
でっかい　でっかい
でっかい　くちあけた
さかな　せんびき
くーうじら！

うみも
でっかい　でっかい
でっかい　くちあけた
こども　せんにん
くーうじら！

海に向かって発する「くーうじら！」という叫びは、食う→空→鯨を連想させて面白い。「オイノリ」「カミサマ」などは阪田自身の幼児期の発話がそのまま作品になっているが、「ひよこ」は幼児の夢想が阪田の内部で羽化したような詩である。

オイノリ
カミサマ
アシタハ
イイオテンキデスカラ
カワヘ　ハマッテ　クダサイ
ドンブリッコ　アーメン

カミサマ
こんなに　さむい
おてんき　つくって
かみさまって
やなひとね

ひよこ
イースター　イースター
日のひかり
エス様は卵のなかから生まれました
ガリラヤのなぎさに
青い貝殻いっぱい咲いて
イースター　イースター
日のひかり
ひよこが空へかけのぼる

（『詩集　サッちゃん』講談社文庫）

「天気のいい日に神さまが空から降ってきて、白く輝く河原にはさまれた水面に、しぶきを上げて落ちますように」というのが、当時四、五歳の阪田の「オイノリ」である。「それを聞いて笑ってくれるばあやがいないことには、姉だけでは私のおいのりに力が入らなかった。」「子供ながらも、その種のふざけた真似ごとを、真面目なキリスト教徒である両親が喜ぶ筈がないことを、私は知っていた」[14]と語るように、熱心で厳格なキリスト教徒の両親の下で育った阪田は、その秩序と枠組みを転倒する言葉の力を幼児期から本能的に培っていたといえる。作品「ひよこ」では、イースターの卵から生まれたイエスがひよこになって「空へかけのぼる」。神やイエスといったキリスト教の権威と厳粛さの中心的存在を、「ドンブリッコ　アーメン」と川の中へ落としたり、無力でかわいい飛べないひよこにして「空へかけのぼ」らせたりして、イノセンスそのままに遊んでいる。天国に入れるのはまさにこのような「幼な子」なのかもしれない。

阪田寛夫のナンセンスが生まれてくる土壌はキリスト教の中にあったともいえる。それは鶴見俊輔が語っている次のような言葉を想起させる。「人間は個体として考えてみても、」「種の歴史として考えてみても、混乱の中から始まって混乱に終わることは、ほぼ確実でしょ。キリスト教的な文明ってのはそうじゃない理想をたてて、理想としてはそれはそれでいいんだけれども、なかなかその理想を受け入れられない。成り立ちにくいわけでしょうねえ。そのときにやっぱりナンセンスってのは別のものを出していく。つまり人間はそのように歴史によって進歩していくんじゃないんだと。」「臨終の瞬間において、われわれは歴史的進歩の一齣《こま》の中にいるのでしょうか。それは疑わしい。」[15]阪田の父が、臨終のまぎわに、あれほど傾倒していた西洋音楽から故郷の子守唄に回帰したことに、それは通じている。ナンセンスは人間の実存と深く関わっているのだ。

原初の混沌・冥さ――「歌の根っこ」でもあり「存在の根っこ」でもある――を見据え、進歩や理想に無意識裡にアンチテーゼをおく（常識《センス》を転倒する）ところから、阪田のナンセンス（童謡）は生まれてくるといえる。

注（1）『別冊現代詩手帖　第二号　ルイス・キャロル』思潮社　一九七二年六月　一九八・二〇一頁
（2）（5）『ノンセンスの領域』河出書房新社　一九八〇年一一月
（3）（13）伊藤信吉『昔話とわらべうた』四元社　一九四二年四月
（4）（8）（14）『燭台つきのピアノ』人文書院　一九八一年六月
（6）種村季弘『増補ナンセンス詩人の肖像』筑摩書房　一九七七年九月
（7）『ノンセンスの絵本3　エドワード・リア』高橋康也「あとがき」河出書房新社　一九七六年八月
（9）向井良人『素敵にことば遊び　子どもごころのリフレッシュ』学芸書林　一九八九年八月
（10）拙文「童謡の近代（一）――北原白秋を中心に――」『梅花女子大学文学部紀要』26　一九九一年
（11）「幼き者の詩」『緑の触覚』改造社　一九二九年三月
（12）拙文「まど・みちおの童謡観――北原白秋との比較」『梅花女子大学文学部紀要』27　一九九二年
（15）『空想の部屋』世界思想社　一九七九年五月

第三章　「音楽のわかる詩人」の童謡観

一　日本童謡史における位置

阪田寛夫は、戦後の童謡（新しい子どもの歌）の創造と普及、さらには研究の面で大きな役割を果たした。ラジオ局の童謡制作者として数多くの作品を世に送り、自身も童謡を創作し、歌を交えた講演を行うとともに童謡に関する評論の執筆を続けた。また、詩人や作曲家の評伝小説――「日本の童謡」（佐藤義美）、『まどさん』（まど・みちお）、「とまと」（荘司武）、「海道東征」（信時潔）、「朧月夜」（岡野貞一）、「更け行く秋の夜」（犬童球渓）などを発表して、研究に資している。[1] 従兄の大中恩から「音楽のわかる詩人」と評された阪田寛夫によって、日本の童謡は初めて詩と音楽の両面から捉えられたのである。

「音楽のわかる詩人」を育んだのは幼少期からの恵まれた音楽環境にあった。「うちがキリスト教で、讃美歌や西洋音楽がいつも流れて」おり、「叔父の大中寅二《おおなかとらじ》も作曲家だったし、その息子の大中恩《めぐみ》も作曲家になった。そういう環境だったからかどうか、小さい頃から音楽に――というより音楽家に憧れて」[2]いた。家にはドイツ製の燭台つきのピアノがあり、「四歳か五歳の私を傍に立たせて、情景の説明を加えながら母親が聞かせてくれた『ウォーターローの戦い』に、私は心をとらえられ」、「至近距離で息をひそめて聴く。これが最初のピアノの体験になった」[3]と、幼い魂に音楽が刻印された日のことを、阪田は語っている。また、山田耕筰に師事し、「椰子の実」を作曲した叔父の大中寅二の影響について、『詩集 サッちゃん』（講談社文庫）の解説で大中恩は次のように語っている。

彼は、小学生のころ、作曲家である叔父（私の父）の影響を、息子である私より遥かに大きく受けて、音楽家になることを夢見ていたのだそうです。作曲の真似ごとをしてピアノの上に置き忘れた譜面を叔父に見つかり、思いがけなくホメられてうれしかった、というはなしをききました。このへんが、現在の「音楽のわかる詩人」という評価につながるのかもしれません。第二次大戦、出征という悪夢を経てやがて復員、ひたすら音楽への道を歩もうと輝いていた彼が、突然音楽を断念したのは、「自信を無くしたから」と言いますが、おそらく真実は、耳を悪くし、右耳の聴力を大きく失ったための断腸の思いの転向ではなかったかと思います。（二六一頁）

「断腸の思いの転向」とは、東京大学文学部美学科で音楽美学を三年間勉強しながら四年生で卒論を書くことを諦め、国史学科に転科したことを意味している。国史学科では、さらに二年間学んで、卒論「明治初期プロテスタントの思想的立場」を書き、一九五一（昭和二六）年九月下旬に卒業した。大阪に戻って数日後に、吉田豊と結婚。朝日放送大阪本社（略称「ＡＢＣ」のラジオ局）に就職した。その二年前（昭和二四年）から始まっていたＮＨＫのラジオ番組「歌のおばさん」の歌を聴いた時、阪田は、「歌詞もさることながら、作曲家の感受性に共鳴し」、「ぼくらの時代だ」[4]と思う。「その歌の魅力は新しい作曲家の才能によると考えていた。すなわち、当時クラシック畑の新人芥川也寸志、團伊玖磨、中田喜直ら日本語の語感に鋭い人たちが幼児のための童謡創作に参加したことが、日本の童謡史に画期的な時代をもたらした最大の要因だと確信していた」[5]のである。それゆえ就職すると、阪田の音楽への志は「新しい子どもの歌」を制作することに向けられていく。工藤直子との対談『どれみそら――書いて創って歌って聴いて』（河出書房新社　一九九五年）から引用してみよう。

僕も放送会社にいるんだったら、あとに残るものを作りたいと考え、「ＡＢＣこどもの歌」というラジオ番組の企画書を、おそるおそる出したら通っちゃった（笑）。月に二曲、創作曲をつくり、毎日の帯番組で放送するという企画です。昭和三十年の九月からスタートしました。そこから子どもの歌をつくる方々との、おつきあいがはじまったのです。「歌のおばさん」は「幼児の時間」ですから、こちらは小学生や中学生の歌をつくりたいと思ってやるのですが、なかなかねえ。（中略）まど・みちおさんにお会いしたのも、この仕事を通じてでした。／こんな番組を作っていたので、いつのまにか、童謡や、作詞ということについて、いろいろ考えるようになった

と思います。（一〇四頁）

「ABCこどもの歌」がスタートした翌年、阪田は東京支社へ転勤した。「作曲家、作詞家、歌手など、東京在住の方が多かったから、東京でやる方が作りやすかった」が、「作詞作曲の依頼から、写譜・貸スタジオ・歌手・オーケストラの手配、配車、録音、楽譜印刷の校正、毎日の放送テープの制作から伝票を切ることまで、全部自分でやる」という多忙な状況であった。そんな中で大中恩たち若手作曲家の会「ろばの会」との交流を深めていく。大阪本社でこの仕事に携った中川隆博は、当時のことを「『ABCこどもの歌』のおもいで(2)」で次のように語っている。

「ABCこどもの歌」がスタートするのと同じ頃、東京では新しい作曲家たちが集まって童謡創作の研究会を開いていました。「ろばの会」といって、メンバーは、中田一次、喜直兄弟、磯部俶、大中恩、宇賀神光利さんら五人で、メンバーは童謡という言葉には古い商業主義の「レコード童謡」のにおいが強いからと、自分たちの書く作品を意識的に「子供の歌」と、呼び分けていました。阪田さんは従兄の大中恩さんから「ろばの会」結成の話を聞いていて、まさしくそのような新しい作品をこの意欲的な若手作曲家たちに依頼すべく東京赤坂の大中さん宅で開かれた「ろばの会」の勉強会にかけつけます。／今、手元に残っている「ABCこどもの歌」の昭和三十年スタートの頃から三十五年までの楽譜をみてみますと、阪田さんの「ろばの会」への期待通り、メンバーが大活躍していることがよく判ります。中田喜直さんは、番組のテーマ音楽をはじめ、数年間に最多の十二曲を、大中恩さんが十一曲を、磯部さんには、放送第一曲目の「いちぢく」をはじめ六つの作品をお願いしています。中田一次さんには「どんぐりどん」などの名作があり、「おさるのゆうびん」などの宇賀神さんは残念なことに亡くなられましたが、「ろばの会」のメンバーの活躍なしには「ABCこどもの歌」は成り立たなかったといってもいい過ぎではないでしょう。（『季刊どうよう』30号　チャイルド本社　一九九二年七月　二四頁）

この「ろばの会」の会員が、一九五九（昭和三四）年十月に開催された「歌のおばさん十周年」記念音楽会で、「歌のおばさん」の松田トシ（松田敏江）に新作童謡を二曲ずつ献呈することになった。大中恩はそのための作詞を阪田寛夫に依頼し、阪田の初めての童謡「サッちゃん」と「いちばんたかいは」が、この時誕生したのである。

一九六三（昭和三八）年に朝日放送を退社した後、(6) 阪田は十年間にわたってNHKテレビ「うたのえほん」「みんなのうた」他に意欲的に作品を発表し、「おかあさんをさがすうた」「はのは」「マーチング・マーチ」「つきはすき」「夕日がせなかをおしてくる」などの名作を生む。これらの童謡は、一九七五年に出版された『サッちゃん　国土社の詩の本13』に収録され、戦後児童文学の詩・童謡の分野に斬新な子どもの世界を提示することになった。

また、一九六三年五月五日に、阪田寛夫、鶴見正夫、関根栄一、荘司武、こわせ・たまみ、おうちやすゆきの六人で、「新しい童謡の創作運動をめざして《6の会》を結成」している。それは、「戦後の日本の童謡が、詩・曲ともに戦前の童謡から大きくすがたを変え、より自由に、すぐれた歌を生み出しはじめておよそ十年ほどを経たころ」であった。「《6の会》はその後、ささやかながら、リサイタルの開催、曲集やレコードの発行、子どもミュージカルの作成等を通して十一年間運動をつづけ、一九七四（昭和四九）年五月五日に解散[7]」した。《6の会》の中心的存在であった鶴見正夫が、一九九五年に急逝した時、阪田は、鶴見の評伝と日本童謡史の考察を重ねた「童謡作家への弔辞（童謡最終講座）」（『童謡の天体』新潮社　一九九六年）を発表した。この中で阪田は、鶴見正夫が童謡詩人の自律性を主張して《6の会》の実践綱領のようなものを例示した一九六七（昭和四二）年頃、「進歩史観」に乗らなくなった音楽の地殻変動が始まっていたことを指摘している。

だがこの時すでに、我々が目指す「音と結びつけた表現」の、その音の方が知らない間に根っこから変動を始めていた。日本の中の音楽の地殻変動につらなって童謡の世界でも、音楽上の進歩史観に乗っかって私たちが永遠に続くと思いこんでいた、日本語と深く結びついたアカデミックな音楽主流の時代は、たとえば「おもちゃのチャチャチャ」という曲の大流行を遠い烽火のようにして、滔々たるポップスの流れにとって代わられて行くのだが、――自律性を目指そうとした我々が、実は大雪崩に乗っかった熊の子のようなものだったと気がついたのは、ずっと後のことで、歌詞で言えばリズム優先のまさに自律性のうすい童謡の奔流から、私たち自身も取り残さ

れて行った。（二七五〜二七六頁）

「日本における西洋近代芸術の受け入れは、美術や文芸に較べて音楽は恐ろしく時間がかかったから、ちょうど戦後の昭和二十年代になって、ようやく世界の水際に手がとどきはじめ」、阪田寛夫が「ぼくらの時代だ」と思うような「日本の童謡史に画期的な時代をもたらした」のであった。が、《6の会》が「音楽上の進歩史観に乗っかって」活動を展開している間に地殻変動を始めた音楽に「私たち自身もとり残されて行った」。そしてその結果、鶴見は長編童話に、阪田は小説に、創作の主力を移していく。阪田の長編童話『ほらふき金さん』（国土社　一九六九年）が書かれたのもこの頃である。阪田は、『赤い鳥』から始まった「日本の近代童謡五十年の流れ」は、「大正七（一九一八）年に突然始まり、昭和四十三（一九六八）年頃に突然終わった」。「メロディーとして自律して子供や大人のタマシイに入りこむ従来のパターンの歌ではなくなって」、「『近代童謡』は社会現象としてはほぼ生産を終え」た（前掲書）と結論づけている。

「童謡作家への弔辞」には「童謡最終講座」が注釈のように付されていて暗示的である。『童謡の天体』には、童謡・讃美歌・唱歌に関わる各地での七つの講演[8]が所収されているので、本全体の最後のしめくくりの意にも、「近代童謡」の終焉を、阪田が聴講したS女子大学での鶴見正夫の「現代童謡論」の講義（一年間の予定が二回めを終えて急逝したため最終講義となった）と重ねた意にもとれる。ただし、書名について、阪田自身は「童謡について語るのはこれで最後」という気持ちで『童謡最終講座』としたかったが、新潮社の編集者の案で『童謡の天体』となり、「童謡最終講座」は、本につけられた帯と最後の章の副題として残されたようだ。(9)

二　童謡観──童謡とは?

阪田寛夫は二〇〇五年三月に七十九歳で逝去したが、この年は奇しくも日本童謡史における節目の年であった。北原白秋生誕一二〇年、西條八十没後三十五年、野口雨情没後六十年に当たっていたのである。神奈川近代文学館は、二〇〇五年十月一日から十一月十三日まで、「日本の童謡　白秋、八十──そして　まど・みちお、金子みすゞ」展を開催した。神奈川にゆかりのある白秋、八十と、白秋を師と仰ぐまど・みちお、八十に称讃されて才能を開花させた金子みすゞを中心に、野口雨情および童謡の代表的な作曲家たち──山田耕筰、成田為三、本居長世、中山晋平、團伊玖磨の業績を紹介。直筆稿、書簡、日誌、写真、諸雑誌、初版本、装丁や挿絵の原画、楽譜、レコード、音楽会のプログラム、遺品、絵画などの貴重な資料で構成された展示であった。文学、音楽、絵画、出版、演奏などの様々な分野で一流の人々が、手を携えて子どもの文化に情熱を注いでいた時代の息吹が伝わってきて、感銘した。

この展示の特集号「神奈川近代文学館」第90号（神奈川文学振興会　二〇〇五年一〇月一五日）に、私は、北原白秋、西條八十、まど・みちお、金子みすゞの童謡観を「童謡とは?」として寄稿した。

阪田寛夫の童謡観と比較するために、拙文の全体を神奈川近代文学館の許可を得て転載する。

「芸術として真価ある純麗な童話と童謡を創作する最初の運動」として創刊された「赤い鳥」誌上で、北原白秋は、日本の童謡（近代児童文学）成立の礎となる仕事に意欲的に取り組んでいる。多様な創作童謡を発表し、新しい童謡詩人たちを育て、子どもが書く児童詩を開花させ、各地の伝承童謡を収集した。／白秋は、第一童謡集『トンボの眼玉』の「はしがき」で、童謡を、「子供の言葉で、子供の心を歌ふと同時に、大人にとつても意味の深いもの」と平易に定義している。そして、「子供の感覚が、どんなに鋭く、新らしいか、生きてゐるか」と感嘆しながら、「子供自身の生活からおのづと言葉になつて歌ひあげねばならぬ筈の童謡を大人の私が代つて作るなどと云ふ事も私には空おそろしいやうな気が」するとも語っている。白秋の〈童謡を書く態度〉は、「子供の心に還つて」、「子供の言葉で、子供の心を歌ふ」ことであった。

それゆえ白秋は、子どもの遊び・生活の中から自然に生まれてきたわらべ唄や児童詩（「赤い鳥」の投稿欄で大正十三年頃開花）の中に、〈生きた子どもの心と言葉〉を探り、作品に反映している。例えば、「赤い鳥」創刊号の巻頭を飾った「りす〳〵小栗鼠」は、小動物に対する子どもの親愛感が、呼びかけ・命令形・擬態語の反復によってリズミカルに描かれており、わらべ唄調である。大正十四年に発表され、戦後も小学校で歌われた「酸模《すかんぽ》の咲くころ」は、すかんぽの咲く土手を毎日通学する子どもの生活が簡潔に描かれていて、児童詩的である。最後の連では、

「すかんぽ、すかんぽ、／川のふち。／／夏が来た来た、／ド、レ、ミ、ファ、ソ。」と、夏がきた喜びを躍動感に溢れる子どもの叫び声で表出している。さらにこの年「アメフリ」も発表されており、雨の日に母親が学校へ迎えに来る子どもの喜びを、「アメアメ　フレフレ、／カアサンガ／ジャノメ　デ　オムカヒ、ウレシイナ。」と、リアルな子どもの日常会話体で表出。画期的な童謡となった。

童謡の根本をわらべ唄に置き、マザー・グースの翻訳もした白秋は、ノンセンスな「うさうさ兎」、ユーモラスな「あわて床屋」、ことば遊びの先駆「五十音」を創作するとともに、残酷な「金魚」から美しく抒情的な「からたちの花」「この道」、空想的な「月へゆく道」まで、多彩な童謡の世界を開いた。

西條八十は、「赤い鳥」に大正七年九月から童謡を発表していたが、大正十一年四月から「童話」に移る。この誌上で、童謡を創作する一方、スティーヴンソン、アルマ・タデマ、デ・ラ・メアア、クリスティナ・ロセッティなどの作品を紹介して童謡の奥深さと豊かさを開示し、投稿欄からは、金子みすゞの希有な才能を開花させて現代へ送り出した。

八十の童謡観は白秋とは対照的である。「童謡を書く態度」（「童話」大正十一年十月）の中で八十は、童謡を、「児童に与えて誦《しょう》せしむるに適《ふさ》はしい歌」であり芸術的価値をもつ「詩である」と定義し、子どもより作者の感動を重視した。また、大人と子どもの心の一致点を、「遠い未知の世界に向つての思慕、郷愁、現在の生活に対する不満懊悩《ふまんおうのう》、失われたるよきものに就ての追懐」と捉え、「自身の鬱悶《うつもん》」を「小児の気持に仮りて表現」する「象徴詩としての童謡」を理想とした。それゆえ難解な作品もあるが、「かなりや」「お山の大将」「怪我」などは作者の哀しみ・寂しさが子どもの心と重なり、妙味がある。

八十の「童謡を書く態度」に刺激を受けたと推測されるみすゞは、大正十二年の「童話」に童謡を投稿して、八十から絶讃される。みすゞは、八十が主張した「高貴なる幻想、即ち叡智想像《インテレクチュアルイマジネーション》」力による「この一切の現象世界の背後に在る、輝かしい超精神《オーバーソウル》の世界への翹望《ぎょうぼう》」(『鸚鵡《おうむ》と時計』序)を、作品として形象化した。「不思議」「蓮と鶏」では様々な現象を不思議がり、「夕顔」では夕方開く蕾の中に神を見、「星とたんぽぽ」では見えなくても存在するものを描き出した。

まど・みちおは、昭和九年の「コドモノクニ」で白秋に認められてデビュー。戦前すでに「昆虫列車」誌上で「純粋な娯楽性」を主張し、ノンセンスな「やぎさん　ゆうびん」の原型作を発表している。直筆ノートの中で、童謡とは、「子どもという人間の萌芽が、この世の不思議に直面して発した叫び」であり、「存在の根源に迫ろうとするもの」。「地球生物的、生きる喜びの歌」でもあり、それを、「人間の子供」になって「自分の中のみんなが創る」と、わらべ唄に通じる童謡観を記す。それゆえ、「ぞうさん」「うさぎ」「くまさん」「あめのこ」のように、「自分が自分である喜び」を生き生きと語った童謡が多い。／まどは、一九九四年、日本人として初めて国際アンデルセン賞の作家賞を受賞。白秋から始まった日本の童謡は、地球的わらべ唄ともいえる普遍性をもったまど童謡によって国境を越え、世界に認められたのである。

『赤い鳥』『金の船』『童話』の相次ぐ創刊（大正七〜九年）以降、北原白秋、西條八十、野口雨情を代表として数多くの童謡詩人が出現し、詩人の数だけ童謡論も書かれてきた。が、童謡観（童謡を書く態度）は、ここにまとめたような二つの立場で捉えることができる。「白秋――まど・みちお」のように、童謡創作の根本をわらべ唄におく（子どもになって歌う）立場と、「八十――金子みすゞ」のように、童謡は詩である（作者自身の表現）とする立場である。畑中圭一は『童謡論の系譜』（東京書籍　一九九〇年）で、様々な詩人（まど・みちおは含まれていない）の童謡論を検討しているが、この中でわらべ唄に言及しているのは白秋だけである。ほとんどの詩人たちは、「童謡は詩である」という立場から童謡の芸術性（文学性）を追求している。[10]

なお、小島美子《とみこ》は『日本の音楽を考える』（音楽之友社　一九九九年新装版）で、白秋の童謡観の重要性を音楽の側から次のように指摘している。「白秋が提起した文部省唱歌に対する批判、わらべ歌の伝統の『開展《ママ》』としての童謡という童謡観は、実は文学においてよりも、音楽において、はるかに重要な意味をもっていたはずであった。」が、「白秋の『在来の日本の童謡』に基礎を置くという考え方は、作曲家たちにはほとんど理解されなかったように思われる。」（二一〇九頁）

第二章で述べたように、阪田寛夫は童謡の根本をわらべ唄に置いている。それゆえ、「童謡の中の文学性」というテーマで講演依頼されても、「童謡の文学性をみずから否定する方向へ話がひとりでに進んでしまった」[11]といい、別の講演では次のように語っている。「脈絡なしにむかし歌った童謡が口をついて出てくる」時、「だいたい歌詞も曲も、当たり前でどうということもない歌が多いです。」「幼いころ毎日たくさんインプットしているはずの童謡、唱歌、わらべうたが、年とってあちこちの穴や管がゆるくなってくると、ときどき小さな気泡になって意識の海に浮いてまいります。それが決して人間の決めた良いもの順には現れず、時も所も見てくれも構わずにひり出てくるという、ものすごい公平さも、童謡の畏敬すべき謎でした」[12]。これは庄野潤三にとっての「あとにのこるは、毛虫いっぴき」という一行を「理想的な童謡」と評したことに通じる。阪田は、こういった点に歌う者にとっての歌の本質を見、作る者にとっては「歌をこしらえるのは、頭でする仕事ではない。ときどき歌は向うからぼくのほうへやってくる」[13]と考えている。つまり、歌うにしても作るにしても、無意識の底から自然に発生してくるわらべ唄のようなものに〈歌の本質〉を見ているのである。

阪田寛夫は雨情について、「白秋、八十と並んで、日本の童謡の三人の元祖の一人ということになっているが、作品の知名度では雨情が一等だ」といい、雨情の作品を「童謡の原型」（歌の本質に合致した作品）だと評価して、『童謡でてこい』（河出文庫　一九九〇年）で次のようにいっている。

（野口雨情は）北原白秋や西條八十の童謡のように、何より先ず読む詩としての質の高さを重んじる、というものではない。「証城寺の狸囃子」や「兎のダンス」のように、むしろ詩を改悪することによって歌詞として成立し、流行した作品さえある。雨情の作った童謡が、当時も、今も、圧倒的に子供や大人の心にしみこんでいる理由は、その底にある極彩色の寂びと、先ず「歌詞」であるという性格によるのではなかろうか。そして何よりも、その歌詞が呼んだ演歌風の旋律が「歌」としての魅力を持ったからである。

赤い靴　はいてた／女の子／異人さんに　つれられて／行っちゃった

この「赤い靴」は感傷的だが、「四丁目の犬」と同じように簡潔な映画の一コマだ。そしてこのフィルムの中には、作者の顔がしゃしゃり出ていないという謙虚さがある（そう私には感じられる）。いわば「詠み人知らず」という性格が、雨情の作品に共通している。「枯れすすき」にしても、一人の作者の手になった芸術作品というよりは、昔から村を廻ってくる一座のくどき節のような感じがある。「からすなぜなくの」という「七つの子」が、映画「二十四の瞳」の中で繰返し使われたのも、子供たちの共有物のような感じを、この歌が持っているからである。私たちが「童謡」として頭の中に持っている原型は、恐らく雨情の作品のごときものではなかろうか。新しい童謡を考える場合にも、この「原型」を無視するわけにいかないのである。（六五頁）

雨情の作品の中に、文学性よりも「歌詞」であるという性格（歌謡性）、作者の自己表現ではなく「詠み人知らず」という性格（無名性）、子どもたちの共有物のような感じ（集団性）を見出して、「童謡の原型」だと評価したところに阪田の童謡観を窺うことができる。[14] それに加えて、雨情の童謡が「人々に好かれる大きな理由」は、「子供の頃の『原風景』」を感じさせ、「人間の情感をも景色としてよいタイミングでとらえた」、日本人の心にしみこむ「景色」にあると指摘している（前掲書）。

（「四丁目の犬」は）家々の裏路地からは夕食の支度の音――誰でもが自分の子供の頃の「原風景」をうたった詩だと感じるのではないか、そこが野口雨情の特徴だと私は思う。よく詩をみると、ほとんど具体的なことは書いてない。一丁目の子供がなぜ帰るのか、二丁目の子供は犬におびえて泣きだしたのか、一切説明ぬきなのに、夕陽の色と町のにおいは目にしみて鮮やかだ。

大正十年に書いた「赤い靴」も説明がないくせに、印象の強い歌である。むしろ説明がないから、強く訴えるのだと言ってもよいほどだ。元来景色というのは、そういうものだ。野口雨情は人間の情感をも景色としてよいタイミングでとらえた。俳句という形を通して日本人は昔からそれをやってきたが、雨情の童謡がこんなに人々に好かれる大きな理由の一つもそこにあるだろう。（六三頁）

この「景色」は、「夕日がせなかをおしてくる」や「おなじ夕方」などの阪田作品にも通じる。なお、片岡輝もこれらの文中に阪田の童謡観を窺い、「『サッちゃん』の詩は、まさしくこの『原型』にのっとり、『詠み人知らず』としての謙虚さを持ち、子ども時代の『原風景』を鮮やかに切り取って、『子供たちの共有物』たり得ている」と評している。(15)

日本童謡史における〈童謡観の系譜〉は、「白秋――まど・みちお」、「八十――金子みすゞ」に対して、「童謡の原型・原風景」を志向する「雨情――阪田寛夫」を第三の立場として捉えることができる。

ところで、阪田寛夫の童謡観は、「童謡を書く態度」（創作意識）に限定されていない。音楽と史学に精通した詩人として童謡の本質を捉えようとしているところに、他の詩人とは異なる特質がある。『童謡の天体』（新潮社）に所収されている「童謡とは」では、『古代歌謡集』（岩波書店　一九五七年）の中に「童謡のはじまり」を探り、「童謡とは何かと問うて」いる。この評論は、「一九九四年九月一九日　甘樫《あまかし》童謡をうたう会」での雅楽演奏・歌を交えた講演という体裁をとっている。日本で最初の「童謡《わざうた》」が歌われた場所「蘇我蝦夷《えみし》、入鹿《いるか》親子が屋敷を構え」た甘樫の丘で行われたと記しているが、「童謡とは」の校正に当たった平井裕子は、阪田からこの作品は虚構だと聞いたと語っている。

「童謡」の第一の属性（本質）は「恐ろしさ」であると阪田は次のようにいう。

学者の説はともかく、この山背大兄王の事件にあたって、日本の歴史上初めて、「童謡」という言葉が使われ、実例が示されました。『日本書紀』皇極紀、皇極二（六四三）年の項です。

岩の上に　小猿米焼く
米だにも　食《た》げて通らせ　山羊《かましし》の老翁《おじ》

この童謡を、山背大兄が襲撃される事件の前に、童子が集って歌った、というのです。中国伝来の言葉「童謡」に、「わざうた」と日本読みをあててありました。（中略）『日本書記』の少なくも童謡という名のついている歌という歌には、みんな実は恐ろしい政治的事件の予告がこじつけられています。その歌を、里の辻々に童子らが「相聚《あつま》りて、謡ひしく」というのです。困ったことになりました。もともと、昔の中国で童謡とは、政治的な事件の前兆として歌われた予言・暗喩もしくは批評の歌のことらしく、ただそれを、童子がうたったというので、「童謡」と呼ばれたそうです。（中略）／童謡とは、もともと野生の仔鹿のように危機を感じることの素早い子供たちが、吹きすさぶ風の中から生臭いにおいを嗅ぎとって、おのずから唱え出される不安な魂の叫びだったんだ、と信じたくもなります。／その気になって考えますと、今うたわれている童謡でも、恐ろしいことの警告や前兆だとこじつけるのはむずかしくありません。（八一〜八三頁）

浅野健二は『わらべうた』（岩波文庫　一九六二年）の「解説」で、「童謡《わざうた》期時代の『童謡』は、全く中国史書の影響によるもので、今日のものとは趣を異にする」といっているが、阪田は、中国伝来の「童謡《わざうた》」のもつ「恐ろしさ（怖さ）」は〈危機を素早く感じる子どもたちの不安な魂の叫び〉であり、「赤い鳥」以降の近代童謡にも通じる童謡の属性の一つだといっているのである。そして、野口雨情の「あの町この町」、三木露風の「正午」をその例にあげている。(16)

また、浅野は「完全な童謡《わらべうた》と考えていいものの初見は、やはり『讃岐典侍日記《さぬきのすけ》』（天仁元年正月二日の条）に記された『降れ降れこ雪』の童謡であろう」といっているが、これに対しても阪田は、八世紀か九世紀に作られた「神楽歌」の中の「あかがり」を、「自然にでき上がった悪口合戦のわらべうた」であり、「古代の童謡のいま一つの起点」だと新説を打ち出している。

ここで私が申したいのは、童謡のもう一つの原型をそこでみつけたことです。怖くない古代の童謡があったんです。それは、長い長いプログラムの終わりの方、夜明けが近づいて、神さまがそろそろお帰りになる直前あたりで出くわしました。有名な「あかがり」です。たった二行の歌詞です。これは片言みたいな歌が並んでいる「早歌」の部類の中に入っていました。信時潔が追っかけごっこをしてうたう合唱曲にしているから、或いはご存じかも知れませんが、あれはあかぎれの歌なんですね。

あかがり踏むな　後なる子

我も目はあり　前なる子

テキストを見ると、二手に分かれて問答する形に書かれていて、本当に追っかけごっこの歌でした。前を行く子が、痛いじゃないか、おれのあかぎれを踏んづけてと文句をつけると、相手も負けずに、おれだって目がついてら、そんな汚い足を踏めるか、と言い返す。私が子供の頃、昭和の初めの大阪の町を大勢で歩く時に、遅れた者が、前を行くやつに向かって、

「先行く者　どーろぼ／後から行く者　じゅーんさ」

とどなりました。言われた方は、

「先行くもん　じゅーんさ／後からくるもん　どーろぼ」

と言い返す。この問答は、「あかがり」が昭和の大阪に、形を変えて残った姿ではないかと疑われるほどで、つまり自然にでき上がった悪口合戦のわらべうた――わらべうたは、明治以前の言葉で言えば童謡です。だから「あかがり」こそは、歴代の学者が童謡のはじまりはこれだと唱えてきた「小猿米焼く」に十分対抗できる、古代の歌謡のいま一つの起点であります。物を知らない人間の強さで、簡単にこう決めてしまいました。

おかしみ。これが童謡の第二の属性です。ただ、最初に聞いて自分の耳を疑ったのは、せっかくおかしいこの歌が、曲調は雅楽――当時の外来音楽と変わりがなかったことです。（九二～九四頁）

「そこでみつけた」というのは、阪田が受講した「古代歌謡をうたう」というカルチャーセンターの六回連続講座で、「先生は、宮内庁の楽部で長い間演奏してこられた芝祐靖氏で、古曲の研究や新曲の作曲もなさるこの方からじきじきに、初心者レッスンを受け」ることのできるものであった。「古代歌謡」を書物の上だけではなく、音声で聴き歌う過程で、「あかがり」を「わらべうた」として発見したことは、阪田にとって大きな驚きと喜びであったと推測される。

「あかがり」は、『古代歌謡集』所収の「神楽歌」の「早歌《さうか》」の中にある。小西甚一の頭注には、「童謡と解したい。子供たちが輪になって何とかごっこをするとき、前の方と後の方とで唱和する趣ではあるまいか。素人猿楽の類で、子供の遊びをまねてみせる情景としても、おもしろい。何にしても、子供の唱和とするのでなければ、よく通じない。」(三三四頁) とあり、子どもの遊びの中で唱和された童謡《わらべうた》のようだ。が、浅野健二が、「平安朝の催馬楽・風俗・今様等の歌謡群の中から、今日の伝承童謡に近いものを摘記して」(『わらべうた』二七三頁) いる中に「あかがり」は入っていないし、『國文學 解釈と教材の研究 子どもの歌――古代から現代まで 日本の童謡』(學燈社 二〇〇四年二月臨時増刊号) の古代童謡は、浅野と同じように、催馬楽の「老鼠《おいねずみ》」「無力蝦《ちからなきかへる》」から始めている。

「あかがり」を、「歴代の学者が童謡のはじまりはこれだと唱えてきた『小猿米焼く』に十分対抗できる、古代の歌謡のいま一つの起点」だと指摘したのは、管見するところ阪田寛夫が最初といえる。阪田は、「あかがり」に「童謡の第二の属性」としての「おかしみ」を見出している。「おかしみ」つまり〈ナンセンスな笑い〉への着眼によって、「あかがり」を現代にもつながる自然発生的な「悪口合戦のわらべうた」と解することができたのである。この視点は、日本童謡史の研究を新しく拓くといえよう。

「童謡とは」の中で、阪田は「童謡の第三の属性」を、「葛城《かづらき》」のもつ「なつかしさ」と捉えている。「岩の上に、小猿米焼く」のように「怖いだけでは困るので、まだ幾つかの童謡の属性を探したい」と考えた阪田は、「江戸時代の国学者たち以来、こんな風に詳しく調べつくされてきた昔の童謡の歌詞が、それではいったいどんな旋律で、どんなリズムでうたわれたかとなると、さっぱり分かっていません。何とか古代の音を知りたいと、私もずいぶん昔から思ってはいたのですが」と、音楽的な面から古代の童謡を探ろうと試みている。そんな過程で、『古代歌謡集』の中に、「『日本書紀』から少し時代を下って、文武天皇から平安時代の始まりの桓武天皇までを書いた『続日本紀』に、一首だけ童謡が出て」いるのを見つける。それが「葛城」であった。そして、土橋寛の頭注から「同じ歌が、のちに催馬楽の『葛城』という曲になった」と判断する。「催馬楽は、『雅楽ふうに編曲された民謡』とあり」、「雅楽の演奏会のプログラムに、たまに催馬楽が入ることがある」ので、実際に童謡「葛城」を音で聴く機会があるかもしれないと、阪田は期待した。ところが、東京大学時代に学んだ「日本音楽史の泰斗」から「あの曲は楽譜が殆ど散佚して、今は演奏されていない」といわれ、「古代の童謡の片鱗だけでも耳にする機会は永久に失われ」たかに見えた。それでも阪田は、古代の童謡を音楽の面から知りたいと願い続け聴く機会を求め続けた結果、その時がついに訪れる。童謡《わざうた》「葛城」を見つけてから約二十年後の一九九四年六月、「古代歌謡をうたう」を受講した「同じ横浜のカルチャーセンターで芝祐靖・石田百合子両氏による『源氏物語の音楽』という講座」に出席して、偶然、復曲された「葛城」の雅楽演奏と歌を聴くことができたのである。「緊張のあまり、歌の中に歌詞の点つなぎもできないままに、主に母音で構成された唱歌が終わってしまい、私は深いため息をつきました」と語っているように、二十年間捜し続けた〈音楽としての古代童謡〉との出会いは、阪田に大きな驚きと感動を与えた。

その驚きと感動を「童謡とは」の最後で次のように形象化している。

では日が暮れないうちに（笑）、芝先生の楽譜にもとづいて、唱歌《しょうが》と楽器の演奏で、千二百年前の童謡を、その現場でうたって頂きます。催馬楽の歌詞でお願いします。

葛城の　寺の前なるや／豊浦の寺の　西なるや

榎の葉井に　白璧沈《しず》くや／真白璧沈《しず》くや　おおしとど／としとんど

しかしてば　国ぞ栄えむや／我家らぞ　富せむや　おおしとど／としとんど

昔、豊浦寺は四方に門があって、西側の葛城の方に向いた門には葛城寺、東の飛鳥に向いた門には飛鳥寺という額がかかっていたそうです。「したがって、葛城寺の前と、豊浦寺の西とは、同じことになる」と土橋寛氏の註にあります。私には、この無意味で、ずっこけた問いかけが、すでに金色の夕陽を葛城や二上の山べに呼び迎える心地でなつかしいのです。そうなると、

おおしとど　としとんど

おおしとど　としとんど

の、ふしぎなはやし言葉も、かつて子供だった頃の日暮れどきの金粉を、空井戸のまわりのむかしの公卿たちの心にも吹き入れずにはおきません。(中略) 怖いうたも、おかしい歌も、口ずさむあとからあとから繰り返しを呼び重ねる中で、なつかしさに染まって行きます。これこそ今日ここにお集まりの皆さんには、一番よくおわかりの童謡第三の属性だと思います。(九九〜一〇〇頁)

催馬楽の「葛城」が古代の童謡《わざうた》であり、童謡の本質「なつかしさ」をもつということを音楽の面とあわせて指摘したのは、阪田の創見である。「葛城」のもつ「なつかしさ」は、野口雨情の「童謡の原型・原風景」の世界にも通じている。「童謡とは」で、阪田寛夫は、はじまりである古代童謡の中に童謡の本質「怖さ・おかしみ・なつかしさ」を探り出し、それが現代にもつながっていることを明らかにしたのである。

『どれみそら――書いて創って歌って聴いて』（河出書房新社）では、わらべ唄・童謡の音楽的特質を、基本となる五音から捉えている。

子どもたちが遊び歌にフシをつけて歌うと、みんなこの五音（注 ドレミソラ）におさまります。ファとかシは、子どもの自然なフシまわしの中にはないみたいです。／いわば日本のわらべ歌の基本音というか。沖縄を例外として、少なくとも私の年頃の者が書いてきた童謡や詩の底には、この、子どもの頃のドレミソラ感覚がただよっているのかも知れません。（一〇頁）

作曲されて十年もあとになって気がついたんだけど、「サッちゃん」を音階でうたうと、ファとシが出てこないんです。ピアノ伴奏を聞くと、複雑な音を使って陰翳を出しているからわからなかったんだけど、メロディーだけをとり出すと、ドレミソラの五音しか出てきません。このヒミツを発見した僕は（笑）、余勢を駆って中田喜直さんの作曲した「めだかの学校」を階名でうたってみた。これまた、複雑なハーモニーの上に、ドレミソラだけのメロディーがのっかってた！　それなら團伊玖磨さんの「ぞうさん」はどうか？　不思議やファもシも現れず、です。戦後の新しい童謡でも、よく歌われた作品は、近代的な和音に日本のわらべ歌の音階がのっかっていたんです。それも誰も気がつかないほどしっとりと。こうして近代と日本の伝統とが、幼児音楽の中でも、内側から一つに結ばれた——というのが私のささやかな大発見です（笑）。（一一三頁）

「ファとシとは日本人の聴覚としては聞きにくく、出しにくい音であったから」[17]、子どもが自然に歌うわらべ唄にはファとシはなく、ドレミソラの五音が「日本のわらべ歌の基本音」になっていると、阪田は指摘している。[18]そして、「わらべ歌の基本音」で育った詩人が作詞した童謡の底には「ドレミソラ感覚がただよっている」ので、「日本語の語感に鋭い」近代音楽の作曲家たち——大中恩、中田喜直、團伊玖磨などが作曲した「戦後の新しい童謡でも、よく歌われた作品は、近代的な和音に日本のわらべうたの音階がのっかっていた」ということを、阪田は発見したのである。この点については、『讃美歌　こころの詩』（日本基督教団出版局　一九九七年）で、さらに次のように語っている。

おもしろいのは、私のいとこの大中恩《めぐみ》です。彼は子どものころから、霊南坂《れいなんざか》教会で聖歌隊に入っていましたから、日本の民謡やわらべ歌は苦手で、意識的に自分のメロディーに取り入れることも少ない。でもその大中さえ、日本語の話法に忠実に作曲した童謡「サッちゃん」のフシをよく調べると、意外にも日本の五音の歌だと分かります。耳の感覚は、頑固ですよね。西洋音楽が、日本各地の学校教育にゆきわたるのが、ほかの学科よりも二〇年遅れたのは、そのためですね。（二三二頁）

大中恩は、「サッちゃん」を作曲する時、詩の「内側にあるリズムとイントネーションを、そのまま拡大して作曲し（中略）作詞した人間が気づかないでいた、言葉の内側のリズムをみつけてくれた」[19]。その結果、阪田が詩の底に有していた「日本のわらべ歌の音階」になったのである。そしてそのことによって、「サッちゃん」は日本人が好む国民的愛唱歌になった。童謡が音楽の面でもわらべ唄を根本においているということを、自身の作品を通して阪田は実証したのである。

三　未刊の『童謡十夜』

一九九二年十二月二十日（日）、大阪国際児童文学館で、「児童文学特別講座　童謡史の新しい頁を拓く　西條八十誕生一〇〇年／北原白秋没後五十年記念」が開催され、阪田寛夫は、藤田圭雄、畑中圭一とともに講師を務めた。[20]阪田は、日本児童文学界の長老であった藤田より二十歳若いが、戦後の童謡史において、詩を作り研究し普及活動をしたという点で、両者は共通している。一九八五年に日本童謡協会（中田喜直会長）から『季刊　どうよう』（チャイルド本社）が創刊され、藤田は編集長、阪田は編集協力委員として関わりが深まった。阪田は、「季刊　どうよう　第0号　創刊準備号」（一九八四年七月）の座談会「みんなで生んだ　みんなのうた」に出席しており、以後も座談会や執筆の形でこの雑誌に参与している。一九九七年には、藤田圭雄、阪田寛夫、中田喜直、湯山昭の監修で、『日本童謡唱歌体系』全六巻（東京書籍）を刊行している。「この全集は、二〇世紀を総括し二一世紀につなげる為、現代望みうる最高の監修者四名が、六年の歳月をかけ、明治から現代までの子供達の歌すべてに目を通して、詩・曲ともに後世に残すべきと判断した一三〇〇曲を厳選し、集大成」（案内チラシ）したものである。

『童謡でてこい』（河出文庫）の「解説　阪田寛夫の磁石」で、藤田は阪田について、童謡史の「散歩道を楽しむのには特製の磁石が必要なので滅多に人に会うことはない」が、「ここに素晴らしい仲間が出現した。阪田寛夫である。阪田の持っている磁石は、どこであれだけの磁力を蓄えたのか大変強力で優秀だ。」「詩にも音楽にも深い教養を持つ」と、高く評価しており、両者の信頼関係が窺える。それゆえ、二〇〇〇年十月二十八日（土）、同じ大阪国際児童文学館で、「21世紀に残す、ステキな童謡の世界　藤田圭雄先生追悼[21]」として、藤田圭雄（一九九九年一一月七日逝去）と中田喜直（二〇〇〇年五月三日逝去）の業績をたたえ追悼する講演を、阪田寛夫が行った。[22]この時、対談と歌を川口京子が、ピアノを平井裕子が担当している。

川口京子は、子どもの頃、上野耐之《たいし》に歌を学び、早稲田大学第二文学部演劇科に在学中、郡司正勝《ぐんじ》と小島美子に私淑した。一九九二年から藤田圭雄の講演の助手と歌い手を務め、藤田を介して阪田と出会った。「北原白秋を唄う」「野口雨情を唄う」「日本の唱歌」「戦後のこどものうた」「歌でつづる日本の自然」などのテーマでソロコンサートを行い、歌曲・童謡・唱歌・民謡・子守唄等を言葉を重視した歌唱で歌っている。ソロアルバムCD『さくら～川口京子〝櫻〟を唄う～』[23]『帰去来　川口京子愛唱歌集』がある。平井裕子は、四歳よりピアノを習い始め、東京芸術大学音楽学部楽理科卒業。在学中より、芝祐靖《しばすけやす》に神楽笛、高麗笛、龍笛《りゅうてき》を学び、伶楽舎のメンバー等として国内外で雅楽古典曲や現代作品を演奏している。また、古代歌謡や保育唱歌の研究・復元も手がけている。阪田の依頼で『どれみそら』や「童謡とは」の校正に携わり、「童謡とは」を実際にレクチャーコンサートとして実現するきっかけを作った。

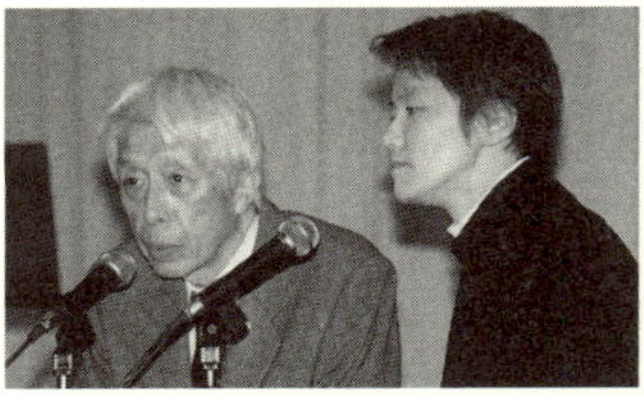
阪田寛夫氏と川口京子氏

その最初は、一九九九年六月五日（土）に京都コンサートホール小ホールで、京都女子大学が主催して開催された「京女《きょうじょ》初夏のマチネ　21世紀へのクロスオーバー」の「第二部　音楽のクロスオーバー『童謡の天体』」である。阪田寛夫（話）、川口京子（歌）、平井裕子（横笛・ピアノ）に、雅楽演奏家の石川高（笙）と中村仁美（篳篥《ひちりき》）が加わって行われた。次いで、二〇〇〇年五月十三日（土）には国際日本文化研究センターにおいて、「第25回日文研公開セミナー　童謡の天体」が、前回と同じメンバーに河合隼雄（国際日本文化研究センター所長）が「フルートとお話」で特別出演して開催された。この講演のチラシには、「話し手・構成」を担当した阪田によって次のような「趣旨」

が記されている。

わが国の古代と近代に、外来の大きな音楽体系が二度にわたって受容された様を、童謡・唱歌というジャンルを通して、実際に音を聞きながら考えてみたい。古代では童謡の意味内容も中国のそれに倣っていた（日本書紀・続日本紀）が、一方、唱歌は若い貴族の子弟たちの外来音楽たる雅楽修得上の便法から出発した（竹取物語）。／明治初期の近代的学制施行に遅れて出発した音楽科の名称が「唱歌」であったのみならず音楽取調掛設置（明治一二年）以前に意欲的に試作された新教材が、西洋音楽も兼修しつつある新しい伶人による雅楽風の曲だったことは、その教材を習った児童・生徒たちが、後から入った西洋の曲に日本語をあてはめた唱歌の方にたちまち飛びついたことと共に、二十世紀来の外来音楽受容の状況とも較べ合わせて興味深い。

「わが国の古代と近代に、外来の大きな音楽体系が二度にわたって受容された様」には時空を越えた共通性があり、古代の唱歌が近代にもつながっていることを、阪田は『童謡でてこい』（河出文庫）で次のようにいっている。

もともと「唱歌」は昔の雅楽の用語である。ショウガもしくはソウガは、平安時代に雅楽を練習する時に、口でメロディーを「チーラーロールロ」と唱えるやり方、早く言えば口三味線のことだったらしい。ところで、実はその雅楽もまた当時の「洋楽」だった。古墳時代から輸入されだした朝鮮・中国・東南アジアの音楽が、平安時代にやっぱりゴムまり、アンパン式に消化されて、日本式雅楽になった。……あまり分らないことを知ったかぶりするのはよくないが、明治の唱歌がスコットランド民謡に日本語の歌詞をくっつけて「故郷の空」、「蛍の光」を作った事実と、たとえば「越天楽」のメロディーに歌詞をつけて楽しんだ平安（末期）の人々との間に、どこか似通った頭の働き方を感じられないであろうか。（四五～四六頁）

現在の東京芸術大学音楽学部の前身は東京音楽学校であり、その前身は音楽取調掛である。一八七九（明治一二）年、伊沢修二はここで「音楽教師の養成と、唱歌教材集の編集[24]」に当たった。明治の唱歌を作る上で伊沢の果たした役割について、阪田は前掲書でさらに次のように指摘している。「伊沢が考えたのは西洋音楽の直輸入ではなく、日本の音楽との折衷であった。」「伊沢が作り出した和洋折衷の『唱歌』は、いまも学校で歌われている。のみならず、現在の童謡や流行歌の中にも影響力をのこしている。／アメリカで初めて西洋音楽を習ったとき、伊沢修二はドレミファのファの音が出せなくて苦労した。その体験をもう一度理論的に考えた結果、音階の第四音と第七音が入らなければ、あるいはあっても少け（マヽ）れば、日本人でも歌いやすかろうという結論が出た。これは大した創見だった。そこで西洋の曲でもスコットランドの民謡はファとシが少ないというので、そのメロディーを取って『蛍の光』や『故郷の空』が作詞された。」（三〇～三一頁）

伊沢が洋楽をとり入れて作り出した明治の唱歌は、わらべ唄の五音階（ドレミソラ）を基調としていて日本人の心情をゆさぶり、後の童謡や歌謡曲にも影響を及ぼしたという阪田の指摘も、「大した創見」といえる。『童謡でてこい』で阪田は、子どもが作る童言葉《わらべことば》・わらべ唄・児童詩から大人が作る童謡・唱歌・讃美歌まで含めて、総合的に「童謡」としている。「童謡の天体」は、そういった様々な星座が時空を越えて交響している様相を、音楽的に有機的に捉えようとする試みであった。

その後、二〇〇一年十二月一日（土）に日本出版クラブ会館で、NPO図書館の学校が主催して、「童謡・唱歌のあゆみ——ことばの持つ力——」を開催。阪田寛夫（話）、川口京子（歌）、平井裕子（横笛・ピアノ）の三人で行われ、内容は前掲の「趣旨」とほぼ同じようなものであった。[25] 最後のレクチャーコンサートとなったのは、二〇〇二年二月から十二月まで十回にわたって行われた「童謡の天体　～お話と歌でたどる童謡唱歌史～」である。これは、「主催　日本財団／協力　日本音楽財団」の「日本財団ミニコンサート」として、月一回火曜日の十八時から十九時十分まで、日本財団ビルのバウルームで開催された。

日本財団の会長であった曾野綾子が、川口京子の歌を聴き、阪田寛夫とレクチャーコンサートを行っていることを知って、この「連続演奏会」を企画した。阪田は三浦朱門と高知高等学校以来の親友であり、戦後は、三浦、曾野とともに小説同人誌「新思潮」を発行している。曾野綾子は、『私日記3　人生の雑事《ざつじ》すべて取り揃え』（海竜社）の二〇〇一年「十月三十日」で、次のように記している。「十二時から阪田寛夫氏と、来年一年十回くらいの計画で、財団の一階ホールで行う唱歌・童謡の連続演奏会についての打ち合わせ。総監督と解説を阪田寛夫氏がしてくださることになる。最後に聴衆皆が歌うことについてもご配慮を頂けたら、とお願いしてみた。」また、第一回が行われた二〇〇二年「二月二十六日」には、「信時潔《のぶとききよし》の作曲による荘重な『海行かば』とは全く違う『うみゆかば』が演奏された。日本の伝統的音階で作った部分と、西洋音階の軍艦マーチとが合体したものだが、普通私たちがパチンコ屋で聞いている軍艦マーチの原点だという。音楽会が終わったあと、パリで会ったフランス人が「驚いた、驚いた」と日本語で言いながら帰って行った。」とあり、「十二月二十四日」には、「今日は財団一階のロビーで一年間に十回行われた阪田寛夫さんの『童謡の天体』の最終回。『きよしこのよる』がどのような変遷で歌われたかを教えられ、皆で『椰子《やし》の実』を合唱して閉会した。」と記されていて、レクチャーコンサートの様子が彷彿とする。

なお、これは十夜（十話）のコンサートであったことから、夏目漱石の「夢十夜」を連想して、『童謡十夜』という書名で岩波書店から刊行される予定であった。けれども、病気の悪化によって実現されずに終わった。『童謡でてこい』『どれみそら』『童謡の天体』『讃美歌　こころの詩』で論じたことの集大成として、十回に及ぶレクチャーコンサートを基に、壮大な構想でまとめられようとしていた『童謡十夜』の一端を知る資料として、十回のプログラムをここに掲載しておきたい。

「童謡の天体　～お話と歌でたどる童謡唱歌史～」総目次

①童謡・唱歌のはじまり（二〇〇二年二月二六日）

○出演者

構成・話し手　阪田寛夫／歌い手　川口京子／雅楽奏者　平井裕子（龍笛《りゅうてき》・箏《そう》）中村仁美（篳《ひち》篥《りき》）早川順子（笙《しょう》、和琴《わごん》）八木千暁（琵琶《びわ》、龍笛）

○曲目紹介

1．神楽の早歌から「あかがり」／2．催馬楽《さいばら》「鷹の子」【催馬楽解説】催馬楽は各地の民謡や和歌を雅楽風に編曲したり、雅楽曲に歌詞をつけたりしたもので、平安時代中期に流行しました。句頭（くとう）と呼ばれる第一歌手の独唱から始まり、笏拍子（しゃくびょうし）を打ちながら拍子をとり、付所（つけどころ）と呼ばれる部分から他の歌手が斉唱します。／3．楽器紹介／4．越殿楽今様「いろはうた」【歌詞】色は匂へど散りぬるを　我が世誰ぞ常ならむ　有為の奥山　今日越えて　浅き夢見し酔ひもせず／5．黒田節〈福岡県民謡〉／6．保育唱歌「うみゆかば」【歌詞】海行（ゆ）かば　水漬（みづ）くかばね　山行かば　草むすかばね　大君の辺（へ）にこそ死なめかえりみはせじ（注　軍艦行進曲を「うみゆかば」関連で、平井裕子と早川順子がピアノ連弾した。）

②洋楽の渡来・讃美歌と唱歌（二〇〇二年三月二六日）

○出演者
阪田寛夫（構成・語り手）／川口京子（歌い手）／平井裕子（ピアノ）
○曲目紹介
1．我が主を愛する歌（わがため十字架に）〈聖歌〉／2．Old Hundredth（こよなくかしこしには）〈讃美歌〉／3．Jesus Loves Me（主われを愛す）〈讃美歌〉／4．①Happy Land（あまつみく〈讃美歌〉②春のやよい─明治一四年 小学唱歌集 初編─／5．風車（かざぐるま）─明治一〇年保育唱歌─／6．①わらべ唄の「蝶々」②The Boat Song ほか ③蝶々─明治一四年小学唱歌集 初編─（歌詞）「てふてふてふてふ 菜の葉にとまれ 菜の葉に飽いたら桜にとまれ 桜の花の栄ゆる御代に とまれよ遊べ 遊べよ とまれ」／7．①英国国歌のメロディー（明治十五年「讃美歌並楽譜」におけるチューンネームはAmerica）にはめた「わがやまとの」〈讃美歌〉②ジョージ・オルチン氏アレンジの「わがやまとの」（チューンネームはHinomoto）〈讃美歌〉／8．ド・ロ様の歌 ①一つとせ人と生まれたゼズスは〈聖歌〉②しんぱいなく〈聖歌〉（歌詞）「しんぱいなく しんぱいなく なんでも なんでも よいことでけぬ これもこれも」
③唱歌集編集はじまる 音楽取調掛編『小学唱歌集』明治一四〜一七年（二〇〇二年四月二三日）
○出演者
阪田寛夫（構成・語り手）／川口京子（歌い手）／平井裕子（ピアノ）
○曲目紹介

1．見わたせば　明治一四年　初編一三番　（詞）柴田清熙《しばたきよてる》　（曲）J・J・ルソー原曲による？（参考）むすんでひらいて　（詞）未詳　（曲）同上／2．うつくしき　明治一四年　初編一八番　（詞）稲垣千頴《いながきちかい》　（曲）スコットランド民謡「The Blue Bells of Scotland」／3．蛍（蛍の光）　明治一四年　初編二〇番　（詞）稲垣千頴原案による　（曲）スコットランド民謡「Auld Lang Syne」（参考）讃美歌「めさめよ　わが霊（たま）」／4．君が代（現行「君が代」とは異なる）　明治一四年　初編二三番　（詞）『古今和歌集』より稲垣千頴補作　（曲）S・ウェッブ？／5．五倫の歌　明治一四年　初編三三番　（詞）孟子　（曲）L・W・メーソン／6．あふげば尊し　明治一七年　第三編　五三番　（詞）音楽取調掛メンバー合議　（曲）未詳／7．誠は人の道　明治一七年　第三編　七三番　（詞）未詳　（曲）W・A・モーツァルト「魔笛」パパゲーノのアリアより／8．菊（庭の千草）　明治一七年　第三編　七八番　（詞）里見義《さとみただし》　（曲）アイルランド民謡「The Last Rose of Summer」

④日本人作曲家の誕生（二〇〇二年五月二八日）

○出演者

阪田寛夫（構成・語り手）／川口京子（歌い手）／平井裕子（ピアノ）

○曲目紹介

1．故郷の空　明治二一年『明治唱歌（一）』（詞）大和田建樹《おおわだたけき》　（曲）スコットランド民謡「Comin' Through the Rye」／2．埴生の宿　明治二二年『中等唱歌集』（詞）里見義　（曲）

H・R・ビショップ「Home,Sweet Home」／3．月下の陣　明治二六年『音楽雑誌』第三三号（詞）永井建子《ながいけんし》（撰曲）永井建子（原曲はベッリーニ）／4．一月一日　明治二六年『官報第三〇三七号附録』（詞）千家尊福《せんげたかとみ》（曲）上真行《うえさねみち》／5．港　明治二九年『新編教育唱歌集（三）』（詞）旗野十一郎《はたのたりひこ》（曲）吉田信太《よしだしんた》／6．かり　明治二五年　伊澤修二編『小学唱歌（一）』（詞）わらべ唄を伊澤修二が改作（曲）伊澤修二／7．うさぎ　明治二五年　伊澤修二編『小学唱歌（二）』（詞）（曲）わらべ唄より／8．婦人従軍歌　明治二七年『婦人従軍歌』（詞）加藤義清《かとうよしきよ》（曲）奥《おく》好義《よしいさ》／9．勇敢なる水兵　明治二八年『大捷《たいしょう》軍歌』（詞）佐佐木信綱《ささきのぶつな》（曲）奥好義／10．雪の進軍　明治二八年『大東軍歌・花の巻』（詞）永井建子（曲）永井建子／11．夏は来ぬ　明治二九年『新編教育唱歌集（五）』（詞）佐佐木信綱（曲）小山作之助《こやまさくのすけ》

⑤明治三〇年代の唱歌（二〇〇二年六月二五日）

○出演者

阪田寛夫（構成・語り手）／川口京子（歌い手）／平井裕子（ピアノ）

○曲目紹介

1．鉄道唱歌（東海道編）　明治三三年『地理教育鉄道唱歌（一）』（詞）大和田建樹（曲）多梅《おおのうめ》稚《わか》／2．散歩唱歌　明治三四年『散歩唱歌』（詞）大和田建樹（曲）多梅稚／3．電車唱歌　明治三八年『東京地理教育電車唱歌』（詞）石原和三郎《いしわらわさぶろう》（曲）田村虎蔵《たむらとらぞう》／4．禁酒の歌　明治三五年　婦人矯風会機関誌『婦人新報』九月号（詞）松山俊（曲）数説あり。今回はリパブリック讃

歌で。／5．モモタロー　明治三三年『幼年唱歌（初級上巻）』（詞）田辺友三郎《たなべともさぶろう》（曲）納所弁次《のうしょべんじ》郎《ろう》／6．うさぎとかめ　明治三四年『幼年唱歌（二編上巻）』（詞）石原和三郎（曲）納所弁次郎

7．道は六百八十里（凱旋歌）　明治二四年『音楽雑誌　第九号』（詞）石黒行平《いしぐろこうへい》（曲）永井建子
このメロディーを兵士たちが唄いくずしたものを明治三七年三善和気《みよしかずおき》が「出征」にとり入れている。／8．美しき天然　明治三八年『美しき天然』（詞）武島羽衣《たけしまはごろも》（曲）田中穂積《たなかほづみ》／9．花　明治三三年『四季』（詞）武島羽衣（曲）瀧廉太郎《たきれんたろう》／10．水あそび　明治三四年『幼稚園唱歌』（詞）瀧廉太郎（曲）瀧廉太郎／11．お正月　明治三四年『幼稚園唱歌』（詞）東《ひがし》くめ（曲）瀧廉太郎／12．憾《うらみ》（ピアノソロ）　明治三六年（曲）瀧廉太郎／13．またあふ日まで（讃美歌）
チューンネーム　RANKIN（明治三六年は各派共通讃美歌が出版された年）

⑥軍楽隊と明治の洋楽《お雇い外国人教師の功績》（二〇〇二年七月二三日）

○出演者

特別出演・警視庁音楽隊（指揮・音楽隊長　林紀人《はやしのりと》）
阪田寛夫（構成・語り）／川口京子（歌）／平井裕子（ピアノ）

○曲目紹介

1．維新マーチ＋宮さん宮さん　明治元年頃（詞）未詳（曲）未詳／2．フェントンの君が代
明治三年（詞）『古今和歌集』より（曲）J・W・フェントン／3．扶桑歌《ふそうか》　明治一八年（曲）C・E・G・ルルー／4．抜刀隊《ばっとうたい》　明治一八年（詞）外山正一《とやままさかず》（曲）C・E・G・ルルー／5．

ノルマントン号沈没の歌　明治二〇年（詞）未詳（曲）抜刀隊のメロディーの俗謡化／6．ラッパ節　明治三七年頃（詞）添田唖蟬坊《そえだあぜんぼう》（曲）上記のメロディーのさらなる俗謡化／7．空に真赤な　明治四二年（詞）北原白秋（曲）同上　／♪たなばたさま　昭和一六年（詞）権藤はなよ、林柳波（曲）下総皖一《しもうさかんいち》（編曲）荻野松宣《おぎのまつのぶ》／♪サッちゃん　昭和三四年（詞）阪田寛夫（曲）大中恩（編曲）荻野松宣／♪ぞうさん　昭和二六年（詞）まど・みちお（曲）團伊玖磨（編曲）團伊玖磨／♪我は海の子　明治四三年（詞）未詳（原詩・宮原晃一郎）（曲）未詳（編曲）荻野松宣

⑦小学唱歌の成熟（二〇〇二年九月二四日）

○出演者

阪田寛夫（構成・語り）／川口京子（歌）／平井裕子（龍笛・ピアノ）

○曲目紹介

1．青葉の笛　明治四三年一月『音楽界』第三巻第一号（詞）大和田建樹（曲）田村虎蔵／2．ツキ（月）明治四三年七月『尋常小学読本唱歌』（詞）不祥（曲）不祥／3．こうま　明治四三年七月『尋常小学読本唱歌』（詞）不祥（曲）不祥／4．春が来た　明治四三年七月『尋常小学読本唱歌』（詞）高野辰之《たかのたつゆき》（曲）岡野貞一《おかのていいち》／5．水師営の会見　明治四三年七月『尋常小学読本唱歌』（詞）佐佐木信綱（曲）岡野貞一／6．紅葉　明治四四年六月『尋常小学唱歌（二）』（詞）高野辰之（曲）岡野貞一（二重唱編曲）中野義見《なかのよしみ》／7．茶摘　明治四五年三月『尋常小学

唱歌（三）』（詞）不祥（曲）不祥／8．鯉のぼり　大正二年五月『尋常小学唱歌（五）』（詞）不祥（曲）不祥／9．海　大正二年五月『尋常小学唱歌（五）』（詞）不祥（曲）不祥／10．冬景色　大正二年五月『尋常小学唱歌（五）』（詞）不祥（曲）不祥／11．児島高徳　大正三年六月『尋常小学唱歌（六）』（詞）不祥（曲）岡野貞一／12．朧月夜　大正三年六月『尋常小学唱歌（六）』（詞）高野辰之（曲）岡野貞一／13．故郷　大正三年六月『尋常小学唱歌（六）』（詞）高野辰之（曲）岡野貞一

⑧大正前期の童謡・唱歌〜『赤い鳥』以前〜（二〇〇二年一〇月二二日）

○出演者

阪田寛夫（構成・語り）／川口京子（歌）／平井裕子（ピアノ）

○曲目紹介

1．旅愁　明治四〇年『中等教育唱歌集』（詞）犬童球渓《いんどうきゅうけい》（曲）オードウェイ／2．四つ葉のクローバー　明治四三年『音楽』第一巻第六号（訳詞）乙骨三郎《おっこつさぶろう》（曲）ロイテル／3．浦のあけくれ　明治四三年『中等音楽教科書』巻四（詞）吉丸一昌《よしまるかずまさ》（曲）マッジンギ／4．早春賦　大正二年『新作唱歌』第三集（詞）吉丸一昌（曲）中田章《なかだあきら》／5．ドンブラコ（御伽歌劇）明治四五年（詞・曲）北村季晴《きたむらすえはる》／6．茶目子の一日　大正八年『童話唱歌』第五編（詞・曲）佐々紅華《さっさこうか》／7．お玉じゃくし　明治四五年『幼年唱歌』第一集（詞）吉丸一昌（曲）梁田貞《やなだただし》／8．お客様　大正五年『大正幼年唱歌』第七集（詞）葛原《くずはら》しげる（曲）梁田貞／9．電車　大正五年『大正幼年

唱歌』第七集（詞）葛原しげる（曲）小松耕輔《こまつこうすけ》／10．あられ　大正六年『大正幼年唱歌』第八集（詞）葛原しげる（曲）梁田貞／11．浜辺の歌（詞）林古渓《はやしこけい》が大正二年『音楽』第四巻第八号に発表（曲）東京音楽学校生であった成田為三《なりたためぞう》が大正五年に作曲（楽譜の出版）大正七年『セノオ楽譜』九八番

⑨大正童謡〜『赤い鳥』以後〜（二〇〇二年一一月二六日）

○出演者

阪田寛夫（構成・語り）／川口京子（歌）／平井裕子（ピアノ）

○曲目紹介

1．赤い鳥　小鳥（詞）北原白秋　一九一八（大正七）年『赤い鳥』一〇月号（第一巻第四号）（曲）成田為三　一九二〇（大正九）年『赤い鳥』四月号（第四巻第四号）／2．かなりや（詞）西條八十　一九一八（大正七）年『赤い鳥』一一月号（第一巻第五号）（曲）成田為三　一九一九（大正八）年『赤い鳥』五月号（第二巻第五号）／3．お山の大将（詞）西條八十　一九二〇（大正九）年『赤い鳥』六月号（第四巻第六号）（曲）本居長世　一九二一（大正一〇）年『新作童謡』第二集／4．風（原詩）クリスティナ・ロセッティ　一八七二年（一八九三年増補）『Sing-Song: A Nursery Rhyme Book』（訳詞）西條八十　一九二一（大正一〇）年『赤い鳥』四月号（第六巻第四号）（曲）草川信　一九二一（大正一〇）年『赤い鳥』6月号（第六巻第六号）／5．四丁目の犬（詞）野口雨情　一九二〇（大正九）年『金の船』三月号（第二巻第三号）（曲）本居長世

一九二〇（大正九年）『金の船』四月号（第二巻第四号）／6．十五夜お月さん（詞）野口雨情 一九二〇（大正九）年『金の船』九月号（第二巻第九号）（曲）本居長世 一九二〇（大正九）年『金の船』九月号（第二巻第九号）／7．七つの子（詞）野口雨情 一九二一（大正一〇）年『金の船』七月号（第三巻第七号）（曲）本居長世 一九二一（大正一〇）年『金の船』七月号（第三巻第七号）／8．揺籠《ゆりかご》のうた（詞）北原白秋 一九二一（大正一〇）年『小学女生』八月号（曲）草川信 一九二一（大正一一）年『赤い鳥』一〇月号（第九巻第四号）／9．砂山（詞）北原白秋 一九二二（大正一一）年『小学女生』九月号（曲）中山晋平 一九二二（大正一一）年『小学女生』九月号／10．からたちの花（詞）北原白秋 一九二四（大正一三）年『赤い鳥』七月号（第一三巻第一号）（曲）山田耕筰 一九二五（大正一四）年一月一〇日作曲と自筆署名の楽譜あり／11．赤蜻蛉《あかとんぼ》（詞）三木露風 一九二一（大正一〇）年『樫の実』八月号（曲）山田耕筰 一九二七（昭和二）年『童謡百曲集』／12．夕焼小焼（詞）中村雨紅 一九一九（大正八）年に作詞したとされる（曲）草川信 一九二三（大正一二）年『あたらしい童謡 その一』

⑩きよしこのよるの歴史（二〇〇二年一二月二四日）

○出演者

阪田寛夫（構成・語り）／川口京子（歌）／平井裕子（ピアノ・ギター）

○曲目紹介

1．讃美歌 神の御子《みこ》は（ADESTE FIDELES）／2．栄行《さかゆ》く御代《みよ》 明治一六（一八八三）年

『小学唱歌集』第二編第四十五《（ママ）》（詞）不明（曲）ADESTE FIDELESとほぼ同じ／3．きよしこのよる A．原曲（ドイツ語）一八一八年一二月二四日（詞）Joseph Mohr（曲）Franz Gruber B．しの、め 明治二七（一八九四）年『新撰譜附 クリスマス讃美歌』（詞）湯谷磋《ゆやさ》一郎《いちろう》（曲）Michael Haydn ※当時誤ってハイドンの弟の作曲と思われていた C．きよしこのよる 明治四二（一九〇九）年『讃美歌第二編』第六十五 甲（詞）Joseph Mohr（曲）Joseph Barnby 一八六八年 ※異なる旋律（訳詞）不明 D．きよしこのよる 明治四二（一九〇九）年『讃美歌第二編』第六十五 乙（詞）Joseph Mohr（曲）Franz Gruber（訳詞）不明 E．きよしこのよる 昭和六（一九三一）年『讃美歌』（詞）Joseph Mohr（曲）Franz Gruber（訳詞）由木康《ゆうきこう》／4．荒城の月 明治三四（一九〇一）年 東京音楽学校蔵版『中学唱歌』（詞）土井晩翠（曲）瀧廉太郎（ピアノ伴奏譜）山田耕筰／5．椰子の実 昭和一一（一九三六）年七月に『国民歌謡』としてNHKから放送された（詞）島崎藤村（曲）大中寅二／6．帰去来（詞）北原白秋 昭和一六（一九四一）年『婦人公論』四月号（曲）信時潔 昭和二三（一九四八）年頃

注（1）「日本の童謡」「とまと」「海道東征」は『戦友』（文藝春秋 一九八六年）、「朧月夜」は『群像』（講談社 一九八九年一〇月号）「更け行く秋の夜」は『春の女王』（福武書店 一九九〇年）に所収されている。

（2）（4）（19）『どれみそら——書いて創って歌って聴いて』河出書房新社 一九九五年一月

(3)(5)『童謡の天体』新潮社　一九九六年一〇月。なお、「童謡の天体」の初出は『新潮』(新潮社　一九九六年七月号)。
(6)「ABC子どもの歌」の番組は、阪田の退社後も一九六六（昭和四一年）まで一一年間続いて、約三〇〇曲制作された。
(7) 66の会編『童謡曲集　すてきな66のうた』「はじめに」カワイ出版　一九九二年八月
(8) ここに収録されている講演は、日付と場所はそのままだが、タイトルは変更され、内容も大幅に虚構化されている。「まどさんの自然」は「子供のための叙情詩あるいは日本の童謡について」(『ベルリン日独センター報告集』第9号)、「はじめの讃美歌」は「キリスト教と童謡」(『講演集　児童文学とわたしII』梅花女子大学・大学院　児童文学会)、「帝塚山の文化」は「帝塚山の文学」(『講演　帝塚山の文学』帝塚山学院高等学校PTA広報委員会）がもとの講演題と収録している冊子である。「童謡作家への弔辞」は「童謡作家への弔辞」(『日本児童文学』文渓堂　一九九六年二月号)。他は未確認。
(9) 平井裕子氏からの筆者宛書簡（二〇〇六年一一月五日)。
(10) 童謡創作の根本をわらべ唄におくという白秋の考えは、児童自由詩に情熱を注ぐ過程で「童謡も詩の一つの道」という考えに変わっていく。その結果、弟子の「与田準一、巽聖歌、佐藤義美の童謡が、子どもの歌としての童謡であるよりも、自己の詩心の表現形態」となり、「世界にも類少い、短詩型の印象詩」「鮮新な感覚詩という、在来なかった美しい花々が咲き競い、もう、『子どものため』などという命題は忘れられてしまった」と、藤田圭雄は『日本童謡史』(あかね書房　一九七一年　二五四頁）で指摘している。
(11)(13)(17)『童謡でてこい』河出文庫　一九九〇年一一月
(12)「童謡の謎、わらべうたの秘密」『声の力』岩波書店　二〇〇二年四月
(14) 雨情は「土の自然詩・郷土童謡」を主張していたが、『民謡と童謡のつくりやう』(黒潮社）では、わらべ唄

について「芸術の匂ひもしないものが多い」「卑猥なものさへ」あると語っている。
(15)「マイルストーンとしての『サッちゃん』」『季刊どうよう』25号　チャイルド本社　一九九一年四月
(16)土橋寛『古代歌謡をひらく』(大阪書籍　一九八六年)には、野口雨情の「船頭小唄」が関東大震災の前兆(二十世紀のワザウタ)と言われたことが言及されている。
(18)小泉文夫『子どものあそびとうた――わらべうたは生きている』(草思社　一九八六年　二頁)で、すでに、わらべうたにはファとシが抜けている「つまり五音しか使っていないという点で、やはり日本的な特徴が自然に出ている」と指摘されている。
(20)主催　大阪国際児童文学館・日本児童文学学会
(21)主催　大阪国際児童文学館／後援　日本児童文学学会・日本児童文学者協会・日本童謡協会・大阪国際児童文学館を育てる会
(22)『日本児童文学』(小峰書店)二〇〇〇年三~四月号の「追悼　藤田圭雄」に、阪田寛夫は「弔辞」を執筆。また、『百年目』(新潮文庫　二〇〇〇年一〇月)に「中田喜直への弔辞」を執筆。
(23)小島美子氏は、このCDのパンフレットの中で次のように評している。「川口さんはまず歌詞を、日本語の歌詞をていねいに、行間に漂うものまで読みとり、それをどう表現しようかと、今度は思いきって歌いきる。」「歌の心がそれぞれの歌らしい形で私たちの心に届く。」「それぞれ自然に響いてくる。それが〝歌唄い〟川口京子の歌なのである。」
(24)堀内敬三、井上武士編『日本唱歌集』岩波文庫　一九五八年一二月　二四一頁
(25)「図書館の学校」25号(二〇〇一年一二月)、『子どもの本~この一年を振り返って~二〇〇一年』(NPO図書館の学校　二〇〇二年四月)に記事掲載。

第四章　時空を越える幻想

「戦後児童文学の現代性」を考えようとする時、現時点では物語中心に論じられており、[1]まど・みちお、阪田寛夫、谷川俊太郎といった詩人たちが開いた世界の新しさ（現代性）についての検討や位置づけはあまりなされていない。拙著『まど・みちお　詩と童謡』（創元社）では、白秋以降の写生・写実的傾向の強かった詩の分野（ひいては日本児童文学）に、まどがもたらした〈コスモロジカルな想像力・笑い・自分らしさの尊厳〉について述べた。そこで本書では、阪田寛夫が戦後児童文学にもたらした新しさを、第二章のナンセンスに続き、〈現実に根ざしながら時空を越える幻想性〉として考えてみたい。

一　シュールな映像性

まず初めに注目したいのは、選詩集『てんとうむし』（童話屋）所収の「はなやぐ朝」「らくだの耳から」である。この二作品を掲げてみよう。

はなやぐ朝
春のはじめの
はなやぐ朝に
みかんのたねを
お庭にまいた
さかなのめだまを
つちにうずめた

おさないわたしは
ゆめみていた
はるかなとおい
あかるい夜に
みかんは熟れて
星になり
わたしのさかなは
空の川をのぼるでしょうと

らくだの耳から
らくだの耳から
夕陽がこぼれ
風がいくらか
吹きました

わたしの影は
地球を離れ
ひきつりめくれて
堕《お》ちていきます

ちょうどいま
わたくしが何かに変る
わたしはさかな
わたしはオレンジ

そう思うだけで
みちみちて
おさないわたしは
かがやいていた
春のはじめの
はなやぐ朝には——

注　初出では第二連三行めは「とつぜんはばたき」で、第三連は次のようになっている。
見て！
ちょうどいま
わたくしが何かに変る
わたしはさかな！
わたしはオレンジ！

この二篇は、『てんとうむし』の中では各々独立した詩として扱われており、そのように読んだ方が作品の面白味も増す。が、もとは、「一九七八年四月十三日、東京ABC会館ホールで開かれた、島田祐子リサイタルのために、作詩、作曲された」歌曲集「魚とオレンジ」の最初と最後の詩である。出版上の初出は『歌曲集　魚とオレンジ』（中田喜直作曲　音楽之友社　一九八五年）。この歌曲集の全体は、「1はなやぐ朝　2顔　3あいつ　4魔法のリンゴ　5艶やかなる歌　6ケッコン　7祝辞　8らくだの耳から（魚とオレンジ）」の連作八篇で構成されている。巻頭の「『魚とオレンジ』についての意見」に拠ると、「春のはじめのはなやぐ朝、に始まって、通勤電車や、異性との出逢い、恋、結婚と、時間を追っていますから、女の半生記を書いているよう」に見えるが、阪田の意図は次の点にあった。

これを「女ごころ」の歌と考えて下さる方があれば、それはそれで光栄ですけれども、私は「人間」が変えられる——自分を越える圧倒的な何ものかの力で、今までの自分ではなくなる時に直面すること、を主題にしたつもりです。自分を中心に生きている童話的な時間から、圧倒的なものによって生かされている神話的な時間への変わり目、その怖れと、もしそう言うことを許されるならば歓びとを、私は最後の二行の、

わたしはさかな!
わたしはオレンジ!

という言葉によってあらわしたかったのです。(二頁)

阪田の関心は、「いま何かに変りつつある——一種の極限状況にある『わたくし』」にあったようだ。が、「わたくし」が変わる〈時〉というのは、〈いつ・誰に〉でも普遍的に存在するものであって、他の六篇が描いているようなある女性の恋愛から結婚に到るまでの物語を必ずしも前提にする必要はない。また、「はなやぐ朝」「らくだの耳から」は非現実的空想的で子どもの夢想に通じる世界であるのに対し、他の六篇はある女性の現実的生活的な物語であり、質的に次元を異にしている。それゆえ、作られた経緯とは別に、この二篇が独立して『てんとうむし』に所収され、子どもが読む詩に加えられたことの意義は大きい。なぜなら、子どもの深層意識に働きかけて、「自分を越える圧倒的な何ものかの力で、今までの自分ではなくなる時に直面する」ことへの「怖れと歓び」を感じさせる

と考えられるからである。

　この二篇の幻想性についてであるが、「はなやぐ朝」の場合、「春のはじめの／はなやぐ朝」という心地よい美しい〈時〉に、魚の目玉を土に埋めるというのはグロテスクでナンセンスである。かつて白秋は、「幻想的童謡も主として此の真の感覚的層積を経たものから来る」[2]といい、幼い少女が寂しさのゆえに赤い金魚を次々と殺す童謡「金魚」を作ったが、「感覚的層積を経た」幻想という点で通底する。また、木にたわわに実った魚は、エドワード・リアの「ノンセンス植物図鑑」（『ノンセンスの絵本3』河出書房新社）の「学名 Fishia Marina　和名サカナ・ウナバラソウ」を想起させる。が、天上には星になったみかんが光り、木から飛び立った魚たちがきらめきながら空の川を昇る光景は、リアを超えてシュールレアリスムの世界である。そしてこの夢想の中で充足して輝くことのできる幼年期の幸福感が、年齢を経た後の「わたし」の中にいまも生き続けていることが暗に語られている点で、この作品には〈時間と夢想〉の二重構造がある。

　阪田は「空の川」（『夕方のにおい』教育出版センター）という作品で、「川のはじまりは空／川のおわりは海／けれどもある日／海から雲が噴き上がる／そのあざやかな雲の峰を／いまさかのぼる空の川」といっており、水と空とが共生するイメージをもつ。それゆえ、ガストン・バシュラールが『水と夢』（国文社　一九六九年）でいうように、「水は一種の宇宙的故郷となり、空に魚を繁殖させる。共生するイマージュが深い水に鳥を、そして大空に魚を与えるのだ」。

「らくだの耳から」もシュールな世界である。「らくだの耳から／夕陽がこぼれ／風がいくらか／吹きました」というリリカルな情景描写は、一方で地平線が弧を描く広漠とした砂漠のような存在の起点となる空間を想像させる。また、「わたしの影」が「わたし」ではなく「地球を離れ」、宇宙（四次元）の向こう側へ「ひきつりめくれて／堕ちて」いくというのは、妙にリアリティーを感じさせる不思議な光景である。あえて解釈をすれば、「夕陽」に照らされた〈時〉の境界（光と闇の間）で、「風」（聖霊＝神の作用）によって「影」（悪しき否定すべきもう一人の自分あるいは過去）をぬぎ捨て、新しい自己を確立すること（復活）を描いているといえようか。

　魚は「古くから水の象徴」であると同時に「生命と豊かな実りのシンボル」でもある。また「キリストを表す」とともに「キリストと関係づけられた意味において精神の糧[3]」でもある。オレンジは「金色であるため、天界の果実とされ、完全、無限、豊饒を表す。[4]」したがって「魚とオレンジ」とは「（自己の）豊かな実り」を意味すると思われるが、それ以上に、形・色・匂い・触感などの「感覚の層積」によってイメージを鮮明にする効果もある。影がひきつりめくれて堕ちるという深刻な緊張感の後に、「わたくし」が魚やオレンジに変身するというのは、象徴的な意味があるとしてもイメージ的にはナンセンス（重さの軽さへの反転）の印象を受ける。

「はなやぐ朝」「らくだの耳から」は、ダリの絵のようなシュールな映像性をもちつつ抒情的でもあるところに、不思議な魅力がある。また、阪田はかつて、高知高等学校文科に在学中、「一人ずつ自分の信仰について話すことになった」時、「私は先ず自分がキリスト教徒の家に生まれついた宿命をのべた。いやおうなしに教会へ通わされたこと。感激もなしに着せられた肉のシャツみたいなもので、（中略）心に卑しいことを思い浮かべるたびにますます卑屈に心が内向した」(5)と、キリスト教徒という自身の宿命をネガティヴに語っていたが、無意識の底からわきあがってきたイメージ「魚とオレンジ」はきわめてキリスト教的なのが、興味深い。さらにこの二作品を重ねて読むと、「わたしのさかな」は「わたしはさかな」に転じて、魚になった私が「空の川」を昇るという壮大で面白いイメージを生む。ここに描かれているのは〈このようになりたい・あってほしい〉という願望の世界であり、シュールな幻想性をもつ点で、白秋以降の詩の流れとはイメージが異質である。

〈川と魚〉、そして〈今までの自分ではなくなる時の怖れと歓び〉に対する阪田の関心の深さは、「ぼくは川」「水の中」にも窺える。「ぼくは川」を掲げてみよう。

じわじわひろがり
背をのばし
土と砂とをうるおして
くねって　うねって　ほとばしり
とまれと言っても　もうとまらない
ぼくは川
真赤な月にのたうったり
砂漠のなかに渇いたり

それでも雲の影うかべ
さかなのうろこを光らせて
あたらしい日へほとばしる
あたらしい日へほとばしる

（『夕方のにおい』教育出版センター）

この詩には「ぼく」という少年が川に変身して、好きなように流れてみた時の不安と喜びとが描かれている。全体は一連だが三つの部分から成る。ゆるやかにのび広がり、折れ曲がったり飛び散ったりしながら自由に思う存分に走る川。時には気味の悪い赤い月に苦しみもがいたり、砂漠で渇いたりすることがあっても、静かに雲や鳥（他者）のためにも生きる川。そして、その川である「ぼく」は新しい日（未来）に向かって力いっぱい流れて（生きて）いきたいと願う。最後の反復がその願望の強さを、連用中止法の多用とラ行音（弾音）が流れていく川の躍動感を、効果的に表現している。

「水のなか」（『ばんがれまーち』理論社）は、人類が誕生するよりはるかに遠い過去（魚の時代）と、個としての「ぼく」が誕生するよりも少し遠い過去（母の胎内にいた頃）を、十一歳の「ぼく」がいま再びその記憶を蘇らせて生きてみるという作品である。もし「ぼく」が魚だったら、まだ羊水の中にいるんだったら、そんな風に泳いでみたいなあという子どもの願望を、現在と過去の〈時〉を重ねながら描いている。

水のなかにいると
さかなだった時のこと
思い出す
くねって　もぐる
うねって　はねる
そんなにうまくいかないね
忘れてしまって人間になって
何億年もたったんだ
すると　ぼく　ことし
二億プラス　十一歳
つい　すーい　ざぼざばん
なつかしの国めざして

水のなかにいると
おなかのなか泳いだこと
思い出す
くねって　もぐる
うねって　はねる
こいつはじょうずにできそうだ
忘れてしまって赤ん坊になって
まだ十一年たっただけ
すると　ぼく　ことし
十月《とつき》プラス　十一歳
つい　すーい　ざぼざばん
ひかりのしぶきめがけて

ここにもやはり、「ぼく」という少年の語り口で、〈いまの自分ではない自分を生きる時の不安と喜び〉が表出されている。「ぼくは川」が未来に向かうのに対し、「水のなか」は過去に向かって、いまの自分ではないものに変身するところに、幻想性がある。

子どもが潜在的にもつ願望を形象化したような「ぼくは川」「水のなか」は、一九六〇年代に出現した「たいなあ詩（主体的児童詩）」を想起させる。「たいなあ詩」とは、「してみたいなあ／なってみたいなあ／いってみたいなあ／……たいなあ／……たいなあ――というようなきもちをかいてみましょう」という指導法で子どもの意識下の欲望を掘り起こし、時にはシュールレアリスムのオートマチズム（自動記述法）によって「人間のもつ無意識の領域を解放(6)」しようと試みた。自由な空想力の飛翔によって子どもたちを現実から解放し、自我（主体的な生き方）を自覚させようという考えの下に生まれてきた児童詩（子ども自身が書いた詩）である。弥吉菅一は、『日本の児童詩の歴史的展望』（少年写真新聞社　一九六五年）の中で、「たいなあ詩」の出現を「あたらしい児童詩の提唱時代」と位置づけ、「『即生活』の生活詩が提唱されてこのかた三十年来のことであろうと思えるし、あるいは、白秋以来の革命的宣言である」と高く評価して、次のように記している。

松本利昭は、その生活詩を「生活つづりかた児童詩」だと否定し、「詩の本質追求から生まれる人間開発をめざす、あたらしい児童詩教育」、「たいなあ詩」＝「主体的児童詩」なるものを提唱した。（中略）この主体的児童詩がもつ特性は、といえば、人間の中の人間性（深層意識）を大切にし、その本質論であるとともに方法論でもあり得る「たいなあ方式」を案出し、何よりもポエジイを大切にする。したがって、そこからは、いままでの生活詩とは、全く形質を異にした詩的要素の高い作品が生産されることになった。かくて、児童詩は、白秋以来、はじめて、その主体性を獲得したことになる。（二四五頁）

この「たいなあ方式」から生まれた児童詩には、「ぼくはゆうれいになて《ママ》／7まんえん／ぬすみました／ぼぞぞんと／けえ《ママ》ました」（一年　松本謙治）のような愉快な詩や、前掲の阪田寛夫の詩にも通底する次のような作品（『子どもの詩の画廊』少年写真新聞社　一九六三年）がある。

たいなあ

京都市　一年　なかざわこうじ

きのう／おかあちゃんに
「もういちど　おなかに
はいりたいなあ」とゆう《ママ》た
「もう　おおきなってんやさかい
あかん」といわはった
ぼくは／もういちど
おかあちゃんの　おなかの中へ／はいって
ほねのかいだんにのって
いやちょうのところを／たんけんしたい

あべこべ世界

東京都　三年　大熊　修

世界が　あべこべになった
鳥は　土の中に　住んでいる。
もぐらやおけらは　空をとんでいる。
地上に　いるものは、みんな海にいる。
魚は　みんな　りく地を歩いている。
そして　人間は　空を　とんでいる。
スーパーマンに　なれるぞ　ビューと
ぼくは、空をとんだ。

「たいなあ詩」は、子どもたちに自分の意識下の欲望（潜在意識・深層意識）に眼を向けさせ、創造的想像力（シュールな映像や空想）を駆使してそれを表現させたことによって、白秋以降の児童詩の歴史（写生詩・生活詩）に驚異的な現代性をもたらした。

本章でとりあげた阪田寛夫の幻想的世界は、この「たいなあ詩」を大人の詩人がもっと洗練した形で子どもの発話体を借りて表出したものということができる。そのことによって、やはり写生詩・生活詩の傾向が強かった児童文学の詩の分野に、まど・みちおのコスモロジカルな想像力とはまた違った、新しい世界を阪田寛夫も開いたといえる。例えば、同じように川（水）を描いても、まど・みちおの「水はうたいます」（『宇宙のうた』かど創房）は、川・海・雲・雨・虹・雪・氷に姿を変えながら、「水は　うたいます／川を　はしりながら／／川であるいまの　どんどこを／水である自分の　えいえんを」と、天と地を循環する水の水（自分）である喜び（存在賛歌）を主題にしている。それに対し阪田の「ぼくは川」は、人間の変身（願望の実現）が主題で、子どもの意識下の欲望を掘り起こしているのである。「こうのとりにのって」（『てんとうむし』童話屋）は、へいま何かに変わりつつある私〉を魂からの誕生として描いている。未生以前、コウノトリに乗って空を飛んでいた私は「タマシイ」で、「タマシイいろ」をしていた。未だ魂の私は、「わたしのなかから／からだがはえたら／どんなにくすぐったいことだろう？／そのからだから／こえやなんかがひびくとしたら？……／うれしくって／はずかしくって／わたしはじーんとあおくひかり／しらじらあけのそらへ／たちまち　まいあがった」という不思議な変身譚で、私たちの魂の深い部分に響く。

二　〈夕陽と桜〉の夢幻世界

小説「春の女王」（『春の女王』福武書店　一九九〇年）の中で、阪田寛夫は、夕陽に照らされながら「桜の花びらに心ゆくまで埋もれたいという願望」を吐露している。

　子供の頃、「幼年倶楽部」か、姉が買ってもらっていた「少女倶楽部」の色つき漫画で、心をとらえられた一こまがある。桜の下に主人公の子供が坐って、膝をかかえて居眠りを始める。花びらが降って、雪のように積もって行く。たっぷり眠って、目がさめたら頭の上の高さまで一面の花びら世界で、腕をのばしてのび上った子供と、うす色の花びらの海とを夕陽が照らしているのだった。一度桜の花びらに心ゆくまで埋もれたいという願望が、そこから今まで続いている。

　ひんやり、やわらかく、あえかな匂いに、いつのまにかすっかり包まれていたい。その時出来れば、おだやかに夕陽がさしていてほしい。（二一二～二一三頁）

他にも、「桜の下を歩いていて、風もないのに花びらが降ってくれると、申訳なくかたじけない気がする。」「満開、という日の午後から雨になって、音もなくしきりに花びらが散り、かなしきものが降るという、至福の時に遭いそこなった。」と、降る花びら、散る花びらの描写がある。〈季節は春、花びらを降らす桜にさす夕陽〉という光景は、極めて幻想的で、かつ日本人の心情と美意識（集合的無意識）に働きかける原イメージである。梶井基次郎の「桜の樹の下には」を連想させる「櫻の樹の下で」（『ばんがれまーち』理論社）は、この幻想的世界を詩にしている。

さくらの花ちる
さくらの木の下で
ひるねをしています
ねむくて　ねむくて
とけそうです

さくらの花の下に
ねているると
花びらいちまい
またいちまいずつ
おもくなります
そのうち歌がきこえます

ここはおくさん
どこですか
はなれて遠き
まんしゅうの
赤いまんじゅに
白まんじゅう……

木のよこには
貝をならべている女
ひとり、ふたり、
よにん、はちにん、
じゅーろく、さんじゅにー、
ろくじゅーよにん……

なつかしく
かなしくなって
目がさめますと
花びらの底にいました
夕陽がひんやりさしこんで

「霞たなびき陽炎《かげろう》の揺れる春の季節こそ、現実世界が最も夢に近いものとなり、そこで甘美な夢に耽り夢の世界にそのまま入りこむというイメージもわき出てくる。」[7] しかも桜の降る花びらの「ひんやり、やわらかく、あえかな匂い」に包まれればなおのこと、夢幻の世界に誘われる。が、この夢幻世界に流れているのは「戦友」(ここは御国を何百里／離れて遠き満州の／赤い夕日に照らされて／友は野末の石の下）の替歌であり、「貝をならべている女」が、墓標を立てる戦争未亡人のように倍増していくのも不気味である。そして「なつかしく／かなしくなって」夢から目覚めると、「戦友」と呼応するように「赤い夕日に照らされて」いる。〈桜の木の下には散華した戦友の屍体が埋まっている〉ようなイメージが潜在していて、甘美な夢だけではない日本人の集合的無意識に訴える面がある。桜の「花びらの乱舞する運動と重ねあわせて時間の経過を読みこむこと、いや二重写しのようにイメージすることは、きわめて自然で」、「現在に生きているのか過去に生きているのかわからなく」[8] なる夢現《ゆめうつつ》の時空に、降る花びらは人を誘う。それは「夕べの歌」(『詩集 サッちゃん』)にも窺える。

かもめの歌がきこえます
街のあかりもつきました
おかあさん　元気ですか
空から赤い花びらが
わたしの上に降ってくる

並木の道はたそがれて
お皿ならべる音がする
おかあさん　見てますか
ふるさともとめて花びらが
わたしの上に降ってくる

だれもがみんなやさしくて
胸にあかりをともすとき
おかあさん　いつまでも
あなたの遠い花びらが
わたしの上に降ってくる

この作品は、美空ひばりの「悲しき口笛」「私は街の子」「港町十三番地」などの歌謡曲のフレーズ（「胸のあかりも　消えるころ」「窓に灯が　ともる頃」「銀杏並木の　敷石道を」）を替歌にして作っているふしがある。夕陽という言葉はないが、空から降ってくる「赤い花びら」が、あたりの空気全体を染めている夕焼けのイメージを与え、〈夕陽に照らされて降る花びらに埋もれたい〉という願望が潜在している。この詩で降る花びらは桜のようにも思えるが、空（天上）から「ふるさともとめて」降ってくる母の「遠い花びら」であり、「赤い花びら」だとすると、形而上的で幻想的な花びらとなる。阪田にとって母親の存在は大きく、母と赤い花の関わりは『土の器』（文藝春秋）でも語られているが、実際の母を契機としつつも、阪田にとって「やさしく大きな夕焼け」[9]は人を包みこむ〈母＝ふるさと＝全ての存在が帰っていく場所〉のイメージなのだ。「ちいさい　はなびら」（『詩集サッちゃん』）には、「ちいさい　はなびら／どこまで　かえるの／きのえだ　ですか／はのかげ　ですか／いいえ／ゆうひの　くによ」と語らせているし、『まどさんのうた』（童話屋　一九八九年）では次のように語っている。

私が生まれ育ったその大阪の四天王寺は、昔から夕日を見る場所だった。今も西門前《さいもんまえ》の坂上に立つと、大阪湾に沈む立派な夕日が大きな夕やけの中で見られる。／この寺だけには限らないが、彼岸の日の夕方に、西の海へ沈む太陽に来世《らいせ》を祈る風習がある。（中略）空いっぱいにあかねや紫の雲がただよって、小さな人間の世界をおしひしぐほどの夕やけが、浄土からのお迎えが近づいたように嬉しくて、心はげまされたに違いない。（中略）五歳のまどさんをなぐさめた夕やけが、だれにとってもなつかしく、追いかけて行きたくさえなるのは、まどさんの考えにそって言えば、そこが人も生き物も木も草も、何もかもが帰って行く道すじだからだろう。（一四八～一五〇頁）

阪田寛夫は、昼から夜（光から闇）への時間の境界――「空から赤い花びらが／わたしの上に降ってくる」ような〈夕方・夕やけ〉に強く心を魅かれており、「無常感と慰籍力」[10]を感じている。また、「カナカナぜみが遠くでなく夕方」や「みんなが帰ったあとのたそがれの横町」を描いたサトウ・ハチローの詩と童話に、「さびしさとなつかしさ」を感じて深く共感している。[11]それゆえ、詩・小説・エッセイの中に〈夕日・夕方〉の描写や言及が多い。[12]そして、「やさしく大きな夕焼け」に包まれる時、人は「家々の裏路地からは夕食の支度の音――誰でもが自分の子供の頃の『原風景』[13]」を五感の記憶を通して思い出し、「おかあさん」と呼びかけたくなるような郷愁（集合的無意識）を喚起させられる。「おなじ夕方」も、そういう世界を描いた作品の一つである。

れんげの花
空に映した四月

おちゃわんを
ならべる音がする
ぼく　かけて
うちの前まできた

いつだろう
これとおなじ夕方しってる
あれは十年前だっけ?
十年前にぼくはいないし
そつぎょうの日の空かしら?
だってぼくいま三年だし……

まあいいや
おかあさん　雲からいいにおい

(『夕方のにおい』教育出版センター)

〈春と花と夕日〉という点では前掲の作品と共通するが、ここでは降る花ではなく、地上を覆う紫がかった桃色のじゅうたんのようなれんげで、安定感がある。「あかねや紫の雲がただよって」いる空にもれんげが咲いて（映って）、暖かな四月の夕方は、天と地とが壮大な色彩のシンフォニーを奏で、「雲からいいにおい」がする幻想的な世界となる。そして「かけて／うちの前まで」くると「おちゃわんを／ならべる音」がして、聞きなれた音・親しい人（原風景）と出会うと、「これとおなじ夕方しってる」と、人は誰も既視感（デジャーヴィユ）に捕えられる。そんな時、現在は過去のようでもあり未来のようでもあり、〈永遠の一瞬〉ともいえるふしぎな時空を人は生きる。

〈夕方・夕やけ〉が光から闇へと移る一瞬の間《はざま》であることによって、ふしぎな時空を現出させ、幻想的な世界を生み出すことは「夕やけ」にも窺える。

青い空気が
いつ赤くなるのか
空を時々見上げながら
自転車をこいできたのに
こんど見たら　まっか
きれいねえ、
思わずつぶやくと

「ありがとう」
小さい女の子が返事した
夕やけのことだよと
言おうとして顔みたら
樺色《かばいろ》の影ひいて
光ってた子

（『ばんがれまーち』理論社）

「青い空気が」一瞬のうちに「まっか」に変わる時、幼い少女はファンタージェンを司る「月の子」(14)に変身し、読者を夢幻の世界に誘う。そして、「おなじ夕方」や「夕やけ」は、やはり色・音・匂い・触感などの「感覚の層積を経た」幻想として読む者にリアリティーを感じさせる。

三　絵本『サンタかな　ちがうかな』

阪田寛夫の絵本に『サンタかな　ちがうかな』（織茂恭子絵　童心社）がある。この絵本ができた経緯について、阪田とともに多くの絵本を創ってきた画家の織茂恭子は、「『サンタかな　ちがうかな』と霊南坂教会」（絵本に挟まれたチラシ）の中で次のように語っている。

高円寺のレストランでコーヒーをのみながら阪田さんが、教会のオルガンひきのおじいさんとその教会が消えてなくなって、オルガンだけがぽっと浮かんでいるという絵本はどうだろうかといった。私はとっさに霊南坂教会でオルガンをひきつづけていた阪田さんの叔父さんの大中寅二氏のことを思った。／霊南坂教会と大中寅二氏は、私にも子どもの頃の思い出がある。聖歌隊員であった姉にくっついて一度だけこの教会を訪れた時、大きな力のある手で、かわいい子だねえと私の頭をぐしゃぐしゃになでまわして歓迎してくれた子どもみたいにむじゃきなおじさんが大中寅二氏だった。／その人も今はなく、霊南坂教会も老朽化と都市再開発計画を理由に取壊されようとしていた。（中略）子どもの頃、たった一度だけの出会いだった教会だけど、最後の礼拝の日から壊される過程を追って阪田さんと数回通ううちに、私の中に位置をしめて存在する建物になった。／その霊南坂教会も今は跡形もない。

霊南坂教会と大中寅二とをモデルにしたこの作品には、幼い少女と教会に住むおじいちゃんとの交流が描かれている。おじいちゃんは、少女と教会の階段でじゃんけん遊びをしたり、オルガンをひいてくれたり、ひどく吹く風を止めたりする。少女は「あのひ　かぜを　とめた　おじいちゃん／やっぱり　サンタクロースかな／あのときも（注　作品の冒頭）　とうのうえに　いたんだよ／あの　とうに　なにがあるんだろう」と、鐘楼につながる狭い薄暗い螺旋階段を登っていく。「ぎしぎし　だんだん／こわーい　だんだん／まっくらだん　だん／まだまだだん　だん　だん……」と。すると、

「かいだんのうえに／ほしが　ひかって」「くりすますの　なかに／おじいちゃんがいた」。が、「ここへきちゃ　だめっ」としかられる。ジングルベルが鳴り響く街で、サンタクロースの格好をしてチラシを配る人を見て、少女は「おじいちゃんでしょ」と思う。そして、「おじいちゃんかな／ちがうひとかな／うちにかえって／いそいで　いそいで／さかを　のぼって／おじいちゃんを　さがしにいくと」、教会は荒れ果てて誰もいない。風が吹きぬける寒々とした空間に立ちつくす少女。

きょうかいが　こわれて　いました
がらんどうの　こわれた　かべから
つめたいかぜが
ばたん　ぎとん　びゅーっ
がばん　ごわん　びゅーっ

これは一体どうしたことか？　少女が出会ったやさしいおじいちゃんと、クリスマスの準備がされて暖かさに満ちていた教会は、現実だったのか、幻想だったのか。作品はその後急展開する。しばらくかぜで寝込んでいた少女が、「きょうかいが　きえてしまわないか　しんぱいで／しんぱいで　しんぱいで／さかをのぼって　きてみたら・らら！／やねがない／とうがない／だんだんがない／まどかべ　おるがん／ない　ない　ない」と、「おじいちゃんは／きょうかいごと　きえ」てしまって、あとには「まっしろの　ゆきの　のはら」ばかりなのである。

おじいちゃんはどこかへ引っ越したと考えれば、現実的な物語になる。が、少女が見た荒れ果てた教会は、それが既に廃屋であったことを示しているので、少女が出会ったのは、おじいちゃんと教会が生き生きと存在していた過去の時間であったのだろうと思わせる。現在を生きる少年少女が、他者の過去の時間を共有するファンタジー『トムは真夜中の庭で』『時の旅人』などにも通じる世界である。少女が「ぎしぎし　だんだん」と登（昇）っていく狭く暗い螺旋階段、荒れ果てた教会とその消失は、読む者の深層意識に働きかけて、過ぎ去り消えゆく時間と存在への不安・怖れと空虚感を、ふしぎな感情とともに喚起する。それは、小学校低学年ぐらいの少女の語り口（わらべ唄・呪文のような）と織茂恭子の絵（サイケデリックな色調や構図）によって、一層効果的に描き出されている。

阪田寛夫は、工藤直子との対談『どれみそら』（河出書房新社　一九九五年）の中で、五歳くらいの時、「初めて人が死ぬということを意識した」ということを、「その時、初めて世の中を感じたというか、恐ろしい、というより不安とか暗さ……どこにも摑まるところのない絶対的な寂しさ、みたいなものでしょうか、そんな世に自分もいるのだという。そういう感じだった気がします、その時の怖さはね。」と語っている。『サンタかな　ちがうかな』にもこの感じは底流している。ただし、絵本の最後は、教会跡を覆う真白な雪、そこに立つ木にかけられたクリスマスの飾り、ジングルベルを歌いながら光った空に飛んでいく鸚鵡によって、再び新しい時間や存在が始まることを暗示している。

〈過ぎていく時間や存在と現在〉に対して阪田寛夫が深い関心をもっていることは、作品「四月」（『ばんがれまーち』）や「ねむりのくに」（『夕方のにおい』）にも見ることができる。

四月

遠い空の雲に
四月がある
教会の隣、クローバ《(ママ)》の原っぱに
四月がある
三つ葉を四つ葉に
だましてみせて
にげて行ったマアちゃんの背中に
四月がある
原っぱのかど一ぱい
鉄筋アパートが建ち
マアちゃんはどこかの
おばあさんになりました
追いかけたきみひとり
まだ帰らずに
遠い空の雲に
四月をみるだろう

ねむりのくに

こどもたちが
かえったあと
ひいじいちゃんひとり
ピアノの前で
昔のことを考える
ひいおじいちゃんは
ことし八十一
でも三で割ると二十七
九で割ると九つ
二十七で割ると三つです
ひいおじいちゃんのなかに
若者がいる
少年がいる
おさなごもいる——

やわらかな光とあたたかさの中で、遠い空の雲にもクローバーの原っぱで遊ぶ子どもたちにも春の息吹が満ちている四月――と、いま眼の前に展開しているように描き出された光景は、「原っぱのかど一ぱい／鉄筋アパートが建ち／マアちゃんはどこかの／おばあさんになりました」で、突然過去の時間の中にフェイドアウトする。その光景は、『トムは真夜中の庭で』で、大時計が真夜中に十三時をうつと、昼間はごみ箱がおいてあるだけの舗装された狭い空地が姿を変える美しい庭園のようなものだ。現在おばあさんになったマアちゃんは、「三つ葉を四つ葉に／だまして」遊ぶ自分を、ハティのようにどこかで夢にみているかもしれない。マアちゃんを追いかけて行った少年は過去の時間の中で生き続け、夢の中で少女のマアちゃんと出会うだろう。鉄筋アパートが立ち並ぶ以前の、スモッグで汚されていない四月の空の下で。「四月」には、姿を変えた現在の中に生き続ける過去の時間が描かれているが、この点は「ねむりのくに」にも同じことがいえる。

ピアノの前にいる八十一歳のひいじいちゃんは、静かな時空で孤独な夢想にふける。過去の時間を遡って、若者の自分・少年の自分・幼な子の自分を現在に蘇らせて生きる。「夢想の存在は老いることもなく、幼児から老年にいたるまで人間のあらゆる年齢を渡っていく。だから、晩年になって人が幼少時代の夢想をよみがえらせようとするとき」[15]、夢想は二重化し深化する。再び世界を開示し、「原始的な無限の広がり」の中に私たちが生きることを可能にする。『モモ』(岩波書店)の中で、モモがマイスター・ホラと時間について問答をする場面があるが、モモは、時間について次のように語る。

「時間はある――それはいずれにしろたしかだわ。」と、彼女は考えにしずんで、つぶやきました。「でも、さわることはできない。つかまえられもしない。においみたいなものかな？でも時間て、ちっともとまってないで、動いていくものだわ。そうすると、どこからかやってくるにちがいない。風みたいなものかしら？いや、ちがう！そうだ、わかったわ！一種の音楽なのよ――いつでもひびいているから人間がとりたてて聞きもしない音楽なのよ。でもあたしは、しょっちゅう聞いていたような気がするわ、とってもしずかな音楽よ。」（二一〇頁）

大中寅二（「椰子の実」の作曲者で大中恩の父であり、阪田の母方の叔父）を連想させるひいじいちゃんは、ピアノの前で、この静かな「音楽」に耳を傾けていたともいえよう。

ところで、「ひいおじいちゃんのなかに／若者がいる／少年がいる／おさなごもいる」と語っている作中の人物（視点）は誰であろうか。ひい孫に当たる少年か少女であるとすれば、その子は、「『時間』が人間の上にもたらす変化」と、どんな大人も「じぶんのなかに子どもをもっていた。私たちはみんな、じぶんのなかに子どもをもっているのだ[16]」ということを理解していることになり、その理解は読者にも及ぶ。それは、『トムは真夜中の庭で』における、「他人の『過去』が、『現在』を生きる人間にとって大切な意味があるということ。ここから、人間のつながりを恢復する道が開けてくる。子ども、大人、おばあさん、トム……という個別的存在が、人間として同質の価値あるものだ、という理解が生まれてくる[17]」ということにつながる。

つまり、『サンタかな　ちがうかな』や「四月」「ねむりのくに」などの詩の形で、阪田寛夫は、『トムは真夜中の庭で』に通じる世界を表現し、戦後児童文学に新しさをもたらしたのである。

なお、「あしおと」（『ばんがれまーち』の巻頭詩）では、坂道を走る子どもの足音――日常のいまは、いま過ぎていく時（一瞬）として絶えまなく過去になり、「もう還らない」ということを描いている。

子どもが走る
アスファルトの坂道
足音がつらなって
地球の外へとんで行く
あの音はもう還らない、と
群青の偏西風　空に光る

「地球の外」という空間に類積された〈時（過去）〉のあり様を知っている（司っている）のは、「空に光る群青の偏西風」（造物主）だけだというのであろうか。また、「らくだの耳から」でも、「影」は「地球を離れ」て堕ちていった。「地球の外」とはいかなる空間であろうか。地球の重力に支配されないゆえに方向や秩序、さらには時間の呪縛からも解き放たれた自由でナンセンスな場所（宇宙）だとすれば、それは「心」のアナロジー（類推）ともいえる。

『モモ』の中に、モモがマイスター・ホラから「時間の花」を見せられる場面がある。黒い鏡のような池の水面を行きつもどりつしている星の振り子が近づくと、「光りかがやく色そのものでできているように見え」る美しい花が開く。すると「モモはその光景に、すべてをわすれて見入り」「そのかおりをかいだだけでも、これまではっきりとはわからないながらもずっとあこがれつづけてきたものは、これだったような気が」する。そして振子が遠ざかるとその美しい花はしおれ、花びらは散り、くらい池の底に沈む。その時、「モモは、二度ととりもどすことのできないものが永久に消え去ってゆくのを見るような、悲痛な気持ち」になる。モモが見たのは花に形象化された現在《いま》という〈時〉であり、その時間を感受するのはホラが語るように人間の「心」なのである。

＊　　　＊

バシュラールが『空と夢』（法政大学出版局　一九六八年）でいうように、「イメージの生命は一層気むずかしい血統の純粋さ」をもち、「創造的想像力に、必然的に火・土・空・水の四元素の一つを帰属させる」のであれば、阪田寛夫は水を夢想する詩人といえる。第一詩集『わたしの動物園』（牧羊社　一九六五年）に所収された「感傷的なうた　3」の中では既に、水と自己同一化した詩人の姿を見ることができるからだ。

波打際から
海の底へ沈んだ
もう潮騒はきこえない
そこは白い光の雪が降り
水はやっぱりうねっている
ぬめぬめまつわる
重い水――
顔を回すと
沈丁花の匂い

降ってくる光と花の匂いに憧れながら、海底の静寂の中でうねっている「重い水」のような自我が潜在している。水は、過ぎてゆく時間と生命や女性（母性）を象徴する点で花としての桜とイメージが重なる。さらに、一瞬の光――神さまの「おまけの愛」（『けやき』）のような夕陽を希求するところに阪田の幻想的世界が現出し、個人的・集合的無意識に働きかけて、現在から過去と未来の時空へ読者のイメージを飛翔させる。それこそが、リアリズム主流の日本児童文学に阪田寛夫がもたらした新しさ（現代性）である。阪田寛夫は、ミヒャエル・エンデが『モモ』で描き出した「時間の花」のような過ぎてゆく現在《いま》や、人・物・空気が変わる一瞬としての現在《いま》に、深い関心をもっている。それゆえ、絶えざる流転・浄化・再生などの象徴である水を夢想し、川が時間の比喩となって「いま・ここ・在ること」を映し出す。

名前のある川　名なし川
川という川どの川も
過去と未来のさかいめに
かすかな雲の影うつし
どんぶらこっこ　すっこっこ
いま流れてる　すっこっこ
いまこっこ
いまこっこ……

（「どんぶらこっこ」部分　『夕方のにおい』教育出版センター）

注(1)　拙文「現代児童文学の動向㈠」『梅花児童文学』第六号　梅花女子大学大学院児童文学会　一九九八年七月
(2)　「童謡私観」『緑の触覚』改造社　一九二九年三月
(3)　『イメージシンボル事典』大修館書店　一九八四年三月、『西洋シンボル事典』八坂書店　一九九四年一〇月
(4)　『世界シンボル辞典』三省堂　一九九二年一〇月
(5)　『燭台つきのピアノ』人文書院　一九八一年六月

(6) 松本利昭『こどもの欲望を掘り起こそう』少年写真新聞社　一九六二年一一月
(7)(8) 中島義道『時間を哲学する』講談社現代新書　一九九六年三月
(9)「サロイアンの町」『国際コムプレックス旅行』學藝書林　一九六八年一〇月
(10)「戦友」『戦友』文藝春秋　一九八六年一一月
(11)(13)『童謡でてこい』(河出文庫)の、サトウ・ハチローと雨情の章「11・30」一九九〇年一一月
(12) 梅花女子大学児童文学科の卒論「阪田寛夫における〈夕方〉の意味」(一九九二年度　仲本章子)参照。
(14) ミヒャエル・エンデ『はてしない物語』岩波書店　一九八二年六月
(15) ガストン・バシュラール『夢想の詩学』思潮社　一九七六年六月
(16) フィリッパ・ピアス「真夜中の庭で」『トムは真夜中の庭で』岩波少年文庫　一九七五年
(17) 上野瞭『現代児童文学』中公新書　一九七二年六月

第五章　多面体で描かれた子どもの心と言葉

児童文学が〈子ども〉を描くのは自明のことのように思われている。そのゆえであろうか、近・現代文学に描かれた〈子ども〉については、西本鶏介が『文学のなかの子ども』（小学館　一九八四年）で、「明治・大正・昭和の有名作家たちの小説に登場する子ども像」を探っているものの、日本児童文学の中に描かれた〈子ども〉については、まだ充分に明らかにされていないといえる。それは、詩・童謡の分野においても同様である。明治以降の歴史をたどるのは機会を改めることとし、詩人の中でも特に〈子ども〉を多く描いてきた阪田寛夫の作品を中心に探ってみたい。

一　潑剌とした子ども

はじめに、国語教科書にも採択され広く子どもたちに親しまれている「夕日がせなかをおしてくる」を、題材的には同じ〈夕日と子ども〉を扱っている西條八十の「お山の大将」（『赤い鳥』大正九年六月）、葛原しげるの「夕日」（『白鳩』大正一〇年一〇月）と比較して、阪田寛夫が描く〈子ども〉

にどのような特徴があるか見てみよう。

　お山の大将
お山の大将
俺ひとり、
あとから来るもの
つき落せ。

ころげて　落ちて、
またのぼる
あかい夕日の
丘の上。

子供四人が
青草に（ママ）
遊びつかれて
散りゆけば。

お山の大将
月ひとつ、
あとから来るもの
夜ばかり。

（『赤い鳥』　大正九年六月）

八十の作品で興味深いのは、視点（語り手）の変化である。第一連は、「お山の大将／俺ひとり」といばって叫んでいる子ども自身の直接発話になっている。それは、丘に向かって青草の上をかけ登り、誰が一番になるか競いあって遊んでいる小学校三、四年生ぐらいの男の子を想像させる。が、第二連の「あかい夕日の／丘の上」と場景描写されたあたりから、語り手は子どもを離れ、第三連では、遊び疲れて帰っていく子どもたちを見ている第三者（大人）の視点に完全に移っている。子ども自身は自分たちのことを「子供四人が」とはいわないからだ。そして第四連はこの視点から、子どもが遊んでいた明るい昼間の喧騒とは対照的に、闇と静寂に包まれた夜の丘の上には月がひとつ出ているだけだという広い空間を描き出す。視点の変化は表現の上にも現れており、「散りゆけば」の文語体・「夜ばかり」という断定のしかた（いずれにしても寂しさ・空しさが潜在している）は、明らかに大人のものである。つまり八十の詩は、夕方まで遊びほうける子どもを題材にしながら、主題は、その後に訪れる夜の闇への不安・孤独という作者（大人）の心情に中心がある。そこには、「童謡を書く態度」（『童話』大正一二年一〇月）で、「児童に歌ふべきよきものを与へると共に、自身の鬱悶をこころよく吐」くことを主張する八十の創作意識が窺える。

夕日

ぎんぎんぎらぎら夕日が沈む
ぎんぎんぎらぎら日が沈む
まっかっかっか　空の雲
みんなのお顔も　まっかっか
ぎんぎんぎらぎら日が沈む

ぎんぎんぎらぎら夕日が沈む
ぎんぎんぎらぎら日が沈む
烏よ　お日を追っかけて
まっかに染まって舞って来い
ぎんぎんぎらぎら日が沈む

（『日本童謡集』岩波文庫）

葛原しげるの「夕日」は、一九二一（大正一〇）年の作でありながらいまも歌われている童謡の一つだ。その理由は、室崎琴月の曲が、子どもの呼気にあって自然で口ずさみやすく、幼稚園でふり付けで歌わされるということもあろう。が、それ以上にこの詩の全体が、子どもの直接発話で成り立っていて、子どもにとって歌いやすいということがある。沈んでいく夕日と、夕日に染められた空・雲・みんなの顔を見ながら、「ぎんぎんぎらぎら」「まっかっか」と叫び、烏に「舞って来い」と呼びかける子どもたちの様子と、反復・オノマトペ・呼びかけといった表現とは、わらべ唄の世界である。このように作者が子どもと重なって発話し得たのは、葛原しげるが教育現場で子どもたちと接する機会が多かったからと考えられる。ところが、言葉の躍動性にもかかわらず、この作品の子どもたちは動かない。静かに並んで「日が沈む」をくり返しながら夕日を見ている――景色の一部となって静止しているのである。全体があたかも子どもの直接発話のように書かれながら、その子どもの見た夕日としては描かれていないのである。そのために、夕日を「ぎんぎんぎらぎら」と真夏の真昼の太陽のように形容し、「日が沈む」というネガティブな言葉を反復することになる。野口雨情は、「夕日」の一年後に「しゃぼん玉」（『金の塔』大正一一年一一月）を発表しているが、「しゃぼん玉、消えた。／飛ばずに消えた。／生まれてすぐに、／こわれて消えた。」と、ネガティブな「消えた」を反復しながら、最後は、「風、風、吹くな。／しゃぼん玉、とばそ。」という子どもの強い意志と願望の言葉で作品を完結させている。つまり、雨情が子どもの心に同化し得ているのに対し、葛原しげるは夕日を見ている子どもの心の中には入らず、子どもを情景として見ているといえる。

大人が児童文学（童謡）を書くわけであるから、実際に子どもが夕日・夕焼けを見た時、何を感じ、どんな風に叫ぶのか（言葉を発するのか）については、想像力が必要とされる。「子どもとおなじ目でものを見たり感じたりして、それを歌にする」[1]といわれている阪田寛夫は、それでは〈子どもと夕日〉を「夕日がせなかをおしてくる」でどのように表現しているのだろうか。

夕日がせなかをおしてくる
まっかなうででおしてくる
歩くぼくらのうしろから
でっかい声でよびかける
さよなら　さよなら
さよなら　きみたち
ばんごはんがまってるぞ
あしたの朝ねすごすな

夕日がせなかをおしてくる
そんなにおすなあわてるな
ぐるりふりむき太陽に

ぼくらも負けずどなるんだ
さよなら　さよなら
さよなら　太陽
ばんごはんがまってるぞ
あしたの朝ねすごすな

（『ぽんこつマーチ』大日本図書）

阪田寛夫が描く子どもたちは、沈む夕日をただ見ているだけではなく、夕日を自分と同じ仲間のように扱い、交流している。地球という惑星に熱と光を与えて生命を育《はぐく》んでいる太陽（天体・宇宙の一部）を擬人化し、交感しているのである。ここには、概念的で常識的な大人には及びもつかないダイナミックでアニミスティックな子どもの感受力と想像力がある。あたり一面が夕映えに包まれ、夕日を背中に浴びながらお腹をすかせて家路を急ぐ子どもたち。背中は夕日の手が触れているように暖かく、地面に延びた自分の影が長い分だけ夕日の「まっかなうで」も長い。したがって季節は春から夏にかけての頃であろう。そんな光景を第三者の視点から情景として描くのではなく、「夕日がせなかをおしてくる」と感じた子どもの言葉として表出している。阪田には夕方の詩が多いが、夕方は昼と夜との境界であり、刻々と赤の色調を変えてゆく夕焼けは祝祭的な時空を生む。この祝祭性の中で子どもは夕日が「でっかい声でよびかける」のを聞き、自分たちも「ぐるりふりむき太陽に／ぼくらも負けずどなる」ことで、太陽（自然）と一体化して明日（未来）への希望を無意識裡に育む。

「夕日がせなかをおしてくる」が描いているのは、「お山の大将」のようなやがて訪れる夜への不安でもなければ、「夕日」のような沈みゆく夕日への抒情でもない。遊ぶこと・食べること・眠ること・あくる朝元気に目覚めて太陽に会うこと、つまり〈生きる〉という点での最も基本的なことであり、〈いまを夢中で生きている子ども〉である。その〈子ども〉が見たり感じたりしたことを、卑近な日常の会話体（子どもの直接話法）で表現し、全体を、「おしてくる」「よびかける」「まってるぞ」「ねすごすな」「あわてるな」「どなるんだ」といったアクティブな動詞（行動）で描くことによって、生命力と躍動感にあふれたものにしている。それは、読者である子どもの目と心と言葉に重なって共感を呼ぶと思われる。しかしながら、塾通いと室内ゲームに興じて一日を終える疲れた子どもたちが増え、原っぱの消失とともに戸外で集団で遊ぶ子どもが少なくなった現在、「夕日がせなかをおしてくる」は、子どもたちがかつてそうであった世界（過去）であり、いつかそうなりたいという願望の世界（未来）に転じつつある。

　ところで、詩の中に子どもの日常卑近な会話体を本格的にもちこんだ詩人は阪田寛夫が最初であろう。[2] それゆえ、「おなかのへるうた」が一九六〇（昭和三五）年に発表された際、「『かあちゃんかあちゃん／おなかとせなかがくっつくぞ』の『かあちゃん』ということばがよくないということで、NHKの放送にはのせられなかったなどという昔ばなしもあり」、「『かあちゃん』ということばが下品であるかどうかはともかく、リアルな生活の実感が溢れる日常的なことばを〝詩的〟と思えない詩人がまだまだいて、『おなかのへるうた』『おとなマーチ』などは、たしかにはじめから受けとめてはもらえず、同感を得られるまでにはけっこう時間がかかった」[3]と、当時の状況をよく知る大中恩は語っている。「おなかのへるうた」は、「おとな（中には詩人もいた）たちの間で物議をかもし、ために放送等にはのりおくれたらしいが、まっさきに同感の拍手を送ったのは子どもたちであった」[4]ようだ。「かあちゃん」だけではなく、「くっつくぞ」というような子どもがふだん何気なく使っている日常語を用いて、「おなかがへる」という主題（子どもには最も根源的な欲求）を描いた点に、詩・童謡の分野における阪田寛夫の革新性があった。白秋以降の詩・童謡は、写生詩的傾向をもち芸術性（標準語による言葉の洗練）を重視してきたわけであるから、子どもの本音を「リアルな生活の実感が溢れる日常的なことば」で表現した阪田の作品は、衝撃的であったにちがいない。「おなかのへるうた」の八年後に発表された「夕日がせなかをおしてくる」は、子どもと太陽の対話というスケールの大きさ（時空の広がり）を加味しつつも、「おなかのへるうた」同様、子どもの生活に密着した言葉で〈生命力に溢れた子ども〉を描いたといえる。

白秋は、「子供自身の生活からおのづと言葉になつて歌ひあげねばならぬ筈の童謡を、大人の私が代つて作るなどと云ふ事も私には空おそろしいやうな気がします」といい、「子供の感覚が、どんなに鋭く、新しいか、生きてゐるか」、「その感覚から子供になつて、子供の心そのままな自由な生活の上に還つて、自然を観、人事を観なければなりません」[5]ともいっている。阪田は自身の創作意識をあまり表明していないが、白秋が語ったこの〈大人が童謡を作る態度〉は、「夕日がせなかをおしてくる」や「おなかのへるうた」を作った阪田の創作態度に重ねてみることができる。

二 「種々の複雑相」をもつ子ども

『赤い鳥』創刊（一九一八年七月）とともに童謡創作を始めた北原白秋は、童謡を「童心童語の歌謡である」と定義する一方で、子どもに向けては、「子供の言葉で、子供の心を歌ふと同時に、大人にとつても意味の深いもの」[6]だと平易に言い換えている。この童謡の定義（広くは児童文学にも当て嵌る）は、いまも有効である。白秋が主張した「童心」について河原和枝は『子ども観の近代』（中公新書 一九九八年）の中で「純粋と無垢」という範疇でのみ捉えているが、それは認識不足といえる。なぜなら白秋は、「童心」すなわち「子供の心」を潑剌として天真爛漫（純粋と無垢）な面と、「種々の複雑相――孤独、友愛、羨望、嫉視、盗心、残虐、相剋、憐愍、哀傷、思慕、後悔、その他」との二つの側面から捉えているからである。そして母の留守に寂しさ・悔しさ・ひもじさから金魚を次々に殺していく少女を描いた「金魚」を、大正八年の『赤い鳥』に発表。「純粋と無垢」の裏側にある孤独・残虐・後悔といったネガティブな「子供の心」を、白秋は早くから認識し重視していた。けれども「金魚」以後、充分には作品化し得ていない。[7]

「夕日がせなかをおしてくる」で生命力と躍動感に溢れた〈潑剌とした子ども〉を描いた阪田寛夫の場合は、それではその裏面としての「種々の複雑相」をどのように描いているだろうか。まず、代表作「サッちゃん」をとりあげてみよう。

サッちゃんはね
サチコって　いうんだ
ほんとはね
だけど　ちっちゃいから
じぶんのこと
サッちゃんて　よぶんだよ
おかしいな　サッちゃん

サッちゃんはね
バナナが　だいすき
ほんとだよ
だけど　ちっちゃいから
バナナを　はんぶんしか
たべられないの
かわいそうね　サッちゃん

サッちゃんがね
とおくへ　いっちゃうって
ほんとかな
だけど　ちっちゃいから
ぼくのこと
わすれてしまうだろ
さびしいな　サッちゃん

（『サッちゃん』国土社）

「サッちゃん」は三十三歳の阪田寛夫が「生まれて初めて」書いた童謡である。「サッちゃん」のモデルがいるわけではなく、「音のひびきが好きでつけた名前で」、「歌詞を書いたのは私の従兄に当たる作曲家大中恩から頼まれたため」である。「昭和三十四年十月に松田敏江氏（当時は松田トシと言っておられた）の『歌のおばさん十周年』記念音楽会が催された。この時『ろばの会』という当時の若手の意欲的な作曲家グループ五名が、それぞれ一曲ずつ新作童謡を松田氏に献呈した。『サッちゃん』は、『ろばの会』の一員である大中恩が彼女に贈った曲の一つ」(8)として誕生した。

この作品は、「サッちゃん」と愛称で呼ばれている幼い少女に対する「ぼく」の親近感（ほのかな恋心ともいえる）と、そのサッちゃんが遠くへ行ってしまう（自分の前からいなくなる）ことへの不安・寂しさ・怖れのような心情を主題にしている。「ちっちゃいから……よぶんだよ／おかしいな」

というものの言い方から判断すると、この「ぼく」もあまり高学年ではなく、小学校三、四年以下の男の子のように読める。白秋は「童謡復興」（わらべうた考）の中で、おしくらまんじゅうをする子どもたちが「神聖なる恍惚愛、自覚なき性の快感」を感じていると指摘しているが、童謡の中では異性への意識を描いていない。(9)『赤い鳥』以降の通史になっている『日本童謡集』（岩波文庫）にも、子どもの異性に対する思いを描いた作品はない。あえてあげれば「赤い靴」（野口雨情）ぐらいであろうか。(10) 日本児童文学は長い間セックスタブーだったといわれているが、阪田は最初の童謡で、日本童謡史の中でも初めてといえる異性への関心（愛情）という〈子どもの心〉を描いた。そして以後も、「牧師さんの女の子」（昭和三七年）・「スケベエ大会」（昭和四三年）・「練習問題」（昭和五一年）などで、少年の少女に対する切ない思いや性への目覚めを主題にした作品を書いている。

ところで「サッちゃん」について、まど・みちおは、阪田との「対談　童謡を語る」（『児童文芸 '82秋季臨時増刊』ぎょうせい　一九八二年）で次のような興味深い指摘をしている。

「サッちゃん」で私が感じたのは、「だけどちっちゃいから《ママ》」という語句が三連ともに入ってますね。サッちゃんが可哀相で、おかしくって、そして寂しい。その理由が全部「だけどちっちゃいから」なのです。この「ちっちゃいから」というのはこの歌の主人公のサッちゃんを愛情こめて見守った結果、相棒のぼくが発見した絶対的でどうすることもできない理由です。この絶対的などうすることもできない理由、それが全編をおおっておおって、その寂しさがあの作品の基調になっていると思います。しかも一番終わりのしめくくりは「さびしいなサッ《ママ》ちゃん」ですが、その寂しいのは、サッちゃんじゃなくて、ぼくが寂しいのですね。サッちゃん自身はちっちゃいから寂しさすらも知らないわけで、そのことがなおさら寂しい感じがするんですよ。／よく子どもの歌というのは明るくないといけないみたいにいわれてますが、明るささえそれがリアリティーを持つためには、寂しさとか、何か反対色の裏づけがあるべきだと思います。このサッちゃんの場合、愛情の裏づけに寂しさが効いていて、胸にじんときます。（三八頁）

まどはさらに、「こういう寂しさ」の背後に、阪田の幼少年期の体験が何か関わっているのではないかということを聞いている。それに対し阪田は、「小学生の時に十ぐらい年上の人が好きになった」が、「その人とは絶対に結婚できない」と「真面目に考えると辛いこと」だったという体験のあることを述べている。また後に、『どれみそら――書いて創って歌って聴いて』（河出書房新社）の中では、五歳ぐらいの時に親戚の若い女性の死を知って、「初めて人が死ぬということを意識したこと」があり、「その時、初めて世の中を感じたというか、恐ろしい、というより不安とか暗さ……どこにも摑まるところのない絶対的な寂しさ、みたいなものでしょうか、そんな世に自分もいるのだという」感じをもった。「その時の怖さ」のような情感が「サッちゃん」の背後にはあると語っている。「サッちゃんの場合、愛情の裏づけに寂しさが効いていて、胸にじんと」くるのだが、それは、五歳の幼児の〈死への怖れ〉と、思春期の少年の〈失恋への絶望感と悲しみ〉という作者の体験・実感に裏うちされていたのである。現実の幼児や少年の内面には、このような「種々の複雑相」があるわけで、けっして「純粋と無垢」だけではない。阪田寛夫は、「サッちゃん」が出現するまでは他のどの詩人も描き得なかった〈複雑で豊かな情感をもった子ども〉を描いたといえる。つまり、童謡の中の〈子ども〉に、人間としてのリアリティーを与えたのである。

そしてそのような〈子ども〉を、「リアルな生活の実感が溢れる日常的なことば」で形象化した。この詩の〈子どもの言葉〉が、どれくらい生きた子どもの発話体に近いかを知るために、書き言葉体に直してみよう。

サッちゃんは、ほんとはサチコというのだ。けれどちいさいから、じぶんのことをサッちゃんとよぶのだ。サッちゃんはおかしい。

同じ内容であったとしても、表現がこのようになされておれば、単なる事実の報告であり、最後の「おかしい」は、サッちゃんの問題点を非難するニュアンスさえ帯びる。童謡の中の「おかしいな」は、〈かわいいな、おもしろいな〉という「ぼく」の愛情のこもった表出であったにもかかわらず。当然のことながら、現実の会話の中では、子どもたちはけっしてこのような書き言葉体では話さない。「サッちゃん」のどのような特徴（工夫）が、生きた子どもの発話体を生み出しているかといえば、誰かに語りかけるか自分への相づち・感嘆でもある文末の「ね・よ・な」、「サチコっていうんだほんとはね」に見る倒置法と「って」「んだ」の音便形、「だけど　ちっちゃい」の俗語的・幼児語的な表現、格助詞「を・は」の省略などと、全体が「ぼく」の直接発話になっている点である。また三連から成る全体の第一行目は反復形でありながら、第三連のみ「サッちゃんがね」になっていて、「ぼく」の驚きを表している。そして「だけど　ちっちゃいから」を単純に反復するのではなく、おかしい（かわいい）→かわいそう（同情）→さびしい（自分自身の悲しみ）へと、第三連において「ぼくが発見した絶対的でどうすることもできない理由」へと質を変えるように構成して、「そんな世に自分もいるのだ」ということを子どもに自然に共感させる。

阪田寛夫は、「『熊にまたがり』という詩は、自宅の畳の上を調子よく歩いているうちにできました」（『てんとうむし』の序　童話屋）といい、「最も幸福な歌」は、「頭でこねて作られたものではなく、向うからやってくるものであり」、「口に乗りやすくて、しかも人生のかんじんな時に限ってとび出してくるような一面も」[11]あると語っている。それゆえ「サッちゃん」も、阪田の内部に生き続けている五歳の幼児や思春期の少年が、三十三歳の阪田と一体になって自然に歌い出した童謡といえよう。構成上の工夫は意識の底に潜めながら。そして「向うからやってきた」大中恩の曲によって「口に乗りやすい」歌となり、国民的愛唱歌になった。阪田は詩に曲がつけられた時の驚きを『童謡でてこい』（河出文庫）で次のように語っている。

> ふしぎなことに最初の一行を聴いた時から、私はそれを前以て知っていたような気がした。決して他の曲の旋律に似ているのではない。いや、むしろどの曲にも似ていない個性の強い曲であった。にもかかわらず、私の心の中に、なつかしい昔の歌のようにひびいたのである。（中略）

もし「サッちゃん」のふしを知っている人がいれば、声を出して歌詞を読んだ時の抑揚やリズムが、そのまま（拡大強調されて）旋律になっているのを発見されることだろう。いや、単なる拡大強調にとどまらず、旋律が子供のお喋りの調子をうまく形どって、しかもやはり旋律としての個性の強さと美しさを備えている。／自分のことを言っておかしいけれども、これは作詞者も知らないで詩の中に封じ込めているリズムと抑揚を外へ引っぱり出して、魅力のある歌として定着する能力もしくは言語感覚を、作曲者が持っている証拠だろう。（一九七〜一九八頁）

大中恩の曲は、「旋律としての個性の強さと美しさを備え」ながら、「子供のお喋りの調子をうまく形どって」いる。詩と曲が一体となって〈子どもの心と言葉〉を実現しているのである。「言葉がはずんでそのまま歌になる。これがわらべうただとすれば、『サッちゃん』も現代の新しい意匠のわらべうたと言える」（前掲書）のである。

現代児童文学の成立は『だれも知らない小さな国』（佐藤さとる　講談社）や『木かげの家の小人たち』（いぬいとみこ　中央公論社）が刊行された一九五九年前後と一般にいわれているが、時を同じくして、谷川俊太郎の「ひとくいどじんのサムサム」と阪田寛夫の「サッちゃん」とが発表されている。谷川はノンセンスな想像力によって〈実存の不安〉を歌い、阪田はリアルな日常語によって〈異性への思いと絶対的な寂しさ〉を歌い、写生詩の伝統が強かった詩・童謡の分野に新しい息吹を吹きこんで「現代」を成立させた。

次に、子どもが抱く劣等感を主題にした「びりのきもち」に注目してみたい。この作品は詩の絵本『びりのきもち』（白泉社）の書名にも用いられており、阪田にとっては重要な位置を占める。初出は『季刊どうよう』第一号（チャイルド本社）である。

びりのきもちが　わかるかな
みんなのせなかや　足のうら
じぶんの鼻が　みえだすと
びりのつらさが　ビリビリビリ

だからきらいだ　うんどうかい
まけるのいやだよ　くやしいよ
おもたい足を　追いぬいて
びりのきもちが　ビリビリビリ

この詩が発表されたのは一九八五年であるが、こういう子どもの気持ちを配慮して運動会で徒競走をしなくなったとも聞く。走るのが遅い子どもが、次第に疲れてきて眼線が下がってくる。前を走る子の背中から足の裏へ、もっと下がって自分の鼻先が見える頃は息も切れてへとへとで、足も上がらず遅れる一方。思うように動かない自分の足を情けなく思い、観衆の中でそんな姿をさらすことに子どもなりの屈辱感を味わう。負ける悔しさ・つらさで心の中には自嘲的な感情も含めて怒りとも悲しみともつかない強い気持ちがわき起こる。それをびりと音をかけた「ビリビリビリ」と表出することで、暗く湿った主題を闊達でドライなものにしている。子どもを外から客観的に描くのではなく、まさに子どもの眼に重なりながら外界を見、その子どもの発話体で内面を表出し得ていて妙である。同じ体験のある子どもは、心に燻っている思いを詩を読むことによって吐き出すであろう。負けることに対してはっきり「くやしい」と意志表示し（そこに能動性がある）、その気持ちを「ビリビリビリ」と形容するところから判断すると、この子は小学校三、四年生であろうか。阪田が描く〈子ども〉はその年ごろを彷彿とさせるリアリティーがある。

　子どもが抱く劣等感（落ちこぼれ意識や自己否定感も含めて）は、徒競走の場合だけではなく、成績・容姿・体力・友人や異性関係・貧富の差など、社会の中で人が生きていく時に必ず生じる感情である。阪田はそれを、「びりのきもち」で象徴的に描いたといえる。興味深いのは、白秋のあげた「種々の複雑相」の中に、劣等感が入っていないということである。これは、白秋自身の幼少年期体験とも関わるであろうが、それ以上に、学校制度が完備していって、子ども集団の中に学力差・体力差・貧富差などの差別意識が形成されていく歴史とも関わっているように思う。したがって、現在の方が、〈落ちこぼれ意識・自己否定感〉が児童文学の主題となりやすい時代なのだ。まど・みちおの「ぞうさん」が、鼻の長い（他者と異質な）自分を肯定する主題をもち、「うさぎ」が「うさぎ（自分）にうまれてうれしい」というポジティヴなメッセージを送る時、それは阪田寛夫の「びりのきもち」と表裏の関係にあるといえる。

ここで、阪田がよく用いる「つらさ」について考えておこう。「つらさ」は「苦しい・たえがたい」心の状態であり、寂しさ・悲しみ・劣等感などの極まったところに生じる情感といえる。「練習問題」では、「『ぼく』は主語です／『つよい』は述語です／ぼくは　つよい／ぼくは　すばらしい／そうじゃないからつらい」と文法上はどんな立派なことでもいえるが、現実の自分は強くもすばらしくもない〈子どものつらさ〉を描いている。「牧師さんの女の子」では、自分が心配している女の子からにらまれて「僕はほんとにつらかった」と、少年の少女に対する気おくれ（劣等感）が〈つらさ〉として表出されている。阪田寛夫がこのように〈子どものつらさ〉を描く背景には、「がしんたれ」と呼ばれていた幼少年期体験がある。『どれみそら』（河出書房新社）で次のように語っている。

僕は兄と姉がいて三人きょうだいです。小さい頃から、きょうだいの中でもパッとしないほうで、冬の寒い朝など肩をまるめて首をすくめ、両手を足の間に入れて震えて、子どもにあるまじき姿（笑）。九つ年上の兄は元気な青年でして、そういう僕をみて、「がしんたれ！」というんです。「がしんたれ」というのは、大阪弁で情けない弱虫め、というような意味です。／何事にも「がしんたれ」だったものだから、何かをやり通すことがない。（一七頁）

阪田の「がしんたれ」を一層強めたのは、「些細なことに一喜一憂する当り前の人間の気持というものを最初から認めず」、「自分の中にあるあらゆる弱いもの汚いものを見るまい、見せまい」とした強くて立派な母親の存在である。その母は常に「威のある声」で「惰弱な息子」を打ったのであるが、「その声で撃たれると卑しい自分がよけいに卑しく思われ、世界は色彩を失って黒い冬枯の林のように見えた。そして母が怒れば怒るほど、私はとめどなく卑屈になった。」と阪田は語っている。[12]兄や母と対照的に、阪田は幼少年期より、自分（人間）の内部にある〈情けない弱さ・卑屈さ〉と向きあいこだわって成長した。それゆえ阪田の内部には「がしんたれ」の子どもが生き続けて「びりのきもち」や「練習問題」を書かせ、「がしんたれ」が多くなった現在の子どもたちの（あるいは人が一般に意識下にもっている心情の）代弁者となり得ているのである。

ところで、阪田寛夫は、幼児期より大勢の大人や子どもたちとの関わりの中で育っている。家族構成は、熱心なキリスト教徒だった両親と兄姉、母方の祖母、住み込みで阪田の世話や家事をしていたばあやとその娘であったが、家は教会の近くに建っていて聖歌隊の練習が行われ、日曜学校・礼拝の度に信徒とその子どもたちとの交流があった。そのような環境のせいであろうか、阪田の作品には人間が中心に描かれている。それは、両親・兄妹と離れて孤独な幼少年期を過ごしたまど・みちおが、動植物や物・宇宙を中心に描くのと対照的である。それでは次に、人間関係の中でも子どもにとって最も親密な父と母を描いた詩を掲げよう。いずれも『サッちゃん』（国土社）から引用。

おとうさん
おとうさんのかおに
しみがある
いつのまにできたの
よそのひとみたい
ぼく　なんだか
かわいそうだなあ
おとうさん

おとうさんがひるま
うちにいる
いつのまにかえったの
よそのひとみたい
ぼく　なんだか
しんぱいだなあ
おとうさん

かぜのなかのおかあさん
おかあさん
としをとらないで
かみがしろく
ならないで
いつでもいまの
ままでいて
わらっているかお
はなみたい

おかあさん
ねつをださないで
あたまもいたく
ならないで
どこかへもしも
でかけても
けがをしないで

おとうさんがたたみに
ねそべった
へんないびきかいてる
よそのひとみたい
ぼく　こんばん
おはなし　してあげよう
おとうさん

しなないで

おかあさん
はながさきました
かぜもそっと
ふきますね
いつでもいまが
このままで
つづいてほしい
おかあさん

「おとうさん」（一九六四年に「ABCみんなで一緒に」へ発表。大中恩作曲）には、日ごろ見なれ親しんでいる父親が突然知らない人のようになることへの驚き・不安が描かれている。好きな人が「よそのひとみたい」に見えるというのは心理的に「とおくへ　いっちゃう」ことであり、「サッちゃん」の主題と重なる。「ぼく　なんだか／かわいそうだな／おとうさん」は、書き言葉であれば、「ぼくは、おとうさんがなんだかかわいそうだなあと思います」となる所を、倒置法や省略形（傍線部分）によって小学校三、四年生の生きた話し言葉体にしている。とともに、僕自身が「かわいそう」（寂しい・悲しい）という心情表出と父への呼びかけにもなっており、表現が重層的である。いつもは仕事に出かけている父親が昼間から家にいて疲れた様子で眠っており、顔にしみがあるのを見つけて、「ぼく」は父親の〝老い〟――時間がもたらす変化を漠然と感じ、怖れている。そして、父の健康を気づかい、会話によって元気づけようと考える。そこには、父親が「よそのひとみたい」にならないようにしたいという願望と意志、つまり〈愛情をもった子ども〉がいる。それは、単純な理想主義的〈子ども〉ではなく、白秋のいう「種々の複雑相」を、他者（父）との関わりにおいて深めた〈情感の豊かな子ども〉だといえる。

ところで『日本童謡集』（岩波文庫　一九五七年）を通読してみると、子どもの母への愛は、雨情の「十五夜お月さん」、八十の「肩たたき」、白秋の「アメフリ」、与田準一の「高い高いしてよ」、結城よしをの「ナイショ話」など、いろいろな詩人が描いている。それに対して、子どもの父への愛を描いた童謡は皆無に近い。父親が登場するのは、山村暮鳥の「鰹釣り」（父への呼びかけ）、島木赤彦の「行水」（父との行水）、与田準一の「父と兄」（父より背が高くなった兄）他、数篇に脇役として出ているくらいである。また「戦後少年詩・童謡一〇〇選」（『日本児童文学別冊　少年詩・童謡への招待』偕成社　一九七八年）を見ても、江口季好の「でかせぎの　おとうさん」、辻田東造の「うしの子ができたら」ぐらいで、母を歌った詩・童謡より数は少ない。詩人たちの関心が母親に偏っているのに比べ、現実の子どもたちは、父と母とに対して同じ程度の関心をもっている。例えば白秋がその育成に力を入れた『赤い鳥』の児童詩（子ども自身が書いた詩）を見ると、「うちのとうさん、／よそへ行つた。／ハーモニカ吹くたび、／あひたいな。」（「父」）、「私は父さんの枕もとにゐた。／お父さんは真青な顔をして／私を見上げてゐる。／私は父の頭をさわつた。」（「父の病気」[13]）と、父への思いや心配を表出している。また、戦後の児童詩誌『きりん』に掲載された作品のアンソロジーは、『おとうさん』『おかあさん』（理論社）と父母が並んで編まれる程にその質量は対等なのである。

こういった点から見て、阪田寛夫が父と母とを対等に扱って詩に歌い、戦後いちはやく子どもの父への心配（愛情）を、生きた〈子どもの言葉〉で表現したことの意義は大きい。

子ども〈父と母とに対する思い〉を阪田がこのように描くことができたのは、彼の育った家庭環境が大きく影響していると思われる。父の阪田素夫は、中学二年の時クリスチャンの友人に誘われて江戸堀のキリスト教会の牧師宅に遊びに行き、「此のホームこそ清潔なる花園なり」「而して、花園を支うる二本の柱は何ぞ。一は愛也。他は音楽也。ああ、新日本の道徳改革は家庭《ホーム》の建設より始めざるべけんや。」と教会へ通い始め、受洗する。そして、「京都の女専の英文科に通っていた」オルガンを上手に奏した母の京と、聖歌隊の活動を通して結ばれている。[14] 戦前まで日本の家庭は封建制・家父長制が支配的であったが、阪田家は、キリスト教の愛と音楽を二本の柱とした新しい形の家庭・家族であったのだ。それゆえ、神の前では夫婦も親子も兄弟も他者もみな平等であり、愛と音楽とによって結ばれているという精神に貫かれていたといえよう。この父母と寛夫との関係は、「奈良市学園町」（『わが町』講談社）という作品の最後の部分に窺うことができる。死期の近づいた父を病院で母とともに看病している様子が描かれているのだが、父が母に向かって、「ワシャナ、モウスグ死ヌルデ」

「アンタハナ　世界イチノ、ビジン」と話しかけると、母は時々笑って「甘えている。」「私は床にじかに敷いたマットレスに転がって寝たふりを」しているという場面だ。

私はそのままの姿勢で動物園の飼育係になった。／月夜の柵の向こうで、駱駝《らくだ》の夫婦が顔を寄せて愛撫しあっている。私はこちら側の草むらから二匹の影を見守って。二匹がいつまでもここに居れる可能性は先ずない。明日の朝も覚束《おぼつか》ない。しかし、だからといって二匹が不幸だとも言えない。／ふと身を起こしかけて、私は、また静かに横になった。

二人は鳥のように接吻していた。（二〇二～二〇三頁）

もっとも「おとうさん」は阪田の父がモデルではなく、一般的な子どもの心を描いた作品である。「かぜのなかのおかあさん」は一九七三年に発表されており、視点・構成が少し複雑になっている。第一連では、母の〝老い〟――時間がもたらす変貌への不安・怖れと、その反転としての健康を願う気持ちが、描かれている。いずれも、怖れ（ネガティィヴな世界）とその反転としての願望（ポジティヴな世界）が表裏を成し、複雑な感情を表出している。一九六〇年代に出現した「たいなあ詩（主体的児童詩）」が、「してみたいなあ／なってみたいなあ／いってみたいなあ」という子どもの意識下の欲望を掘り起こすことを目的としていたのに比べると、この詩は「～しないで／～ならないで」という否定形の願望表現をしているところに特徴がある。それはこの詩の主題が、子ども自身の欲望実現ではなく、母という最も身近な他者のための祈りにも似た願望（思いやり・愛情）であるからだ。したがって第三連では、語り（視点）が子どもの直接発話から一転して大人びた丁寧体になり、〈健やかな母〉の永遠性を祈る詩となる。〈花とそよ風〉は春——生命・平安の象徴でもあり、母への願いでもある。第三連は、成長した〈私〉が老いた母に、子どもの時間の延長上で「いまが／このままで／つづいてほしい」と語りかけているような時間の重層性が感じられる。視点・構成を複雑にすることで、「おとうさん」よりも深い世界を提示している。

母を歌ったもう一つの作品「おかあさんをさがすうた」（『サッちゃん』国土社）は、一貫して子どもの視点・発話によって母の不在を嘆いている。「おかあさん／いないんだ／いやだなあ」「でてきてよ　おかあさん」と。これは谷川俊太郎の「おかあさん／どこへいってしまったの？／ぼくをのこして」（「おかあさん」『どきん』理論社）とも響きあう。阪田寛夫が描いたのは、母に対する〈不在への不安〉と〈永遠に在り続けてほしい願望〉という普遍的な子どもの心であった。それは、「肩たたき」「アメフリ」「ナイショ話」のような愛らしく絵になる母子の交流の姿（表層）ではなく、子どもの内面（深層）の表出であり、「種々の複雑相」をもった〈子ども〉を描いたところに阪田の独自性がある。このような阪田の作品について、まど・みちおは次のように評している。

「ぽんこつマーチ」というのがあります。前から知っている歌ですが、これまさに阪田さんの面目躍如ですね。褒めるために貶しているんです。これでもかこれでもかというように貶しつけて褒めているんです。そして貧しい父ちゃんとそのぽんこつ車を褒めるのに、これほどすばらしい褒め方はないと思います。父ちゃんへの愛情と、父ちゃんを誇りに思う気持、自分も含めた一家の幸せ、そんなものが全篇に匂い立っています。阪田さんの中にはこのような、弱いもの、情けないもの、目立たぬもの、立派でないものへの強い愛着と共感があるのではないでしょうか。（中略）／一連のしみじみしたお作を読むと、阪田さんという人はなんとやさしい抒情詩人だろうと思われてきます。『お《(ママ)》とうさん』の中の「よそのひとみたい」や『か《(ママ)》ぜのなかのおかあさん』の中の「かみが白《(ママ)》くならないで」「頭《(ママ)》が痛くならないで」などという変てこな文法、真情がこもっていて感動しました。（『児童文芸　'82秋季臨時増刊号』三九～四〇頁）

三　まど・みちお、谷川俊太郎との比較

「真情がこもって」いる「変てこな文法」とまど・みちおが指摘している表現こそ、阪田寛夫が〈子ども〉を描くために用いる〈言葉〉である。ここで、阪田の〈子どもの言葉〉の特質について考えておきたい。

「近代詩のなかの子ども――八木重吉と中原中也――」（『文学における子ども』笠間書院　一九八六年）で、佐藤泰正は、「近代詩のなかに唱われた子どもたち」ではなく、「〈子どもの眼〉そのものを詩法

の根源と」する詩人について論じている。〈子どもの言葉〉はこの詩法と関わる。佐藤は、「子供のような詩」を理想とした八木重吉について、「幼な子のごとき無垢なる感受をもって仰ぎ、目を瞠り、驚」く「子供の眼、その初源の眼」で世界を捉え、「言葉をいちばんはじめの、やわらかいところから、心を生まれたままの、外皮をまとわぬ顫えの、そのはじめの姿のままで、そこから彼は自らの魂の顫動をあるがままに書きとめ」たと評している。この〈子どもの眼と言葉〉は、まど・みちおと通じる。まどは、自分の作品を「子ども語で書いた大人の詩・子ども語によるオレの詩」と称し、「子どもとしての目で見たもの」、常識に縛られた「オトナのことばではとても表現しにくい」世界だといっている。まどのいう「子ども語」つまり〈子どもの言葉〉は、〈始原的な子どもの目と心の表現〉ということができる。

一方、谷川俊太郎は阪田寛夫との対談「『子どもの歌』と添い遂げて」(『飛ぶ教室23』光村図書　一九八七年八月)の中で、自身の創作意識を次のように語っている。「現在ただいま自分の中に残されてる幼児性のようなものを通して詩を書くというふうに自然になってる」。「自分の中に残っている幼児性に漠然と寄りかかっているのではなく、もっと意識的に大人の目で掘り起こしてただいま生きてる子どもたちの心の中にどうにかして迫れないかと考えて書いています。」「阪田さんの場合にはまどさんよりもいろんな意識が入っているって感じを持ちます。まどさんは人柄そのものが一貫して、子どものことばに深く根を下ろしている。」「自分が書くものは、そこのところがもうちょっと自分の大人の意識が介在してて、それを経過させないと書けないという感じがある。」谷川は、「いまを生きてる子ども」を媒介に「いま自分の中に残されてる幼児性」を掘り起こし、そこに〈大人の目・大人の意識〉を介在させて〈子どもの言葉〉を生み出しているといえる。『はだか　谷川俊太郎詩集』（筑摩書房　一九八八年）は、子どもの孤独・不安・怒り・性への目覚めなど「種々の複雑相」を描いているが、子どもが内面に燻らせながら言葉化できない世界を巧みに表出している。子どもの悲鳴が聞こえてくるといわれる現代社会にあって、「わたしたちはみんないじめられてる／めにみえないぶよぶよしたものに／おとなたちがきづかずにつくっているものに」というように、「子どもになりかわって」発話し得ているのである。それは、「存在の不思議さにうち震え、存在の根源に迫ろうとする」[15]まど・みちおの詩に、「いまを生きている子ども」の「種々の複雑相」が皆無なのと対照的である。そこに、〈子どもの言葉〉の特質の違いもある。

では、阪田寛夫の場合はどうであろうか。前述した谷川との対談の中で、阪田は自分の創作意識が「無原則で話にもなりません」と語っているが、実際、まどや谷川に比べると明確ではない。「サッちゃん」でも述べたように、阪田にとって、詩・歌は「向うからやってくるもの」「（自然に）でてくるもの」という意識が強い。わらべうたが子どもたちの間で自然に発生して流行するように。それは、自身の幼年期の発話をそのまま作品にした「オイノリ」「カミサマ」や、内なる幼児が自然に歌い出したような「あさ　おきたん」「ゆき　ゆんゆん」「でこぼこうよ」「うみにでっかいくちあけた」（『ばんがれまーち』理論社）などを見てもわかる。阪田の〈子どもの言葉〉は、〈自分の中に生き続けている子ども〉と〈いま現実に生きている子ども〉が共鳴し重なるところから生まれてくると思われる。そこに、「子どももおなじ目でものを見たり感じたりして、それを歌にする」、「不安や恐れや好奇心などがいっぱいつまったやわらかい子どもの内面を、おとなになっても持っている人」[16]と評されるゆえんがある。したがって、阪田が詩法の根源にもっている〈子どもの眼〉は、まどのような〈始原的な子どもの眼〉とも、谷川のように〈大人の眼〉が介在したのとも異質な、もっと現実的で日常的な〈リアルな子どもの眼〉ということができる。本章でとりあげた作品が、呼びかけ・反復・倒置法・音便形や省略形・「変てこな文法」などを多用した子どもの話し言葉体（おしゃべり）で書かれていることにも、それは窺える。

阪田とまどの〈子どもの眼〉の違いが、どのような〈子どもの言葉〉の違いになるのかは、〈人間が魚を食べることへの負い目〉という同じ主題を扱った次の二つの作品がよく物語っている。まどの「さかな」は、シンプルで平易な言葉（幼児の原始的単純と響きあう）によって、〈人間が魚を食べることを魚は知らない〉という根源的な不思議さ・驚きを表出している。これは、現実の子どもよりもっと普遍性・哲学性をもった〈始原的な子どもの眼〉が捉えた世界である。それに対し阪田の「どじょうだじょ」は、いかにも幼年期の子どもが見て、触って、聞いて、想像した（親近感をもって擬人化した）ように描かれている。どじょうの「じょ」と「〜ぞ」の幼児音「〜じょ」のかけ言葉や、食べるとおいしいけれど食べられるどじょうはかわいそうという矛盾した心情表出は、〈リアルな子どもの眼〉が捉えた表現になっており、「まどさんよりもいろんな意識が入っている」といえよう。

どじょうだじょ　　　阪田寛夫

どじょうは　くろくて
ぬるぬるしてて　すばやいじょ
ひげやなんかも　はやしてて
それでもキュッと　なくんだじょ

どじょうの　すみかは
どろどろしてて　つめたいじょ
ひげやなんかも　そらないで
ひとりでキュッと　なくんだじょ

たまごで　とじたら
ことことにえる　どじょうだじょ
ひげやなんかも　そのままで
おなべでキュッと　なくんだじょ

（『ばんがれまーち』理論社）

さかな　　　まど・みちお

さかなやさんが
さかなを　うってるのを
さかなは　しらない

にんげんが　みんな
さかなを　たべてるのを
さかなは　しらない

うみのさかなも
かわのさかなも
みんな　しらない

（『いいけしき』理論社）

注(1)(16)　神宮輝夫「感動と量感にあふれた作品」『ぽんこつマーチ』大日本図書　一九六九年五月

(2)　ただし卑近な日常語は、一九一九（大正八）年の「金魚の昼寝」（鹿島鳴秋）、一九二一（大正一〇）年の「鰹釣り」（山村暮鳥）にもすでに現れている。

(3)　「音楽のわかる詩人」『詩集 サッちゃん』講談社文庫　一九七七年一一月

(4)　鶴見正夫「おなかのへるうた」解説『少年詩・童謡への招待』偕成社　一九七八年七月

(5)(6)　『トンボの眼玉』の「はしがき」アルス　一九一九年一〇月

(7)　西條八十を旗頭に、教育的見地からの「金魚」批判が強まったことも原因していると考えられる。「種々の複雑相」と八十の「金魚」批判は、「童謡私観」（『緑の触角』改造社）で言及されている。

(8)(11)　阪田寛夫『童謡でてこい』河出書房新社　一九八六年二月

『童謡でてこい』の中で「サッちゃん」については、「これは音のひびきが好きでつけた名前で」、「実在の人の名ではありません」と明言している。が、阪田が一九三〇（昭和五）年に入園した南大阪組合教会付属幼稚園にいた一歳年上の菊田幸子さんから、「名前を借りた」ようだ。『サッちゃん　永遠に歌い継ぐ／阪田寛夫さんの「詩碑を建てる会」から感謝こめご報告』（二〇〇六年）参照。

(9)　幼年期を回想した詩集『思ひ出』に性的な作品が多いのと対照的である。『芸術自由教育』（アルス　大正一〇年一・二月号）に掲載された「童謡復興」には、わらべ唄の中に〈生きた子どもの心と言葉〉を探っており、子ども論としても優れている。

(10)　「赤い靴」の場合、語っているのは少年とも少女とも読める。

(12)(14)　『土の器』文藝春秋　一九七五年三月

(13)　『赤い鳥』大正一〇年六月、大正一三年六月

(15)　この点は拙著『まど・みちお　研究と資料』（和泉書院）に詳述しているので参照。

第六章　短編童話集『桃次郎』と長編童話『ほらふき金さん』

一　現代児童文学の動向

『日本児童文学』（文溪堂）の一九九三年三月号が、「（没後）五十年後の新美南吉」を特集した際、私は「南吉が描く〈子どもの孤独と懐疑〉――幼年期から思春期へ――」という題で、南吉の創作意識について次のように書いた。

いま、南吉は新しい。「子どもが孤独《ひとり》でいる時間《とき》」の内的成長（自分への目覚め）が注目され、南吉が描いた子どもの負の内面・心の屈折が脚光を浴びる時代になったからだ。一九七〇年代から八〇年代にかけて、子どもの世界は、「人間の意識の深層構造が表面化する第三の領域」（『絵本の時代』世界思想社）と認識されるようになり、「異文化としての子ども」「子どもの宇宙」「内なる子ども」といった内部性が問われるようになった。この時期に出現した『はだか　谷川俊太郎詩集』（筑摩書房）も、谷川が「自分の中の子ども」を捉えたものであり、「自分の外部にいる子どもに、大人の立場から何か伝えようというもの」ではない。（中略）南吉が、五十年前に児童文学創作の中で着眼したのは、この「自分の中の子ども」であった。／一九三三年に書かれたエッセイ「外から内へ――或る清算」では、子どもを昆虫に喩えて、「私達は、外から内を覗くことをやめる。内にひそんで、うにの様に外に向ふ。」「昆虫の客観を棄て、、昆虫の主観を持たう。昆虫の視覚を以て視、昆虫の聴覚を以て聴き、昆虫の嗅覚を以て嗅ぎ、昆虫の触覚を以て感じよう。それらの機関を通してあつめられたものに、ひとつの理念をあたえて整理しよう」と述べている。〈子どもの内側から、子どもの主観をもって書く〉という創作意識が、実作において実を結ぶのは一九四〇年前後（注「久助君の話」「家」「花を埋める」）である。（五二頁）

一九八〇年代の初め、柄谷行人「児童の発見」（『群像』一月）、フィリップ・アリエス『〈子供〉の誕生』（みすず書房）に続いて、谷川俊太郎の対談集『自分の中の子ども』（青土社　一九八一年）、本田和子『異文化としての子ども』（紀伊國屋書店　一九八二年）、『子どもの宇宙』（『海　臨時増刊』中央公論社　一九八二年）、本田和子『子どもの領野から』（人文書院　一九八三）、山口昌男他『挑発する子どもたち』（駸々堂　一九八四年）などが刊行されており、「子どもとは何か」「原理としての子ども」といった〈子ども〉の発見と問い直しが行われている。こういった時代状況を背景に、この時期に現代児童文学の質が変わった点について、宮川健郎は「現代児童文学としての『童話』」（『児童文学の魅

力　いま読む100冊　日本編』文溪堂　一九九八年）の中で次のようにいっている。

久助君の〈一つの新しい悲しみ〉を書いた「久助君の話」は、少年の「内面」を描き出すことに成功している。そして、子どもの「内面」の発見という点で、一九八〇年代のいわゆる「新しい波」（村中李衣、堀直子、加藤純子、みずしま志穂……）以降の現代児童文学作品のあり方と非常にちかいともいえる。八〇年代以降は、多くの場合、子どもの一人称の語りによって、それが行われるのだが……。／後藤竜二『天使で大地はいっぱいだ』（講談社　'67・2）が意識してはじめた、子どもの一人称の語り（私はこれを「子どもの語りの仮装」とか「子どもの仮装」と呼んできた）についていえば、千葉省三をその先駆けとすることができるだろう。たとえば、つぎは、「虎ちゃんの日記」（『童話』'25・9〜10）の書き出しの一節。（二一五頁）

『児童文学　新しい潮流』（宮川健郎編著　双文社出版　一九九七年）には、「一九八〇年代中ごろ以降に書かれた短編一二」が収録されている。ときありえ「森本えみちゃん」、那須正幹「六年目のクラス会」、森忠明「楽しい頃」、村中李衣「たまごやきとウィンナーと」、岩瀬成子「ダイエットクラブ」、大石真「光る家」、薫くみこ「はじめての歯医者さん」、天沢退二郎「赤い凧」、牧野節子「赤い靴」、上野瞭「ぼくらのラブ・コール」、あまんきみこ「かくれんぼ」、よもぎ律子「遊太」で、「赤い凧」（一九七五年）と「光る家」（一九八〇年）以外、作品の発表年は一九八三〜一九九五年である。十二篇中の八篇までが、「あたし・わたし・おれ・ぼく」といった〈子どもの一人称語り〉で書かれている。三人称の語りで描かれ物語の体を成しているのは、世代としては古い天沢退二郎の「赤い爪」ぐらいである。〈子どもが、自身の内面や出来事を、一人称で語る〉というのが、一九八〇年代以降の「新しい潮流」のようだが、こういった作品が、宮川の評価するように、「今日の児童文学の可能性のバラエティを示すものにもなっていて、子どもの文学の新しい流れをも予感させる」のかどうかという点は、大いに疑問がある。むしろ石井直人が指摘するように、「児童文学がいま、袋小路に入っていて、視点も数が限られている、語り口もたいへん貧困である、これはまずい」(『日本児童文学』文溪堂　一九九四年一〇月)という印象を受ける。

そして何よりも問題なのは、宮川健郎が、「一九八〇年代のいわゆる『新しい波』以降の現代児童文学作品のあり方」を、新美南吉の「久助君の話」や千葉省三の「虎ちゃんの日記」と同列において認識している点である。『児童文学　新しい潮流』所収作品の語り手「あたし・わたし・おれ・ぼく」は、小学校五年生から六年生の子どもとして設定されており、年齢的には久助君(五年生)や虎ちゃん(六年生)と同じである。しかし、省三・南吉と一九八〇年代の「新しい波」の作家たちとでは、創作方法(表現意識)の点で次元を異にしている。なぜなら、「虎ちゃんの日記」の場合は、「真赤な、まるまつちい顔と、丈夫さうな、日に焼けた手足を持つた、尋常六年生ぐらゐの、田舎の子供」が、日々見聞きし、行動し、感じたり考えたりしたことを書き綴った「日記」としてのリアリティーをもっている。一方、「久助君の話」の場合は、「久助君は、四年から五年になるとき、学術優等品行方正の褒美をもらつて来た。」の冒頭文からもわかるように、作品全体は純粋な三人称客観体（文末過去形）で書かれており、久助の内面が語られる部分にのみ、歴史的現在形（倒置法も含む）を駆使して、「そとに出るとまばゆいやうに明るい。だが、やれやれ、今日も仲間達の声は聞えない。」というふうに久助の一人称語り（独白体《モノローグ》）を意識的に登場させている。そして最後は、「これは、久助君にとつて、一つの新しい悲しみであつた。」と、三人称の語り手（大人の理念）によって久助自身には言葉化し難い感情（驚き・喪失感）を意味づける。南吉は、「外から内へ」で〈児童文学のあるべき方向（創作の方法）〉を語っているが、子供の内側から五感を通して捉えた世界（「虎ちやんの日記」はこの段階で止っているのだが）を、さらに「〈大人〉の理念を働かせて整理しよう」と主張し、それを「久助君の話」で初めて具現した。この辺の詳細は、「新美南吉の文体考――〈語り〉と自然描写を中心に――」（『梅花女子大学文学部紀要』第三三号）ですでに考察しているので参照されたい。

省三と南吉のこういった創作方法と比べると、一九八〇年代の「新しい波」の作家たち（その多くは一九四八年以降、一九五〇年代に生まれている）の作品は、始まりから終わりまで子どもが語り続ける場合が多い。それはまさに「子どもの語りの仮装」である。『児童文学　新しい潮流』の作品を読んでいて不思議に思うのは、ここに登場する子どもたちは、「日記」体でもないのに、何故、誰に向かって、このように一人で内部告白めいたことを語り続けているのかという点である。それに、私自身をふり返ってみても、またかつて私が小学校教師時代に教えていた子どもたちを思い出してみてもわかることだが、五、六年生というのは、自分が感じたり思ったりしたことを「虎ちやんの日記」

ほどにも巧くは書けない（語れない）ということだ。文章にしても会話にしても言葉化して表現するのがまだまだ困難な時間を生きているというのが、五、六年生の子どもの実態である。それゆえ省三や南吉は、そんな子どもの行動や内面を生き生きと描き出すために、〈日記体〉や〈三人称客観体の中に子どもの独白を出現させる〉という視点（装置）を工夫し、仮装された語りではないリアリティーを生み出した。

〈子どもの視点と語り〉について考えようとする時、デイヴィッド・ロッジが『小説の技巧』（白水社　一九九七年）の「視点」の項で、ヘンリー・ジェイムズの『メイジーの知ったこと』をとりあげて次のようにいってるのが参考になる。

これはメイジーの視点から語られる——ただし、メイジーの声で語られるどころか、およそ子供の言葉を模したとは思えないような文体が用いられている。これについては、ジェイムズ自身がニューヨーク版序文の中で理由を説明している。「子供は非常に多くのものごとを知覚していながら、それを言い表すだけの十分な表現手段を持ち合わせていない。子供は自分の手持ちの語彙、あるいは何とかひねり出せる語彙で把握し得るものより、いかなる時点においてもさらに豊かな世界を体験し、絶えず高度の理解力を持つものだ」。とすれば、『メイジーの知ったこと』は文体的に『ライ麦畑でつかまえて』の対極にある。純粋無垢な子供の視点を、成熟した大人の——優雅で、複雑で、繊細な——文体によって具体化しているのである。／メイジーが知覚し

そうにないこと、あるいは彼女なりの論理においても理解しそうにないことは何一つ描かれていない。（四五～四六頁）

メイジーは「幼い少女」として設定されている。子どもが幼ければ幼いほど、体験し、知覚し、理解している世界が深く豊かであっても言葉化して語れない。つまり〈子どもの一人称語り〉としては成立しないのである。南吉が「家」で、幼年期の子どもの内面を子どもの視点に寄り添いながら大人の文体で描き、「久助君の話」と手法を変えているのは注目すべき点である。始まりから終わりまで子ども自身が語るためには、太宰治の「女生徒」（中学生の日記がモデル）のように、中学生以上の言語的精神的社会的な発達が前提となる。ところが、『児童文学　新しい潮流』所収の「森本えみちゃん」の「あたし」（五年生）、「楽しい頃」の「おれ」（六年生）、「ダイエットクラブ」の「わたし」（五～六年生）などの小学生たちは、大人顔負けにしっかりとしゃべり続ける。一部引用してみよう。

○あたし、「森本えみちゃんは親友じゃない」ってあわててきめるの、やっぱりやめにしよう。「親友よ」って無邪気にいいきるには、あたしの心も、ちょっとばかり年老いたけど。でも、人間、だれだって、一日に二十四時間ずつ年老いるんだわ。（ときありえ「森本えみちゃん」二六頁）

○そんなわけだから、あいつのおばさんは、いまでも愛知県豊橋市で、自分の子が死んだことを知らないまんま生きてんだろうと思う。／そのことをいちばん知らなくちゃならない人間がなにも知らないで、知らなくたっていいやつらが知っている。（中略）そういうおれも、前後左右を墓石にかこまれてたら、死んじまった連中に、のけものあつかいされてる感じになってきた。（森忠明「楽しい頃」五〇〜五一頁）

○ふと光本さんを見ると、光本さんはぼんやりした顔でそばの鏡を見ていました。（中略）わたしはその醜さにおどろきました。（中略）でも、わたしが醜いと思ったのはその体つきのことではありません。光本さんの横顔はだれかを恨んでいる顔でした。太った自分を恨んでいるのか、デブと笑う同級生を恨んでいるのか、世の中のおいしい食べ物を恨んでいるのか、先にやせたわたしを恨んでいるのか、それはわかりませんでしたが、光本さんは何もかもに背を向けて、じっと自分の中をのぞき込んでいるように見えたのです。（岩瀬成子「ダイエットクラブ」八〇〜八一頁）

現代の児童文学作家たちの多くが、〈子どもの一人称語り〉の視点・文体を採用するのはなぜだろうか。一つには、子ども読者の親近感を呼ぶという考え方もできよう。しかしながら、その〈子ども〉が、どのような環境・年齢の子どもなのか（だからこそそのように感じ・考え・行動するという必然性）に即した〈語り〉ではなく、〈作者の仮装〉にすぎないのであれば、作品のリアリティーは根本のところで損なわれることになる。

『日本児童文学』（文渓堂）一九九四年一〇月号が「視点と語り——創作方法を考える」という特集をしているが、その中で「新しい波」を代表する作家たち——村中李衣・岩瀬成子・加藤純子が、各々興味深い発言をしている。村中は、「主人公が『自分』を生きている時間と同時進行的に再現する言葉」「再現イコールその瞬間の自己確認」を表現するために、「だれかに聞いてもらいたくて言っているわけでないし、書いている作者の『私』からも孤立している。その状態を、やっぱり作者の『私』が綴るしかない」という視点のあり様を語っているが、これは、『児童文学　新しい潮流』の村中作品「たまごやきとウインナーと」にもそのまま当てはまる。この作品は小学校三年の「ひろし」を主人公に三人称の形をとっているのだが、〈子どもに寄り添って大人が語る〉文体ではなく、〈ひろし（子ども）の一人称語り〉に始終移行するので、読んでいて落ち着きが悪い。岩瀬成子は、「三人称で距離をもって」書くのではなく、「いきなり子どものふりをして書いて」いるという。それは、「自分の子ども時代におそらく相当な執着をもっていて、その私の子どもっぽさが子どものふりをして書きたいという意固地な気持ちを引きずりだしている」からのようだが、「それを児童文学の方法として考えたこと」はほとんどないと語っている。

〈だれかに聞いてもらいたい〉わけでもなく、〈児童文学の方法として考えている〉わけでもないのに、「子どものふりをして」〈子どもの一人称語り〉で書かれる「新しい波」の現代児童文学というのは、いったい何なのかという疑問が生じる。加藤純子は、「内面の自意識の、『一人称』による追求」をした作品として森忠明の『ホーン岬まで』と泉啓子の『風の音を聞かせてよ』をとりあげ、「自分の内側にこだわりながら、さらに自分に向かって奥深く下りていったとき、その視点ははたして『いまの子どもたち』と、どう切り結んでいけるのか。」「子ども時代をまたぎ越してしまった語りは、それ以外の他者（子ども）とは、どう繋がっていくのか。」という問いを発しているが、私の疑問もこの点に関わっている。『児童文学　新しい潮流』を読む限りでは、現代児童文学の古い世代に属する大石真「光る家」、天沢退二郎「赤い凧」、あまんきみこ「かくれんぼ」には、現実の中に幻想が入りこんでくる面白さを感じるが、それ以外の作品は、煩瑣な日常生活と内面に生起する様々な屈折した思い（もらった蚤や肝炎・肥満へのこだわりなどの心情）を仮装の〈子どもの一人称語り〉によって蜿蜒と聞かされるので、正直言ってうんざりする。その多くは、内容・表現方法ともに類似しており、「物語性の喪失」を感じさせる。「新しい潮流」の作品群は、作者が自閉的（自己満足的）な分だけ、読者（子ども・大人ともに）とは切り結ばない、繋らないように思える。

この点でも南吉とは対照的である。新美南吉は、最初の童話集『おぢいさんのランプ』（有光社一九四二年）の「あとがき」で、自分の作品が〈子どもたちの共感を呼ぶ面白いものだ〉という自負を、直接子ども（読者）に向かって語りかけている。「久助君、兵太郎君、徳一君、大作君達は、みんな私の心の中の世界に生きてゐるので、私の村にだつてそんな少年達がじつさいにゐるのではありません。さういふわけで、これは純粋な私の創作集ですから、（中略）少年達の気持にしても、少年達のすることにしても、君達によくわかり、面白いはずだと、私は自分できめてゐます。」と。いま読んでも南吉の作品は面白いし、現代の子どもたちも久助君たちの〈気持ち・すること〉に実際に共感する。「久助君の話」が内面を扱っているといっても、その内容と表現手法は、「自分の内側にこだわり」「子どもの語りの仮装」によって作品を描く「新しい波」の作者たちとは、根本的に違うのである。

南吉と「新しい波」の作家たちとの根本的な違いを踏まえた上で次に、『児童文学　新しい潮流』所収作品とほぼ同じ時期に発表されている阪田寛夫の短編について、検討してみたい。阪田の短編は南吉に通じる面と異なる面の面白さがあり、〈視点と語り口〉に多様性があって、現代児童文学の今後を探る手がかりになると考えられる。

二　『桃次郎』——視点と語りを中心に

阪田寛夫の八つの短編を所収する『桃次郎』（楡出版）は一九九一年に刊行。八篇のうち、「桃次郎」「きっちょむ昇天」は『日本キリスト教児童文学全集　別巻1　短篇集』（教文館　一九八四年）に発表された作品だが、他の六篇は『飛ぶ教室』（光村図書、第三四～五〇号は楡出版）に次のような順で発表されている。「三角形」（第五号　一九八三年二月）、「野原の声」（第八号　一九八三年一一月）、「いじめる」（第一五号　一九八五年八月）、「オーシコーチノミツネ」（第二〇号　一九八六年一一月）、「歌の作りかた」（第三六号　一九九〇年一一月）、「パラパラおちる雨よ」（第三七号　一九九一年二月初出の題は「机」）。

『飛ぶ教室』は、〈子ども〉の発見や問い直しが活発になり始めた一九八一年の十二月に創刊（季刊で年四回刊行）されている。「なぜ飛ぶ教室か」については、「澱んだ教室の空気を入れかえるには、窓をあけるしかありません。窓を思い切りあけ放ち、いっそそのまま空高く教室ごと飛び出せたら、どれほど壮快でしょうか。子どもの本にいま新しい光をあてるには、子どもも大人も教室ごと飛び出すしかない。エーリッヒ・ケストナーの名作『飛ぶ教室』を誌名に借りたゆえんであります。」と、表紙の折り返し部分に記されている。また巻頭言には、「新しい書き手も登場し、日本の子どもの本の出版についていえば、たしかに、新しい時代が到来しました。絵本、童話から少年少女小説まで、さまざまなジャンルで、いくつもの仕事がつみ重ねられ」、「読者層の拡大もふくめると、いま、子どもの本を考える視座というものが、大きく変わっているのは自明で」、「そうした状況の変化――ひろがりとふかまりを見すえて、子どもの本と教育の現場、大人と子ども、いわゆる大人の文学と子どもの文学といったいくつかの世界にまたがる視野から、新しい児童文学の総合誌の創刊を考えました。」と、雑誌創刊の意図が語られている。一九八〇年代に入り、状況の変化の中で〈新しい児童文学〉が模索され求められていたことがわかる。創刊号を見ると創作の分野では、工藤直子、まど・みちお、阪田寛夫、中川李枝子、長新太、今江祥智、筒井敬介、山下明生、三木卓、伊藤桂一、庄野英二、評論の分野では、河合隼雄、鶴見俊輔、上野瞭、清水真砂子などの錚々たる人々が執筆しており、戦後三十五年が経過して澱み始めた現代児童文学の世界に、風穴をあけて「いま新しい光をあてる」という意気込みが感じられる。編集人は、「いくつかの世界にまたがる視野」をもった石森延男、今江祥智、尾崎秀樹、河合隼雄、栗原一登、阪田寛夫で、阪田も参加していた。それまで戦後児童文学の創作・評論を担ってきたのは、『日本児童文学』（日本児童文学者協会編　一九四六年創刊）と『児童文芸』

（日本児童文芸家協会編　一九五五年創刊）であったわけだから、この二大誌に対して『飛ぶ教室』が新たにどのような役割を果たしたのかは、現代児童文学の動向を考える際に大きな意味をもつが、この点は今後の研究課題としたい。

阪田寛夫の最初の短編「三角形」は、創刊から約一年後の『飛ぶ教室』第五号に発表された。この第五号が重要なのは、『はだか　谷川俊太郎詩集』（筑摩書房）の出発点となった詩「さようなら」も掲載されている点だ。谷川はその後『飛ぶ教室』に二十篇の詩を連載し、一九八八年に詩集『はだか』（さらに二篇加えて二十三篇）を刊行。詩の分野で新しい世界を開くことになる。阪田の場合は連載ではなかったが、一九九一年までに六作品を発表し、「桃次郎」「きっちょむ昇天」を加えて『桃次郎』として一冊にまとめている。これらの短篇については、「あの雑誌は最初から大人と子供の別なく読める作品、という風に、ワクを外すのが雑誌としての主張だったと思いましたから、そのつもりで安心して書きました。」と筆者宛書簡の中で阪田は語っている。

『桃次郎』に所収されている八篇を、視点（作品全体を語っているのは誰か）という観点から見ると、次のような五つの型に分けることができる。①子どもの一人称語り（「歌の作りかた」）、②三人称客観体（「オーシコーチノミツネ」）、③①と②の融合型（「野原の声」）、④大人の一人称語り（「三角形」「いじめる」「桃次郎」「きっちょむ昇天」）、⑤②と④の融合型（「パラパラおちる雨よ」）。

視点・語りの多様さは、描く作品の題材・主題と関わっている。①②③は子どもを主人公にしているが、各々語り方が異なっている。「歌の作りかた」は五年生の「ぼく」の一人称語りで、日記ではないが、「虎ちゃんの日記」のように〈ぼくがしたこと・思ったこと・その日にあった出来事〉を、五年生の子どもの話体で書いて（綴って）いる。冒頭の部分を掲げてみよう。

いま午後九時。あしたの朝、学校へ行くまでに、あと十一時間半しかない。それまでに、歌詞をまとめることができるだろうか。まったく、よけいな提案をしてくれたもんだ。タケジのやつは。／今日は水曜だから、四日前になるけれど、土曜日の5年3組の学級会に、タケシが変なことを言いだしたのだ。／――いつも学級会で、黒板ふきを窓の下の壁でたたかないように、とか、お年よりが学校に来たら走って行って用事をたずねよう、とか、そういうどうってことのないとりきめができてしまうのは、たいてい高木よし子のおかげだ。でも、よし子がそんなおりこうな提案をしてくれないと、いつまでも学級会が終わらない。あとでしばらく野球ができるのは、高木さんのおかげだといえる。それによし子はきれいだ。／だが、タケジはきたない。それにタケジが何かぼくらの役に立ったことがあるか。（中略）それに、ポケットにへびのぬけがらなんか入れて、ときどきハンカチとまちがえてとりだしたようなふりをして、女の子をきゃあきゃあ言わせる。鼻をかんでみせたりもする。それで得意になっている。（二七〜二八頁）

この後、ぼくがいまなぜ歌詞をまとめねばならなくなったかの原因――経緯が語られていく。つまりこの作品は、現在から過去へと遡る構成になっている。冒頭で読者に、なぜタケジのせいなのか、タケジの「よけいな提案」とは何なのかと興味をもたせ、きれいで優等生のよし子と、きたなくて道化者のタケジと、よし子に憧れタケジを見下しているぼくとが、今後どのように関わって話が展開するのか期待させるようにプロットが巧妙にしくまれている。これは、時間（月日）の順序に記述していく日記体では書けない。

「背が低くておでこだけ大きな、キタナイ星の宇宙人ゲジゲジというあだ名のタケジ」は、「久助君の話」の兵太郎と共通する。頭の後ろにはげがあって、「ときどき鼻をすこし右にまげるやうにして、きゆつと音をたててすひあげる」兵太郎は、「ほら吹きで、へうきんで、人をよく笑はせ」、「みんなからほら兵とあだ名をつけられてゐた」。ところがある日、そんな兵太郎の「何ともいえないさびしさうなまなざし」（別の側面）を見て久助は驚き、「わたしがよく知つてゐる人間でも、ときにはまるで知らない人間になつてしまふことがあるものだ」という認識（人間発見）をして、一つの新しい悲しみを得る。これに対し、「歌の作りかた」では、ぼくのタケジに対する認識の変化は、ぼくもタケジも好意をもっているよし子の存在によって可能となる。少年が少女（異性）との関わりを通して情緒や認識を深めるというのは、すでに一九五九年に発表した童謡「サッちゃん」にも見られる主題であり、この点に阪田寛夫の新しさ（現代性）がある。これは、『児童文学　新しい潮流』の中で、少女との関わりで少年を（あるいは少年との関わりで少女を）本格的に描いている作品の数の少なさからもいえる。

タケジが「班ごとに、学級の歌の作りっこをしたらいい」と提案し、早々と作詞して作曲者よし子に渡したことに嫉妬したぼくは、タケジの歌詞にけちをつけ、五郎も加わってけんかになったあげくタケジは自分の歌詞を破ってしまう。そのあとしまつとしてぼくが作詞することになるのだが、自分ではよくできたつもりの詩をよし子に渡したところ、発表当日よし子が作曲して歌ったのはタケジの詩の方であった。ぼくは愕然とするのだが、じつはそれは夢であったと二重の反転が行われ、深刻にならず〈おかしみ〉で終わる。そして、「夢のなかで聞いたタケジのへたくその歌詞の方が、ずっと底光りがしていた」と感じたぼくは、「一つの歌ができるためには、自分ひとりうまく書けたつもりでいても、曲を作る人がその詩に心をもやさなければ、どうにもしようがない。――くやしければ、自分で曲まで作ること。これがこの晩の、いちばんすごい発見だった。」という結論を得る。最後が〈おかしみ〉と〈童謡観〉で終わっているところが、阪田寛夫らしい。

が、この作品は、小学校五年生なりの〈自負と偏見〉を少女（異性）によって打ち砕かれる物語としても読むことができる。そういう内容を、芥川賞作家としての巧妙なプロットと、「サッちゃん」や「夕日がせなかをおしてくる」などの詩・童謡に培われた子どもの日常会話体によって実現し、最後を「〈大人〉の理念で整理」している点に、「歌の作りかた」の面白さと現代性がある。「ぼく」の固有名詞は明らかにされていないが、簡潔、明快、生新な文体から、勉強も運動もでき行動力もあって、やんちゃな少年像が浮かびあがる。

「オーシコーチノミツネ」は、「歌の作りかた」とは極めて対照的な三人称客観体（文末過去形）で書かれている。冒頭部を掲げよう。

香と書いてカオリと読むように名付けた父は、二年前に亡くなった。香が高校二年に進級したばかりの、四月のはじめのことだった。あとになって知ったが、父が死ぬまで研究していた課題は、早く言えば、あの世とこの世との交通であった。／専門の学者でも坊さんでもなく、ただの会社員だったが、香の目から見ると、世の中のたいていの学者や坊さんよりも、父の方がずっと本物のそれらしかった。でもそんな調子だから、もう五十になるのに、お父ちゃまは万年課長なのよと、父の生前母はよくこぼしていた。／今の香にとって、父が万年課長であったことは、すばらしい。それ以上偉くなって、肥ってしまわなくてよかった。いつまでたっても若い頃と同じように、何か魂をゆさぶるものにとらわれ、毎晩暁方まで本を読んで、やせて、赤く腫らした眼でどこか遠くの方を見ていた父が好きだ。／本当を言うと、目を腫らしている理由の一つに、お酒の飲みすぎがあった。（六三頁　傍点筆者）

この作品も、主人公香が高校三年（大学受験が終わった頃）の現在から過去へと時間を遡り、冒頭部で「あの世とこの世との交通」や「魂をゆさぶるもの」に関心を持っていた不思議な父親の死を告げることで、読者の興味を喚起するように構成されている。全体はそれが主題となって次のように展開する。香が中学三年の春、「キリスト教の祝日の復活祭《イースター》の朝、父から小栗判官の『よみじがえり』の話を聞いたのがきっかけ」で父親と深刻に対立。→高校二年の「またイースターの季節がめぐって来た時」に、父は危篤となり謎の遺言をする。→高校三年の「夏の盆の入り」に、「あの世から父の魂が帰ってきて、槇の葉の露に宿る」という槇の小枝を買うが「父の霊は一向に家に戻っては」来ず、「香は父が死んだ日よりもっと悲しくさびしく」なる。↓大学受験の日、「遠いところからやって」きた父の助けで「凡河内躬恒《おおしこうちのみつね》」の振仮名をつけることができて合格。「古典や仏教を勉強して、遺言のメッセージを解く」ことと、「父のよみがえりの証人に」なることを決意する。

香は中学三年～高校三年（十五～十八歳）という、子ども時代の終わりが近づいているのにまだ大人になりきれない難しい時間を生きている少女である。そんな時期に大好きな尊敬していた父（心の支え）を失い、深い孤独と悲嘆の中で生きているうちに、少女は、生前の父の言葉や信じていた世界に導かれて亡き父親の霊魂と交流するようになる。この作品は短篇であるが、その主題はG・マクドナルドの『北風のうしろの国』（太平出版社　一九七七年）に通底する深さ（神秘）を内包している。――ただし結末は阪田寛夫らしく、最初の父親の「よみがえり」は香の入浴中であったと〈おかしみ〉に転じているが。香の年齢であれば、太宰治の「女生徒」のように「わたし」の一人称語りも可能であったと思われるが、阪田はなぜこの作品を三人称で書いたのだろうか。香の一人称語りであれば、全ては、孤独と悲嘆の中に在る十八歳の多感な時期の少女の主観の枠内に止ることになる。巧妙にプロットをしくみ、主題を深め、純粋に虚構のおもしろさを追及するためには、三人称の視点――語り手という第三者の登場によって作品世界が物語られる必要があるのだ。さらに三人称（文末過去形）であることによって、香の内面表出の部分（冒頭部の傍点参照）に意識的に用いられている歴史的現在形が効果を発揮する。

ところで、この作品が三人称で書かれているのは、香には実在のモデルがいるということも関係していると思われる。一九八五年十二月号の『群像』に発表された小説「冬の櫛」(『菜の花さくら』講談社)の中に、「オーシコーチノミツネ」の話が語られている。この小説は、阪田が朝日放送に勤務していた時代の親しい同僚で『遭げや海尊』(講談社　一九七九年)のモデルであり、『夢現論への試み』(風濤社　一九七七年。巻末に阪田寛夫は「生きることへの願い(著者紹介)」を執筆)の著者横田雄作の妻を主人公にしている。香はその娘で実名である。阪田は自分の小説について「ほとんどは、両親や自分の身の回りで関わった人たち、何か心に引っ掛かったものを調べて、書いています。本当は、完全なフィクションを書くのが正道なんでしょうが」(『サライ』8　小学館　二〇〇一年四月一九日)といっているが、「冬の櫛」の一年後に『飛ぶ教室』に発表された「オーシコーチノミツネ」は、「復活」を主軸にかなり虚構化され、子どもが読むことを意識した文体になっている。

「野原の声」は「ぼく」の一人称語りであるが、文末は基本的に過去形になっていて三人称客観体の様相を呈している。「ぼく」は学年も固有名詞も明らかではない。「近く結婚する姉に連れられておむこさんになる人の家に遊びに行った。そこで、八十八歳のおじいさんに逢った。」という書き出しから作品は始まり、姉を待つ間、ぼくはその老人と各々の友人の名前を交互に言いあうゲームをする。そのうち両者に共通する「野島君」という名前が出た時、若かった頃の野島君を思い出し、その時代に思いを馳せている老人に、ぼくは次のように問いかけ想像する。作品の結尾部である。

おじいさんは昔の話をしていたんだ、野島さんというのはおじいさんなんかではなく、若かった頃の友達なんだと気がついた。／「その人は、今も走っているんですか」／と聞こうとして、ぼくはその言葉をまんじゅうと一緒にのみこんだ。代わりに、／「おじいさんも、昔、陸上の選手だったんですか」／とたずねた。おじいさんは、顔を横に振って、／「いや、時たまベース・ボールをして、遊んだくらいで」／野球のことを、英語でそういった。ずいぶんハイカラだったんだなと思ったら、おじいさんの黄色い顔のなかに、その時、大学生か高校生くらいの顔だちが見えた。ほっぺたが光って、それはどこか広い野原の太陽を受けてかがやいているみたいだった。みんなを励ますかんだかい、元気なかけ声まで聞こえてきた。（二三頁）

「八十八歳のおじいさん」の中に、「大学生か高校生くらい」の若者が今も生き続けているのを見て、一瞬「ぼく」は老人の内部の若やいだ時間を共に生きる。それは「ぼく」にとっては一つの発見であり、「久助君の話」をもじっていえば〈一つの新しい喜びであった〉といえよう。この作品の主題は、阪田の詩「ねむりのくに」の、「ひいおじいちゃんは／ことし八十一／でも三で割ると二十七／九で割ると九つ／二十七で割ると三つです／ひいおじいちゃんのなかに／若者がいる／少年がいる／おさなごもいる――」と響きあう。現在は老いてしまっている人の中に過去の若い時間が存在することを知る時、子どもは老人に対する理解と共感を深めるであろう。「ぼく」の年齢も名前も不明で、語り口が三人称客観体に近いことによって、読者は、「ぼく」の背後から（「ぼく」に視点を重ねて）

老人を見るように〈視点と語り〉が工夫されており、「歌の作りかた」や「オーシコーチノミツネ」とは違った普遍性が志向されている。イラストで、老人と対座する「ぼく」が読者に背中を向けて座っているのも意味深長である。

「パラパラおちる雨よ」も老人と子どもを題材にしているが、〈視点と語り〉が「野原の声」とは逆になっている。文末に現在形を多用した〈大人の一人称語り〉に近い文体で、「老人」を三人称的に語っていく。「老人、おじん、じさま、おじいさん。年をとった男の人の呼び方はいろいろあるが、いちばん字数の少ない『老人』にしておこう。この老人は、七十歳を二つ三つ過ぎた頃から、あまり物を言わなくなった。話をしようと思っても、言葉がうまく出てこないから、相手の人がいらいらしてしまう。相手というのは、たいてい老人のおくさん、つまりおばあさんで」（傍点筆者）というように。デイヴィッド・ロッジは、幼い子どもが「何とかひねり出せる語彙」以上に豊かな内面をもっていることを指摘しているが、老人にもそれはいえるのである。「雨降りの夕方」になると、「老人」は「昇ることは昇ってもひとりで降りられない」二階に昇りたがる。「雨の日に、老人が二階へ昇るのは、その小さな部屋の中で、何かいいことがあった気がするからだ。」老人が明確に思い出せない「いいこと」とは、机のひきだしからハモニカをとり出して「パラパラおちる雨よ」を吹くことであった。老人は中学生の頃「キリスト教会の日曜学校で、ハモニカバンドに加わっていた。」そのハモニカは老人の父が買ってくれたもので、「パラパラふる雨よ」は最初の練習曲であったのだ。老人がその部屋で、ハモニカの吹けない孫と二人で「ひみつの笑いを交換し」あいながら互いにハモニカ吹きあう様子は、心暖まるものがある。作品の最後は次のように終わっている。

老人のほうは夢の中で、松の木に登っていた。その下の道を、まだ若い自分の父親が、会社へ出かけて行く。まがりかどで、父親はいつものように振り向き、右手の人差し指と親指をくわえて、／「ピーッ」／と鳴らした。松の幹からはなした片手を、そちらに向けて力の限りに振っているのは、いま、孫の男の子そっくりの少年だ。（一二五頁）

老人とは、夢想の中で幼年期や青少年期の自分を瑞々しく生き続けている存在なのだ。南吉は「外から内へ」で子どもの内側に入って世界を捉えようと主張したが、阪田は老人の内側に入ってその世界を捉えようとし、子どもにもわかる文体で描き出した。それは、現代児童文学における視点と語り——主題を新たに広げるものである。「野原の声」「ねむりのくに」のように子どもの側から老人を見るのではなく、老人が言葉化し得ない内面を第三者の語り手が語ることによってその世界を表現したのだ。この老人夫婦のモデルは阪田の小説によく登場する兄夫妻と思われるが、周囲の親しい人々が老化していく様を見続けてきた阪田寛夫は、次のような興味深い発言をしている。

人によっては晩年のその歳の頃から、周囲の者が驚くようなことを再び言ったりしたりできるようになる。彼らは日常の言葉や動作のなかで、容易に過去だのあの世だのに行ったり来たりして時空を越える。その言動の内容は、普通の人間には予測がつかず、一時は口うらを合わせても たちまち外され、この場合は老人の方が一層の孤独のなかに取り残される。／そして時制や重力や主格の規制から自由になった彼らの書き物は（生き神様の文章以外は）、幼児のそれほど珍重されない。（「子どもの冥さ——子供の文体と作文」『文学』岩波書店　一九八一年一〇月　一〇七頁）

阪田寛夫は、叔父の大中寅二をモデルにした物語詩『トラジイちゃんの冒険』（講談社　一九八〇）や絵本『ちさとじいたん』（祐学社　一九八四年）『サンタかなちがうかな』（童心社　一九八四年）などを書いているが、いずれにも老人と孫・幼い少女が登場する。これらの作品の中では、老人と幼年期の子どもは、「時制や重力や主格の規制から自由に」なって、ナンセンスでファンタスティックな時空を共有している。一九八〇年代の阪田の関心が〈老人と子ども〉にあり、それを児童文学の主題にしたことは、注目すべきである。

〈大人の一人称語り〉で描かれた作品の中、「三角形」は題材が一風かわっている。『すうがく博物誌』（森毅著・案野光雅画　童話屋）にイメージを触発されて書かれたようだ。「ぼくは昔の五年制の中学で毎週一度は幾何を習って、もちろん中味もわからないまま卒業してしまっているのだった。」「ゆうべぼくは何十年ぶりかでぼんやり思いをめぐらした。」という表現から、語り手の「ぼく」がかなり年配の男性だとわかる。内容は、「洋服の袖つけやスカートが三角なら、洋服とそっくりの形をした人間の体もまた、無数の三角形でできているのではなかろうか」。「ちょいとでました／三角やろがあ／四角四面の／やぐらの上でえ……／なるほど、人間が三角でできていることは、幾何を教わらない昔の人も、ちゃんと知っているのだった。お化けの鉢巻も三角じゃないか。」といったノンセンスな理屈をつみ重ねていく面白さがある。そして最後は、思考の発端になった本の内容が読み違えであった（三角関数を三角形と思いこんでいた）と、全てを無意味にしてしまう。阪田は、言葉や文章を読み違えたまま作品を展開して、最後にそのまちがいに気づく――そこに滑稽で不思議な世界が広がる手法をよく用いている。例えば小説「遠近法」（『戦友』所収）では、まど・みちおの書いた地図を頼りにまどの郷里を訪れ、「火○」が気になって探すが見つからない。後でよく読むとそれは「谷」であったとか、「オーシコーチノミツネ」のエピソードを含む「冬の櫛」では、「冬の櫛」と思いこんでいた短歌がじつは「冬ぬくし」であったという具合である。

　阪田は子ども時代から人を笑わせるのが好きで、「子どもの時は作曲家になりたく」思っていたが、「音楽では『おかしい（可笑しい）』ということが十分には表現できないと」詩を書くようになり、「また、詩でも『おかしさ』を十分に扱えない」と小説を書くようになったと、『どれみそら』（河出書房新社）で語っている。最初の小説「平城山《ならやま》」について、鬼山仙次は『わが町』（講談社）の解説で、「日々のことが、極めておかしく表現されて、読むほどに笑いがこみあげて来」たと書いている。阿川弘之が評したように「軽くてユーモラスで、をかしい」（『新潮』新潮社　一九五三年　新年特大号）世界こそは、阪田寛夫の本領とするところで、それは書名になっている「桃次郎」でも発揮されている。『桃次郎』の装幀は安西水丸《あんざいみずまる》であるが、表紙の桃次郎の絵自体がすでにおかしい。所収されている八作品は各々タイトルに一頁とり、その裏にイラストが描かれている。安西水丸のユーモラスな線画は、阪田の世界と響きあって、作品の味わいを深くしている。

「桃次郎」は、「夏休みのうちに桃次郎の話を書きますとやくそく」した「わたし」（阪田寛夫に重なる）が語り手で、〈大人の一人称語り〉である。「桃次郎は桃太郎の弟だ。」「ところがその桃太郎に弟があったなんて、知ってる人はあまりいない。」「だれに聞いてもわからない。本にも書いてない。わたしはこまってしまって」岡山へ調べに出かけるのだが、岡山駅で出会った「やさしそうなおねえさん」（あとで鬼とわかる）から倉敷へ行けといわれる。倉敷では、桃次郎の歌をうたいながらぼんおどりをする女性（実は鬼たち）の隊列に加わって踊っていると、岡山駅で出会った女性が再び姿を現して、次のように語る。「桃次郎がやってきたとき、島には桃太郎に殺された鬼の子どもと、おくさんと、恋人しか残っていなかったの。だのに桃次郎は、こわくてつい口ぐせで」、「ごめんなさいといってにげだしたばかりに、みんなに追いかけられてつかまってね」と。そして「鬼を殺すのも、鬼をこわがるのも、どちらもひどくまちがってるわ」とつめ寄られたわたしは石段から落ちて頭を打ち、「気がついたら病院のベッドの中」にいる。

この作品は細部におかしさがある。「おかしい」には滑稽さと変だ（奇妙・不思議）というニュアンスが含まれている。さっき岡山駅で出会った女性が倉敷にもいて、少女にもなる変幻自在さ。桃次

郎の歌詞と終わりに反復する「よいやさ　きたさ」の囃子ことば、人物たちの所作・言動の滑稽さ。さらに、鬼（それも女性）の側から桃太郎（人間）を見るという発想の逆転、いさましい桃太郎の弟桃次郎は「よわむし　寒がり／ひねくれや」「鬼にうなされ／しっこたれ」という人物の落差などが、作品全体をノンセンスで面白いものにしている。

ところで、『桃次郎』は同名の本（戯曲「イシキリ」「花子の旅行」「桃次郎の冒険」と合唱曲「をとこはおとこ」「煉瓦色の街」を収録）がもう一冊、一九七五年にインタナル出版社から刊行されている。短篇集（童話）が明・陽とすれば、戯曲集は暗・陰という関係にある。「桃次郎」を「自画像」としてこだわる阪田は、一九七五年版の「あとがき」で次のように語っている。

小学生の時に初めて私は「桃次郎」を知った。／桃次郎は有名な桃太郎の弟だが、頭に角が生えていた。彼はそれを悲しみ、海辺の岩に腰かけて、軽石で角をこする。（中略）この話をどこかで聞いてきて私に伝えてくれたのは、当時私のけんか相手だった二歳年上の姉なのだが（中略）／気はやさしくて力持ち、戦えば勝ち、親にはおみやげを車に積んで持って帰るという桃太郎のような人間になりたくてもなれない私は、自分によく似た、蔭でこそこそするような（中略）少年が、いやだけど気になったのだろう。（二三七〜二三八頁）

〈大人の一人称語り〉で書かれている作品は他に「いじめる」「きっちょむ昇天」があるが、いずれも五十年後の「ぼく」「私」が小学三年生・五年生の時を回想して語る形式を採っている。なぜそのような視点・語りになっているかといえば、扱っている題材・主題がいじめや自殺と深刻だからだ。子どもだけの視点では無理があるし、大人だけでの視点では子どもに伝え難いので、大人が子どもに寄り添うようにして（言葉を補う形で）語っているといえよう。「いじめる」は、人はなぜ弱い者をいじめたくなるのかを、「きっちょむ昇天」は、頓智者のきっちょむが最後はなぜとんびのまねをして屋根から落ちたのか（三十すぎの画家はなぜそんな話をしたのか）を、読後に考えさせる。人間・人生についてのネガティヴで根源的な問い（謎）を、読者の前にさし出している作品である。

このように見てくると、さまざまな題材・主題を多様な視点・語り（文体）によって作品化している短篇集『桃次郎』は、芥川賞作家であり童謡「サッちゃん」の作詞者である阪田寛夫だからこそ可能となった現代児童文学の一つの成果、と評価することができる。なお、河合隼雄は『物語のふしぎ』（岩波書店　一九九六年）で、「野原の声」は「時間の交錯を感じさせる傑作」、「桃次郎」と「パラパラおちる雨よ」は「時間の循環を感じさせる名作」と、高く評価している。特に「パラパラおちる雨よ」は、「老人がハモニカを鳴らし、孫も真似をしてかすかな音をたてたとき、二人の目と目が合い、老人は久しぶりに笑う。」「この一瞬の笑いの交換の『時』というのは実に重要である。ここから、老人と孫だけではなく家族中の心が開かれてくるし、『きれいな花を咲かすため』の雨が、この家に降ってくることになる」と、「時のふしぎ」に言及している。

「新しい波」の現代児童文学が自分の内面にこだわって自閉的になっているのに対し、阪田寛夫の短篇は、見下していた同級生・死者・老人などの他者に心を開き、交流する方向を示している点が対照的である。また一人称か三人称かを問わず、基本的には文末過去形の簡潔明快な文体で、その中に歴史的現在形を効果的に用いるという表現手法を採っている。これは、『現代児童文学　新しい潮流』所収作品や現在発表されている児童文学が、文末を現在形で書く場合が多いのと、やはり対照的である。〈視点・語り〉と文末表現（創作意識）については、「『物語』と『小説』は同じか」（『國文學　物語の謎』學燈社　一九九七年二月号）で、三谷邦明が次のようにいっているのが参考になる。――「小説は、一人称小説や習作的な二人称小説があることを認識した上で、主調は三人称／過去で表出される、三人称小説であることを確認しておこう。過去は、〈語り〉の基本なのである。」「古代前期のテキストは、事実譚的なものへの志向を常に宿しているのだが、竹取物語から始まる物語というジャンルは、そうした志向と断絶し、純粋に虚構のおもしろさを追求していったのであり、それを支えたのが『けり』という助動詞なのである。」

三　『ほらふき金さん』――おかしくてかなしい世界

『桃次郎』所収の短篇が、現代児童文学の質が変わった一九八〇年代に書かれているのに対し、『ほらふき金さん』（国土社）は、戦後の現代児童文学の興隆期ともいえる一九六九（昭和四四）年に刊行されている。阪田の唯一の長篇童話であり、初版から二十年後の一九八九年に国土社の「てのり文庫」の一冊として装丁も新たに現代に蘇っている点で、注目に値する。阪田寛夫は、一般に詩人（童謡を含む）・小説家とみなされており、童話は数量的に少ないこともあってこれまで論じられていない。それゆえ、『桃次郎』とともにこの長篇の中に阪田の世界の特質を探ることの意義は大きい。

『ほらふき金さん』は、国土社の「新選創作児童文学――一流作家・一流画家ぞろいの本格的な児童文学」というシリーズの第五冊めとして出版。大きさは縦20・8㎝×横18・5㎝で、正方形に近い。ハードカバーの表紙にさらにビニールをかぶせ、箱入り本という丹念な作りになっている。絵は、小磯良平・桑田道夫に師事し、「『シートン動物記』『子鹿物語』など、リアリズムにうらうちされた作風は著名」という石田武雄。表紙の見返しにも話の一場面が描かれており、各場面ごとに一ページをとって生き生きとした趣のある挿絵が入っている。装丁・本作りの丁寧さの中にも、この時期の出版社の児童書に対する姿勢は窺えるが、巻末に掲げられた「『新選創作児童文学』の刊行にあたって」という社告の中に、国土社の児童文学に対する意気込みはより鮮明に現れている。それは、時代を反映して貴重と考えられるので、全文を掲げてみよう。

子どものための文学や読物は、まず、読者の心を、どう美しくし、よろこばすかという点から評価されるべきでしょう。そして、同時にたいせつなことは、作品に対する作家の立場、つまり精神です。／つい最近までは、子どものためのすぐれた本といえば、外国の文学、いわゆる名作童話だという一つの常識がありました。／その常識を打ちやぶって、現在のような質量ともにすぐれた創作が出はじめたのは、やはり、筆をとった作家たちが、誤りなく、日本の風土と感情に根をおろしていたからにほかなりません。／しかし、いままでの日本の児童文学は、文学という名のために、子どもをとりまく種々の文化財から、わざとはなれた柵の中にとじこもりすぎていたようです。／たとえば、文学は文学の世界で、テレビはブラウン管の中だけで、ということですが、それは紙上での区分であって、子どもたちは、四六時中、この全部をないまぜにして、受けとっているのです。／こうした子どもたちに与える本は、現実的な広い視野に立って、効果を考え、選択してやるべきではないでしょうか。／ここに小社は、現実の子どもたちの要求にこたえながら、その未来にかぎりない愛と真実をみようとする幅広い執筆陣をえて、新しい児童文学を創造し、これを子どもたちの手に送りとどけることを念願してこの書を刊行するしだいです。

「日本の風土と感情に根をおろした、現実の子どもの要求にこたえる、新しい児童文学の創造」という主張が、明確に打ち出されている。国土社は、一九七五年には、童謡の「戦後初めての叢書」である「国土社の詩の本〈全二十巻〉」（編集協力者　阪田寛夫／関根栄一／鶴見正夫／三越左千夫）を、戦後の「約三十年間に作られた日本の童謡の作者別集大成」として刊行しており、出版社として児童文学界に果たした役割は大きい。上笙一郎は、「出版状況と児童文学」（『児童文学の戦後史』東京書籍一九七八年）の中で、この時期を、「経済の高度成長期〈一九六〇～七〇年〉――現代児童文学の開花期」として次のように評している。

文化的出版と通俗的出版の共栄の動きは、一九六〇年（昭35）の一年前にあたる昭和三十四年（一九五九）からはじまった。（中略）通俗的出版はテレビ等とも手を結んで漫画ブームを繰りひろげ、昭和四十五年（一九七〇）には『少年マガジン』百五十万、『少年ジャンプ』百十万、『少年サンデー』八十万という部数を売り切るほどの凄まじい盛況を現出。これに対して文化的出版は、一時期前の世界名作全集式の出版を完全に払拭し、理論社・講談社・実業之日本社・福音館書店・東都書房・牧書店などが相次いで〈創作児童文学〉の作品を世に送り、おそらくは明治期このかた初めてと言うも過言でない児童文学の繁栄を迎えたのであった。

ところで、ここで忘れてはならないのは、このような文化的出版の盛況には、経済の高度成長の自然的反映のほか、児童文学にかかわるさまざまな立場の人びとの自覚的な運動が関与していたという一事である。その第一は、前の時期に引きつづき同人雑誌運動がさかんであって、新たな思想と方法に立つ空想物語や少年少女小説を書く児童文学作家がつぎつぎと育って来たこと、その第二は、理論社の小宮山量平や福音館書店の松居直を典型とする自覚的にして且つ意志的な児童文学書の〈出版社〉があらわれたこと、そしてその第三は、以前よりあった文学教育運動に加えて学校図書館がようやく整備されかかり、「青少年読書感想文全国コンクール」の催しなどによって読書に向かう子どもが多くなって来たことだ。（一六六～一六七頁）

上笙一郎は言及していないが、国土社もこのような出版状況に参加して、丁寧な本作りや新選創作児童文学・童謡叢書などの刊行に携わっていたといえる。そして、国土社が、「いままでの日本の児童文学は、文学という名のために、子どもをとりまく種々の文化財から、わざとはなれた柵の中にとじこもりすぎていた」と批判する時、文化財的出版と通俗的出版とを区別せずに、現実の子どもの要求に応える新しい児童文学を生み出そうとしていた意図が窺える。これは、時期を同じくして横谷輝が、「中間小説的児童文学の問題」(「学校図書館」二〇八号　一九六八年二月一〇日)として次のように指摘したことと響きあう。『芸術的児童文学』と『大衆的児童文学』のカイリは、明治三十年代に発生して以来、戦後の今日まで続いている。」「『中間小説』がめざすものは、『純文学』がもっている芸術性と『大衆文学』がもっている娯楽性を統一しようとするところにある。」「『中間小説的児童文学』の提唱は、ある意味で新しい児童文学の理想を構築するための一つの手だてであったとも考えられるが、童話文学の理念にかかわるものをもちえないところで、ただ技術的におもしろさと芸術性を統一しようとしても、もたらされるものは大量生産的な作品だけである。」「もっと子どもの現実にしっかりと根をおろしたところから生まれてくる新しい『大衆児童文学』の出現につとめなければならないと思う。」

経済の高度成長期、現代児童文学の開花期に書かれた『ほらふき金さん』は、国土社や横谷輝が指摘するような問題点を反映して、「おもしろさと芸術性を統一し」、「子どもの現実にしっかりと根をおろした」新しい児童文学だったのではないかと思える。最初の本が絶版後、「てのり文庫」として再び出版されているが、「てのり文庫」は、児童書の出版と深く関わりのある学習研究社・国土社・

小峰書店・大日本図書・評論社の「児童文庫　5社の会」が出している文庫である。奥付に「小さな旅人へ」という次のような読者宛のメッセージを掲載している。「読書は、未知の世界をめざし、新しい世界を発見するためのすばらしい旅です。わたしたちの〈てのり文庫〉は、新世紀を生きるみなさんの小さなてのひらに贈る〝旅のきっぷ〟です。この一冊から、パチンとはさみを入れてさあ、出発しませんか。」

箱入りの初版から二十年後に「てのり文庫」として蘇ったということは、『ほらふき金さん』が、二十一世紀を生きる子どもたちに対して何らかの価値をもつと出版社が判断したからであろう。カバーの表紙絵・挿絵が石倉欣二に代わり、鶴見正夫が解説「『ほら金』とチャンバラ時代」を担当して、次のように評価している。

『ほらふき金さん』は、江戸幕府末期という激動の時代を背景に、勤皇の志士をめざす土佐（高知）の少年イノクマをめぐってくりひろげられる、ユーモラスで、痛快で、どこかちょっぴりかなしい、読みごたえのある物語です。／イノクマの、滑稽なほどの大まじめさ……。さびしがりやのくせに、江戸で有名な役者の子といつわって見えを切る菊五郎（ほんとうは菊八）の、にくめないガキぶり……。そして少年たちをあたたかい心でつつみ、広く鋭い目で時代のゆくえをさりげなくしめしてくれる土佐の町絵師、大ぼらふきで金もちの〝ほら金〟こと金蔵のおおらかさ……。／行く土地ごとに舞台をかえ、小気味よいテンポとリズムで事件をおう物語のはこびは、まるで活劇を見ているようです。しかも、読みおえたあと、読者は知らず知らずのうちに、時代をこえ、いつの世にもあるウソモノとホンモノを見つめなおしています。／最後の章〈すすめ！　イノクマ〉は、その思いをいっそう高めてくれます。父の切腹のほんとうの理由を知り、志士の夢やぶれ、尊敬する坂本竜馬の死にくやしなみだをながしたイノクマ少年。なみだをふりはらったイノクマは、「ええじゃないか　ええじゃないか／どん　どん　いけいけ！」とうたうほら金の声に送られ、菊五郎とつれだって、えげれす語を教えてくれるというヘッポン先生をたずね、はるか横浜へ向かって旅立ちます。その姿から私たちは、新しい時代の幕あけと、広く大きく、そしてあかるい子どもたちの未来を感じとるのです。（二三〇～二三一頁）

この作品の主人公は、「入交猪熊《いりまじりいのくま》、十二さい。鼻が高く、肩がはり、ひとりぼっちでくらしているから、みなから、テングとよばれている」少年である。書名になっている「ほらふき金さん」は、猪熊少年を保護者代わりに見守り導く存在の人物である。「ほら金」のモデルについて、鶴見はさらに次のように記している。

最初の本のあとがきによれば、「ほら金」のモデルは、「絵金《えきん》」とよばれた幕末土佐の町絵師、弘瀬金蔵＝洞意（一八一二～一八七六）だそうです。若くして江戸狩野派にまなび、土佐藩御用絵師となりながら、まもなく不幸な運命におちいった放浪の画家。しかし「絵金」は、画壇や時の権力をよそに、土佐民衆のいぶきを筆にこめ、すばらしい芝居絵や風俗絵や幟絵《のぼりえ》などを描いて、庶民の共感と絶賛をはくしました。両手に六本の筆をはさんで彩色したとか、大男で酒のみで、お金をためこんでいたとか、いろんなうわさがありますが、いずれにしても「物にこだわらない」人物だったようです。私の手もとにある画集『絵金画譜』(近森敏夫編著)を見ても、エネルギッシュな活力と、妖気ともいえる不思議な魅力があふれています。／「ほら金」は、「絵金」とはかなりちがっています。でもこの物語からも、南国高知の、おおらかな土のにおいと、あかるい空から吹く風のかおりと、桂浜によせる波の音と、そして人びとのあたたかい心のぬくもりが伝わってくる気がします。(二三四～二三五頁)

阪田寛夫に「〝絵金〟というあだなの画家弘瀬洞意《ひろせとうい》の『芝居画《え》』」を見せて興味を喚起したのは、八波直則《なおのり》(国文学者で国語教育学者の八波則吉の子息)である。八波は、阪田が一九四三(昭和一八)年に高知高等学校に入学した頃、若き教師であり、生徒を戦争に送り出す際に、「かえりみなく征《ゆ》きにし子らの　夢にかよえ　土佐の山川学舎《まなびや》の歌」という和歌をよみあげて阪田に感銘を与えた人だ。一九六七年十月から、阪田はＮＨＫテレビの連続ドラマ「ケンチとすみれ」を土井行夫と交替で執筆しているが、このドラマの取材で高知に行った時に八波と再会。「おもしろい絵かきがいる」と、「八波直則さんに勧められて見たり調べたりしたのが、絵金とのつきあいのはじめ」となった。この翌年に、「児童文学者の香山美子さんと国土社の細木二郎さんから、子どもの本をかかないかとすすめられ」、「『絵金』が物にとらわれないふしぎな活力をもった大男だったことを思い出し」て、『ほらふき金さん』を書きあげたようだ。が、「物語のかげの主人公である金さんは、弘瀬洞意とはかなりちがう人物になりました。そのかわりわたしの好きな高知の人びとの暖かく朗らかな心の動きを、なるべく吹きこむようにつとめました」と、初版（一九六九年）の「あとがき」で書いている。

「絵金」は発想のもとになったが、少年の猪熊が創造される過程で虚構化された「ほら金」として生命を吹きこまれていったともいえよう。阪田は、この点について筆者宛の書簡で、「画家をフロに入れてアクを抜いた」と面白い比喩で語っている。

高知へ行ったときに、研究家や絵金の絵を集めた資料館を訪ねました。あやしげな芝居絵でドロドロした感じが、好きにはなれませんが（あぶな絵も研究家に見せてもらいました）、その画家をフロに入れてアクを抜いたのが、ほらふきの金さんになりました。要するに本物の絵金は（一度中平という、やはり高知高校出身の監督の手で映画にもなりました。それはあの作品のあとだった気がします）、一寸好きになれないような作風で、御本人も恐らく作中人物に似ていたのではないかと思いました。それをもう少しかわいい所もあるワルに仕立てて、子供の目からそれを見るっていう段取りの作品にしました。（二〇〇一年九月一四日付）

実在した絵金から「ドロドロした感じ」を除いて、「暖かく朗らかな心」をもった「かわいい所もあるワル」としてほら金を造形する、しかもそれを「子供の目」から描くというのは、阪田寛夫の児童文学作法ともいえよう。短編集『桃次郎』にも通じるが、大人の描き方、大人と子どもの関わりの描き方に、阪田作品の魅力の一つがある。

『ほらふき金さん』の全体は、「天からお札」「関所やぶり」「地球がまわる?」「菊五郎」「ええじゃないか」「牢屋できいた話」「いんきな〝志士〟」「ほんものの〝志士〟」「ほら金一世一代のほら」「すすめ! イノクマ」の十章から成る。舞台は、土佐→阿波→大阪→京都と、イノクマの移動とともに変化し、次々と危機的出来事が起こるので、読者はどきどきしながら作品を読み進むことになる。そして短篇の場合と同様に巧妙なプロットがしくまれていて、読み終えると、全体は「ほらふき」というモチーフに貫かれていることがわかる。「ほらふき」は金さんだけではないのだ。最初に提示されたことが、最後にどんでん返しのような形で謎が解き明かされるように構成されている。イノクマは、父親は勤皇の志士になったために切腹を命ぜられていさぎよく死んだと思い、誇りをもっていた。ところが、ほら金のにせ絵を買った責任をとらされてつめ腹切らされた会計係だったことがわかり、死のうと思いつめる。ほら金は孤児のイノクマをかわいがり、よく面倒を見ていたが、じつは父親の切腹の原因が自分にあることを知っているゆえの償いでもあったのだ。イノクマは、伊勢の神さまが父親が天皇に尽くしたのをほめて自分の所にお札を運んできたと信じ、お伊勢まいりに出発した。ところが最後に行きついた京都で、公家の袋小路が幕府を倒すために金を出してお札や神馬を降らせ、町民たちを騒がせていたことを知って義憤にかられる。作品の大詰めは、これらのプロット全てを収斂する形で、坂本龍馬に導かれたイノクマが新しい時代に役立つための勉強を始める旅にでる、未来への一歩を踏み出すところで終わる。そこにこの作品の主題があり、二十一世紀に「てのり文庫」として蘇った理由もあるといえよう。

イノクマとほら金、つまり子どもと大人の関わりは、子どもが苦境に立たされた時に示す大人の知恵と配慮として随所に巧みに描かれている。例えば、お札は伊勢神宮から飛んできたと信じてありがたがっているイノクマに、ほら金は、「こりゃあ、おかしいぜよ」「この紙は、うちの蔵につんである奉書の紙じゃ」「見てみいや。伊勢の伊の字のニンベンが、さかさまむいちゅうよ」「こりゃ、かまぼこ板じゃ」「どうして、お伊勢さんが、なまぐさい土佐のかまぼこ板で、お守りをつくることがあろうかよ」「こわい顔せんと、あたまをひやしてかんがえてみいや」と、ひとつずつ具体的におかしい事実を指摘する。この土佐弁の表現力の豊かさとおかしみは読む者を楽しませる。ほら金はこのようにイノクマを諭しながら、一方では、「イノクマにかわって長屋のものをよんで、赤飯とカツオのさしみ、酒はどびんに入れてのみほうだいというごちそうをした。／だれがきめたわけでもないが、お札がふってきた家は、こうして、近所の人をあつめてごちそうするのがならわしだ。」と、大人としての役割を果たす。

また、「船にのって世界をまわれば、この世はミカンのようにまるいものじゃとすぐわかると」、「まるいだけじゃない。まるい地球が毎日くるくるまわりもって、一年かかってお日さんのまわりをひとまわりする」と、ほら金は驚くような新しい世界観も示すのだが、「イノクマは、だまされるもんかと、ほら金の目玉をじっと見すえ」、こう考える。「小さいときから恩になったおんちゃんながら、この世界がまるいとは、なんちゅうあきれかえったほらふきぜよ。もしもまるうてくるくるまわるものなら、こうしてじっと立っておれるかよ！　わが国は日の本《ひのもと》の国じゃ、太陽がまわりをまわるからこそ、日の本じゃ！　神州をけがすことばをはくと、なんぼおんちゃんでもゆるせんきに！」と。イノクマは、十二歳の少年らしく一途で自分の思い込んだ世界観を変えようとはしない。阪田寛夫は初版の「あとがき」で、高知高等学校に入学した「昭和十八年といえば、第二次世界大戦のさいちゅうで」、「そのころは、日本じゅうの人がすこし神がかりになっていました。『日本は神州（神さまの国）だから、ぜったい戦争にまけない』とか、『いまに伊勢の神風が吹いて、きっと敵をみなごろしにする』と、えらい大臣がラジオで演説しました。」と記しているが、戦時下の少年少女たちが純粋に愛国的であったことをイノクマに重ねて描いているといえよう。

阪田寛夫は、東京大学時代、国史学科に学んでいる。「書き付けや反古類の注意深い検討から、長い暗い手付かずの時間の満ち引きが透視解析できる。その歪みやごくちいさな疵跡から日々の営みと自然の変化を推理し、時代と地軸の軌みを測る。これが歴史を学ぶ者の喜びというものだ」（『花陵』）と感動し、卒業論文では、「明治初期プロテスタントの思想的立場」について書いている。『ほらふき金さん』には、こうした史家としての阪田の姿勢がよく生かされている。この作品について阪田は、「あまり出来のよいものではなく、大して読まれもしませんでした」（筆者宛書簡）と語っているが、鶴見正夫が評価するように、「ユーモラスで、痛快で、どこかちょっぴりかなしい、読みごたえのある物語」である。ただ江戸幕府末期という時代設定が、現在の子ども読者に抵抗感を抱かせるのかもしれない。が、横谷輝が主張した「子どもの現実にしっかりと根をおろしたところから生まれてくる新しい『大衆児童文学』」の様相を呈している作品であり、「おもしろさと芸術性」をあわせもつ。

なお、鶴見正夫は、「『ほら金』とチャンバラ時代」の中で次のような言及をしている。「阪田さんには、〈チャンチャンバラバラ／スナボコリン／キッタラチガデル……〉ではじまる『チャンバラ時代』という童謡風の詩があります。（中略）太平洋戦争中、旧制高知高等学校で学んだときの寮生活を素材にした短編小説『わが心の鞍馬天狗』に、当時でいう要注意的生徒『倉田《くらた》』とともに、門限をやぶって三晩、町の映画館に通い、幕末の時代劇、エノケン（有名な喜劇俳優）演じる〝鞍馬天狗〟を見る痛快さが書かれています。／やがて『倉田』は理不尽ともいえるほかの理由で退学させられるのですが、主人公の『私』（阪田さんの分身）は、〝同志〟の危機を救えなかった自分を嘆きながら、こうしるしています。「いま思うと、倉田との数ヶ月間は、幼時に男らしい狩猟や遊びを習得しそこなった私に訪れた、季節外れでかつ千載一遇《せんざいいちぐう》の『チャンバラ時代』であったのだ」と。／私は、『ほらふき金さん』に、チャンバラと鞍馬天狗を重ねてみまし

た。どうやら阪田さんは、この物語でも、読者である子どもたちに、自分のなかの〝子ども〟をとけこませ、いっしょにまた〝チャンバラ時代〟を遊んでいるように思われてなりません。」

「わが心の鞍馬天狗」（『戦友』文藝春秋）の「倉田」のモデルは、生涯の親友となった三浦朱門である。阪田は、「ハイカラ趣味の両親に育てられた為に、小さい時に塀の外へ遊びに行くことが少く、紙芝居を見たこともチャンバラをしたこともなかった。それゆえ、「正常な子供としての幼児期や少年時代に当然習得せねばならない経験を、十分に積んでこなかったというひけめ」をもっていた。ところが、高知高等学校で出会った腕白のリーダーのような三浦朱門（作中の「倉田」）が、「チャンバラの話」がきっかけで、ある時「突然、自分は子供の頃から紙芝居を見たことがないし、実はチャンバラもしたことがないのだと正直に告白した。念のために訊ねてみると、ビー玉遊びもブリでとんぼを捕えることも経験がないと言う。」それを聞いて阪田は、「そういうことを知らないでも強くなる道はあったのかと心強く」、目がさめる思いがする。腕白な子ども時代を欠如させた者同士の共感は、阪田と三浦の心の絆を一層強めることになった。『ほらふき金さん』には、「やさしく明るい日の輝く国」土佐（初版「あとがき」）で、三浦とともに季節外れの腕白を楽しんだ阪田の、心の躍如が投影されている。

最後に、〈おかしくてかなしい〉詩「葉月」を掲げておこう。これは大中恩作曲の男性合唱組曲の一つとして作られ、「同志社のコーラスがうたうというので大阪弁をいれた」（『どれみそら』）ようだ。

こんやは二時間も待ったに
なんで来てくれなんだのか
おれはほんまにつらい
あんまりつらいから
関西線にとびこんで死にたいわ
そやけどあんたをうらみはせんで
あんたはやさしいて
ええひとやから
ころしたりせえへん
死ぬのんはわしの方や
あんたは心がまっすぐして
おれは大まがり
さりながら
わいのむねに穴あいて
風がすかすか抜けよんねん
つべとうて

くるしいて
まるでろうやにほりこまれて
電気ぱちんと消されたみたいや
ほんまに切ない　お月さん
――お月さん　やて
あほうなことを云いました
さいなら　わしゃもうあかへん
死なんでおれへん
電車がええのや
ガーッときたら
ギョキッと首がこんころぶわ
そやけど
むかしから
女に二時間待たされたからて
死んだ男がおるやろか
それを思うとはずかしい

この作品は、阪田寛夫の第一詩集『わたしの動物園』（牧羊社）に所収されている。失恋した（と思われる）男の心情が大阪弁の独白体で語られているのだが、〈かなしくてやがておかしい／おかしくてやがてかなしい世界〉が描かれており、根本のところで『ほらふき金さん』と通ずるものがある。一連三十二行に及ぶ長い詩であるが、「さりながら」を境に前半と後半に分けることができる。前半は待っても来ない恋人への愚痴、後半は自分の心の状態・思いの表出である。注目されるのは後半で、暗く寒々とした内面を「まるでろうやにほりこまれて／電気ぱちんと消されたみたい」と、子どものような直喩で表現している。また、「お月さん」と呼びかけておいて「お月さんやて」と自嘲し（一人漫才のように）、電車に投身した時の様子を「ガーッ」「ギョキッ」とオノマトペで空想する点も子どもの発想に近い。ここに登場するのは大人でありながら〈子どもの心〉をもち続けている人間ということができ、大人の失恋の詩であるのに子どもも読める詩になっている。この辺に阪田の描く大人の特質が窺える。そして来ない恋人を待ち続けるという事態の深刻さと、子ども的な発想・表現との落差の中からおかしみを生み出している。

また、その土地の生活に根ざした方言は、大阪弁であれ土佐弁であれ、子どもと大人の共同体の言語として、人間の本音を表出するぬくもりのある言葉の魅力をもっている。なお、一九八九年に『ほらふき金さん』の初版が出た時、高知出身の一絃琴奏者の島田寿子から、会話の中の土佐言葉に対する訂正が何箇所かあったのを受けて、阪田は「てのり文庫」を出す時に改稿している。したがって本文中の引用は「てのり文庫」に拠った。

第七章　文学散歩と卒業論文

一　文学散歩――関わりのあった人々

『わが町』（晶文社　一九六八年）は、阪田寛夫に深く関わりのある土地と人々が描かれていて、作家自身による文学散歩の案内書ともなっている。文庫版『わが町』（講談社　一九八〇年）の「あとがき」で、阪田は、「『わが町』は私にとって最初の散文の本」であり、「私がこの世に生きた思い出に書いておきたい項目は、おおむねこれに尽きるような気がした」と記している。「雑誌『放送朝日』に一九六五年四月から十五回にわたって連載された。その一篇を除き、『第十五次新思潮』七号に載せた『平城山』を加え、なお添削して一筋の物語にした」連作長編である。「宝塚、上福島、帝塚山、阪南町、瓢箪山、河内、天王寺、上町、アベノ、釜ヶ崎、加古川、平城山、新川、臨南寺、奈良市学園町」の十五篇が所収されている。

阪田にとって生まれ育った阿倍野は最も密接な土地であり、十五篇の中でも「アベノ」は要《かなめ》の作品である。阪田は、高知高等学校二年生（十八歳）の一九四四（昭和一九）年九月、勤労動員先であった新居浜市の住友化学の工場で入営通知を受け、大阪の歩兵部隊に入隊。その一週間後に釜山から鉄道で南京へ、さらに揚子口を漢口まで船でさかのぼった。が、「漢口で教育が始まって間もなく私は肋膜炎にかかり、検閲も終らぬうちに陸軍病院へ送られた。おまけにしつこい赤痢にかかっていたので忽《たちま》ち生命危篤」となる。「B25の爆音がきこえてくる。入院中の兵隊や看護婦たちはとっくに防空壕へ退避して、病室に絶対安静の私ひとりが残っている。／やがて仰臥している頭の上から、ヒュルヒュルと爆弾の風を切る音が迫ってくる。無防備のあけっぱなしの腹の上に爆弾が落ちてくるほど気持ちのわるいことはない。」といった状況の中で、「敵機が頭上にくるまでの、解放された私の時間のすべてをあげて」、アベノへの想いを膨らませていた当時のことを、阪田は「アベノ」（『わが町』講談社）で次のように回想している。

断言できるが、私の半生で、絶対安静のあのベッドにいた時ほどアベノを愛したことはない。どれほどのめりこんでいたかというと、いちどきに思い出してしまうのが勿体なくて仕方がないのである。私の心は、一気に核心に到達しないよう、じわじわとまわりから味わっていく。（中略）／入営するまで高知の学校にいたから、山陽本線、宇野線というコースを私は知悉《ちしつ》している。その沿線風景をちびりちびりと手繰りよせるのだ。／たっぷりと、姫路よりまだ向こうの船坂峠から始めることもある。線路の土手にゆれ残る彼岸花や、夜汽車の窓に思いきり近く浮かんだ月見草の色を、私はまくれ上がってしまった素肌の心に映す。

姫路。加古川《かこがわ》。古い紡績工場の煉瓦塀と無花果《いちぢく》。明石。松の須磨。光る透明な海に淡路島。舞子。白い砂。古い鎧戸のついた洋館が海辺に風化して。神戸。三宮《さんのみや》。娘たちの顔。それから六甲山の夕暮。芦屋。夙川《しゅくがわ》。紫色のたそがれ。――

二階の病室の窓からは西の空しか見えない。そこは蜀《しょく》の国か、それともまだ向こうの中央アジアの砂漠なのか、まっくろなものが寒々と天を染めている。暗く欠けたその天の一隅に、私は西宮、尼崎、淀川鉄橋、大阪駅と、順番に風景をうつし出して行くのである。地下鉄に乗って天王寺で下車。どっちの出口から地上に出ようかとしばらく迷う。常盤通《ときわどおり》から官舎街をぬけてもいいし、庚申街道を通るのもいい。それともアベノ交差点からまわるか？ 私はもうわくわくしながら、回転焼屋の坂を降り、一歩ずつ我が家に近づく。平野線の電車が走る。絵具工場の三角煙突。きゅうっと胸が痛くなる。書道の適庵先生の練塀《ねりべい》に陽が当り、私は心をおさえてわざと隣りの庭に入って行った。／隣りの家はわが《（ママ）》家と同じハイカラな大工が、同じ大正末期に建てたから、赤い屋根瓦も、腰板を横にならべて打ちつけた外観もよく似ている。さて息をつめ、庭をまわってわが家の食堂をのぞく。窓の下にはろくに手入れもしていないゼラニウムの繁みが、それでも朱色の花を点々とつけて――（一〇八～一一〇頁）

これは、高知高等学校から帰省する際、阪田が幾度か通った道順であり目にした風景と思われる。

初めて郷里を遠く離れた学生が自宅に帰るときのわくわくする懐かしさを、はるかな中国の病院で、生きて帰れないかもしれないという想いの中で思い出しているのである。アベノは愛すべき懐かしい町であるとともに、戦時下、キリスト教徒の阪田家にとっては居心地の悪い場所でもあったことを、さらに次のように語っている。

異端には不寛容なこの古いような新しいような町の人々に対して、勝気な母はむきになって戦争協力の態度を動作で示さないではおかなかった。バケツリレーでも火叩きでも屋根の上の匍匐《ほふく》でも、彼女の成績は町内一番であった。私もまた出征する朝、家の横に集まってくれたアベノの人々の前で「粉骨砕身」という言葉を使って大声で挨拶をした。「粉骨砕身」はいつも出征兵士が自宅や小学校の運動場で見送りの人々に向かって忠誠をちかう時のきまり文句である。／そういう町に向かって、私は大陸の奥から想いを馳せたのである。もろもろの感情やおりのような匂いや、道の埃や、焼き場の煙などはきれいに漂白されて私の眼にはまるで透きとおった水絵のようにさわやかにうつるのだ。町はそこに在るというだけで十分に美しく、私の心にとってそれ以上値打ちのあるものは何もなかった。その瞬間、アベノは私のふるさとであった。(一一〇頁)

この後、母京の祈りが天に通じたかのように、阪田は「生命を全うし、漢口から満州まで後送され、遼陽《りょうよう》の陸軍病院で全快してそのまま病院の炊事兵となった。」そして、「病院にいたおかげでシベリアへはつれて行かれずに済み、内地を出てまる二年目に博多へ復員した」のである。一九四六（昭和二一）年六月に帰宅した阪田は、「かつての段取り通りに離れの縁側から上がり込んで、ゆっくり食堂へ入って」行き、「劇的な口調で」父に、それから母に挨拶する。「お母さん、只今帰りました。永らくご心配をかけました」と、深々と頭を下げる息子に、「『おかえり』／母も固くなって答えた」のであった。

兄の出征時には、「他の多くの母親たちの様に行軍する自分の息子について歩こうとはしなかった」母が、阪田の出征時にはついて走ったと、「土の器」（『土の器』文藝春秋）に書かれている。「（自宅に程近い旧制中学校から）大阪駅まで——旧市内の南端から北端まで——行軍したが、その時母がずっと部隊の横をついて歩いたのである。母は大型の水筒に急いでつめて来たらしい冷たい井戸水で割った葡萄汁を、休憩のたびに私に飲ませた。（中略）大阪駅では、もうここから先は一般人は入れないという所まで車道に降りて走った」（二二三頁）。面会も許されず出発を突然知らされた母が、阪田への深い愛につき動かされて走る様は、映画の一シーンを見るように感動的である。それゆえ、戦地から無事に帰還した息子を見た母の驚きと喜びは、「アベノ」の最後の場面によく描き出されている。

一九五一年、東京大学卒業後、吉田豊と結婚して朝日放送大阪本社に就職した阪田は、両親とともに阿倍野の実家で暮らしている。『わが町』（講談社）の解説「いさかい——『平城山』から『わが町』まで」で鬼内仙次は、朝日放送の同僚たちが阪田家を訪れていた様子を語っている。

「わが町」の中でも〝アベノ〟は、彼の人生で一番長く深くかかわり合った町である。／アベノの家は、大正の末期に建てられた。薄赤色の西洋瓦の屋根に同じく厚いコールタール塗りの横板を鎧戸《よろいど》のように重ねて打ちつけた洋館であった。大阪の上町台地と呼ばれる細長い台地の頂上にあって、四天王寺の庚申堂《こうしんどう》から住吉神社の方角に通じる庚申街道に向かって、その玄関口をあけていた。（いま家の跡はコンクリートに固められた巨大な銀行に変貌している。かつて彼の頭をいためつけていた〝アベノ斎場〟の焼場も瓜破《うりわり》に移転した）

アベノの家を最初に訪れたのは、先年亡くなった教養係の横田雄作君（「漕げや海尊」の主人公）であった。彼は阪田氏と深夜まで飲んでいて帰れなくなり、泊めてもらった。／横田君は翌朝、パンに香りのいいバターをつけ、ハムエッグをおいしくいただいて、おまけにハイカラな国際色の雰囲気を身につけて戻って来た。彼の話では、何でも家には何人もの外人留学生がいて、語られる言葉も半分は英語であるということであった。こんな話が皮切りとなって、他の人達もときどき一緒に訪れたようであった。ある時横田君はベッドに寝かせてもらい、そのベッドから落ちた。そんなことも自慢の種になった。／後になって、私もそのベッドに寝る機会を持つことが出来た。（二一一～二一二頁）

阪田は、朝日放送で教養番組班に配属された。責任者は庄野潤三で、鬼内仙次・横田雄作らがいた。「夕べの雲」（『受けたもの　伝えたいもの』日本キリスト教団出版局　二〇〇三年）の中で、「庄野デスクの差配する学芸部教養係員五名（主に婦人子どもの番組を制作する係）は、まるでそっくり同人雑誌の同人の趣《おもむき》を示し始めました。みんな庄野さんの具体的で手で摑めるような文学談を、笑ったり唸ったりしながら受けとめるのを楽しみに会社へ通う、という工合になって来ました。もちろん私もその一人でした。」と語っている。阪田が大阪の実家から朝日放送に通勤していたのは、一九五一（昭和二六）年九月から一九五六（昭和三一）年四月までであり、日本全体がまだ戦後復興の途上にあって貧しい時代であった。それゆえ、薄赤色の西洋瓦の屋根がある洋館で、朝はバターを塗ったパンとハムエッグを食べ、夜はベッドに眠る生活は、体験しただけで自慢になったのだ。当時の阪田家の様子が鬼内の文章から彷彿とする。

阪田の実家は、「大阪市阿倍野区松崎町三丁目十六番八号（但し地番は一〇五番一）」にあった。大阪法務局東住吉出張所で入手した登記謄本に拠ると、敷地は二二三一、三三㎡で、約七〇〇坪の広さがあった。庚申街道に面して玄関口があり、門のすぐ内側にポンプ式の井戸があって、裏庭は芝生になっていたようだ。この土地は、一九五九（昭和三四）年六月に近畿日本鉄道株式会社に所有権が移った後、一九六三年二月に相互信用金庫の所有になっている。鬼内仙次が、「いま家の跡はコンクリートに固められた巨大な銀行に変貌している」といったのはこのことである。そして二〇〇二年十一月には、株式会社辻料理教育研究所に所有権が移り、現在に到っている。

自宅が近畿日本鉄道に渡った経緯について阪田は、「土の器(1)」（『受けたもの　伝えたいもの』）で、「父が大阪市内の自分の宅地と、近鉄が造成を始めた奈良線学園前駅の松林の中の小高い丘とを交換し、同志を集めて丘のてっぺんに高く十字架を掲げた鐘楼《しょうろう》つきの会堂を献げたのでした。そして死ぬまでの三年間、丘の肩の辺りに建てた家に母と住んでいました。」と語っている。さらに「奈良市学園町」(『わが町』講談社)では次のように記している。

　この教会(注　大和教会)は、移住にあたって父が同士を糾合して建てたものだ。開拓地に教会を建てるのが父の趣味である。彼は大正はじめ、芦屋の打出村に新居をかまえた時すでに、近所の人々をかたらってキリスト教の幼稚園を建てている。/打出がひらけてしまって、大阪アベノの松林の中に引越すと、こんどは教会を建てた。そしてウサギの出る奈良学園《(ママ)》町に入植するに当たっては、もっと徹底して、十家族のクリスチャンを誘って予《あらかじ》め新しい教会の周囲に十軒の家を建てたのだった。/兄は父が「お寺さん」——つまりキリスト教関係の団体や個人に際限なく寄付するために、給料、配当の前借が二千万円を越えたとこぼした。私は私で、アベノの家を売った金が一文もなくなったことを悲しみ、父が子孫に美田を残そうとしない意地の悪さを遺憾に思っていた。(一九三～一九四頁)

アベノに引っ越して建てた教会というのは、大阪教会の「創立五〇周年記念事業の一つとして生まれた」南大阪教会である。阪田の両親素夫と京は、大阪市西区江戸堀の大阪教会で受洗し、出会い、結婚した。第一章で述べたように、母方の祖母大中幹《みき》が宮川經輝に娘の縁談を相談した時、牧師は言下に「阪田君賛成！」と断じて即結婚が決まったのであった。「梅花」の名の由来となった「梅本町公会」として礼拝を開始した大阪教会は、「一八八二（明治十五）年五月宮川經輝牧師が就任してから、四十余年の間に発展を遂げ、新しい教会を生み出す勢いのある教会として成長していた」[1]のである。南大阪教会創立に到る経緯について阪田は、『南大阪教会に生きた人びと』（日本基督教団南大阪教会　二〇〇一年）の、「阪田素夫・京・一夫・大中幹」で次のように語っている。

　大阪教会五十周年記念事業の一つとして、宮川牧師への住宅献呈が決まり、二つの候補地のうち牧師が天王寺村（現・松崎町）を選んだ時、素夫は「玄関番」になると称してその北隣に土地を買い（注　天王寺村字天王寺二二七九ノ六）、同じような家を建て、牧師宅に三日遅れて大正十三年十二月十一日に完成。この辺りの台地には同じ大阪教会員吉田長祥の創設した常盤日曜学校（大正十二年二月開設）があり、佐々木勇太郎、河野孝一氏ら大阪教会員が少なからず住んでいて、その家族が日曜学校を手伝い、子女は生徒になりました。しかも菊や葱の畠と小松原が南東の低地一帯にひろがり、新しい住宅が建ちつつありました。そんな事情から、かねて候補地を審議中の支教会設立問題が、大正十三年十一月二十八日の大阪教会五十年記念伝道委員会の席上、「宮川経輝《（ママ）》の発案で南大阪教会創立を決定した」と同牧師の日記抄録に見えます（八一～八二頁）

南大阪教会の塔

一九二八（昭和三）年十一月に献堂式が行われた南大阪教会は、阪田の家から庚申街道を南へ歩いて約十分程の所にあった。「塔だけが三層の鉄骨づくりで、他に何の飾りもない灰色のひらたい教会堂は、のちに高名になった建築家が北ドイツの寒村の教会を模範に設計した」。「道の向う側は広い耕地のねぎ畠と菊畠が続き、はねつるべが幾つも見え」、「教会の敷地の両隣はまだ野原で、四月にはクローバーの白い花が咲いた。」[2]「四月」という詩の「遠い空の雲に／四月がある／教会の隣、クローバ（ママ）の原っぱに／四月がある」は、この光景を描いている。南大阪教会は現在も同じ場所に建っているが、塔だけもとの姿を残して、会堂と幼稚園は新たに建て替えられた。道の向こうは苗代小学校で、周囲には建物が密集している。が、『時の旅人』や『トムは真夜中の庭で』の少年少女のように過去の時空を往来する魂をもつなら、阪田が幼少年期を過ごした昭和初期の畑や野原が広がっている風景を、現在の建物を透かして見ることができる。

常盤《ときわ》日曜学校を創設した吉田長祥《ちょうしょう》は、阪田が結婚した吉田豊《とよ》と嫂三枝《みえ》の父である。吉田家は阪田家から西へ数分ほど歩いた所にあった。八人の子どもたち（女五人、男三人。三枝は長女、豊は末娘）がいて、他家の子どもたちに対しても解放的であったようだ。[3]が、戦争中に不幸が相次いだ。二人の娘を結核で亡くし、手塩にかけた人絹工場を軍需工場に召し上げられ、三人の息子が戦死、戦病死した。『讃美歌第二編』（日本基督教団出版局　一九六七年）に、「戦いの終わり」を主題とする作詞依頼をされた時、阪田は、吉田家の「かつては賑やかだった身近な家庭が、戦争から受けた傷あと」を思い出して、「幾千万の母たちの」（大中恩作曲　第二篇七〇）という悲しみと祈りの讃美歌を作った。そこには、自身の戦争体験から、日本だけではなく「子供や身内を戦争で亡くしたもっと多くの母たち父たちが、悲しみをかかえてしゃがみこんでいる筈[4]」だという思いがこめられている。

吉田長祥をモデルにして、阪田は『背教』（文藝春秋）、「天王寺」（『わが町』）、「靴」（『菜の花さくら』講談社）などを執筆している。長祥は「親から木津川運河べりの雑穀問屋を受けつぎ、まだ大都市に一つずつしかなかったロータリー・クラブの会員になり、北陸で人絹工場を買収するなど、若い実業家として上乗のすべり出しだった。この人が、熱心なキリスト教信者の養母が死ぬ前の日に『子どもたちに日曜学校を』と洩らしたひとことを守って、自宅のそばの幼稚園を借りて日曜学校をはじめた」（「靴」）のである。そして、南大阪教会創立後、阪田の父素夫とともに資金を出しあって南大阪幼稚園を開園した。『南大阪教会70年誌』（日本基督教団南大阪教会）には次のように書かれている。

南大阪幼稚園は、一九三〇（昭和五）年に開園された。前述のとおりすでに大阪教会から独立する時の覚書に、「教会堂の建築は幼稚園も経営できるように設計する」旨を記しているので、教会発足以来の念願であった。それは阪田素夫と吉田長祥のキリスト教教育への熱情から始まっていた。すでに、一九二三（大正十二）年に吉田長祥が常盤幼稚園で開始していた日曜学校を、会堂建築後は敷地内に移して続けていた。両氏が一九二八（昭和三）年七月に北米ロスアンジェルスで開かれた第一〇回世界日曜学校大会に日本代表として出席し、米国各地の日曜学校の実状を視察して帰国した後、それまでの教育方法を改善して科別礼拝を実施するため、施設の充実を図る意欲をもった。その一貫として、阪田素夫が幼児期からのキリスト教教育を充実するために幼稚園開園を一九三〇年二月の定時総会で提案、同総会は満場一致で決議した。それ以前一月十六日付けで大阪府知事に「教会所増築願い」を提出している。それによれば、許可後二ヶ月で竣工の予定で、費用を一万円として、吉田長祥名義の当座銀行預金七〇〇〇円、阪田素夫名義の三〇〇〇円の銀行証明が添付されている。(四〇～四一頁)

一九三〇年、四歳の阪田は開園されたばかりの「南大阪組合教会付属幼稚園に入園。教会役員の父がその園長にも選ばれた関係で、この幼稚園で習う歌は讃美歌以外はすべて母方の叔父である作曲家大中寅二の、一風変った近代的な『子どもの歌曲』であった」(『わが町』「年譜」)。阪田が「庚申街道を南の方へ、キリスト教の幼稚園へ通っていた頃は、まだあたりに農家と畠があった(5)」が、傍らには、ばあやが付き添っていたことであろう。「末っ子の私は生まれた時からばあやに育てられ」、「ばあやは日曜日には私をおぶって教会の日曜学校へ遊びにつれていった(6)」のである。中河内郡鴻池新田の出身で、河内弁を使う女性であった。広島訛りの大阪弁を使う父、東京弁を使う母と母方の祖母に対して、「ばあやとその娘は、第三の方言圏ないしは文化圏を私の家の中にかたちづくって」おり、「人間の性格の基礎は三歳ごろの環境によって決定される。だから私は我が家の第三文化圏に属する人間と言うべき(7)」と、阪田は語っている。河内弁を駆使したおもしろい詩「マサシゲ」のような作品の背後には、この第三の文化圏の影響がある。

なお、阪田が入園した頃この幼稚園には一歳年上の菊田幸子《さちこ》がおり、後に「サッちゃん」を作る際に、その響きが好きで名前のヒントになった。

二〇〇六年十月十四日（土）、南大阪幼稚園の道路に面した庭の一角に、「サッちゃん」の詩碑が建設され、除幕式が行われた。「碑は文字が読みやすいように南アフリカ産の黒御影石（インパラブラック）を採用。高さ90センチ、幅１８０センチの碑面いっぱいに3番まで歌詞を刻み、汚れないよう高さ30センチのひさしを乗せ」[8]ている。この日午前十時から南大阪教会で、岩橋常久牧師の司式による「『サッちゃん』詩碑完成感謝礼拝式」があり、その後で「詩碑完成感謝式」が行われた。式次第は、「挨拶　詩碑を建てる会代表　柴田俊治、大中恩、（代読）阪田なつめ、阪田寛夫氏長女　内藤啓子／詩碑建設沿革　近藤隆／感謝の言葉　岩橋常久／贈呈の言葉　柴田俊治／謝辞　南大阪教会代表岩口日出男／「サッちゃん」（合唱）　南大阪幼稚園園児／園児の感謝の言葉」である。除幕式では阿部和子指揮の下、「サッちゃん」が合唱された。この除幕式の様子は、夕方と翌朝のテレビニュース（阪田の元勤務先の朝日放送やＮＨＫ他各局）で放映されている。

詩碑建設は、「二〇〇五年四月、南大阪教会幼稚園委員会で『サッちゃん』詩碑を幼稚園が建設することを決議し、同月の教会総会で承認をえる。ご遺族に『サッちゃん』詩碑建設意向を伝え、承認をえる。[9]」というところから始まった。詩碑建設発起人会が作られ、「『サッちゃん』の詩碑を建てる会」

「サッちゃん」詩碑

として募金を開始。二〇〇六年七月二十九日、起工式。八月五日、クレオ大阪中央ホールで『サッちゃん』記念チャリティコンサート」が開催され、盛会であった。このコンサートで、川口京子が、「サッちゃん」と同時に作られながらあまり知られていない「いちばんたかいは」を歌ったのが、印象的であった。なお、詩碑建設までの経緯は、『サッちゃん　永遠に歌い継ぐ／阪田寛夫さんの「詩碑を建てる会」から感謝こめご報告』（サッちゃんの詩碑を建てる会　二〇〇六年）に詳述されているので参照されたい。

一九三二（昭和七）年、阪田寛夫は帝塚山《てづかやま》学院小学部に入学した。「帝塚山の文化」（『童謡の天体』新潮社）の中で、阪田は次のように語っている。「帝塚山学院創立の許可が下りたのが大正五年十二月末、開校は六年四月です。（中略）『赤い鳥』という子供用の純文学雑誌が創刊されたのが大正七年です。近代的な童謡が作られだした年とも、みなされています。モダンなものが動き出した時代に、我が帝塚山学院も創立された。その初代院長がさっき申しました庄野英二・潤三兄弟のお父さん庄野貞一《さだいち》氏、この方がきわめて独創的な校風をお作りになりました」（一三八頁）。庄野貞一は徳島師範を出た後、郷里の小学校教師に就任している。徳島県名西郡の出身で、もっと奥に入れば剣山がある山の中の豊かな自然環境で、「一木一草皆知っている。川の小石まで知っている」というような子ども時代を送った。「後の帝塚山学院の教育方針と関わってくるような生い立ち」で、「戦前あるいは戦中に、自由な意見の表明が許された――というより重んじられた事実。これが帝塚山の文化の、いわばゆりかごだった」（一三四頁）。

庄野潤三は阪田が一年生の時、六年生であった。「帝塚山の先輩で、住吉中学の先輩、また放送会社で上司、小説のことも手取り、足取りで、私のような落ちこぼれ人間をも、貞一校長先生に代って、喜んで働ける仕事に導いて下さった」人である。阪田は、『庄野潤三全集』全十巻（講談社）の各巻末に連載した文章に加筆し構成を変えて、『庄野潤三ノート』（冬樹社　一九七五年）として刊行している。兄の庄野英二（『星の牧場』が代表作の児童文学作家）は、「関西学院の制服姿で、よく小学部に現れ」、七夕の夜や冬の学芸会の楽しい踊りや劇に関わったり、キャンプで愉快な替歌を教えたりした。阪田たち小学生にとっては、「変わった面白いこと、ロマンティックなことなら、何でも結びつけたくなった憧れの『英ちゃん』」であった。

阪田は、「阿倍野」から阪堺電軌上町線の路面電車に乗り、「帝塚山三丁目」で下車して西へ徒歩数分の所にある帝塚山学院に通学したが、「遅刻の常習犯」であったようだ。「小学部はA組とB組の二組、Aが男で、Bが女、それぞれ一クラス三十五人前後、そういう小さな学院の中で命をそうけてゆっくり育ち、戦争の時代を過ごして、戦後に花を開きはじめた」のである。小学部の六年間を担任したのは、広島高等師範学校卒の羽場尚夫《はばひさお》であった。帝塚山学院小学部の六年間同級生で、住吉中学校（旧制）の五年間も一緒であった阿部喜兵衛（帝塚山学院元専務理事）は、「『帝塚山の文学』配付に寄せて――旧友　阪田寛

六年生の阪田氏

帝塚山学院玄関

夫君のこと」[10]で次のように記している。「羽場先生は庄野先生好みの意欲的な若い先生で、私学ならではの個性的な初等教育を私たちに試みられたと、いまにして思います。たとえば、5年生のとき男児ばかりのA組は遠足と称して宝塚少女歌劇の総見に連れて行かれました。阪田君は忽ち幼くしてヅカファンとなりました。（中略）タカラヅカについての、舞台評を含む執筆や作品などは、いま枚挙にいとまありません。タカラヅカの創始者小林一三翁の本格的伝記『わが小林一三』もなかなかの大作で、毎日出版文化賞を受けました。一番の傑作は、娘サン《ママ》をタカラヅカに入れたことです。知る人ぞ知るかつての花組のトップスター大浦みずきさんです。」

羽場尚夫は綴方教育を重視し、句読点の打ち方、副詞の効果的な使い方、構成のしかた（起承転結）などの具体的な指導を行ったようだ。小学六年生の時、漱石の「吾輩は猫である」をもじった擬人法で作文させ、阪田が「我が輩はえんぴつである。毎日けずられていたい、いたい」と書いたのを、授業中に紹介したと阿部喜兵衛は回想している。[11] 阪田の作家としての萌芽が窺えて興味深い。

一九三八（昭和一三）年四月、阪田は大阪府立住吉中学校（現　住吉高等学校）に入学。再び、「阿倍野」から上町線の路面電車に乗って「北畠」で下車し、西へ数分歩いた所にある中学校に通った。前年には日中戦争が始まり、この年の二月には、組合教会が大阪の中央公会堂で時局を先取りするように「報国大講演会」を開く。この頃のことを阪田は、「桃次郎」（『受けたもの　伝えたいもの』）で次のように語っている。「その時教派の代表者が、話の中にわざわざ引用した明治天皇の御製《ぎょせい》を、一か所《ママ》言い間違えたかどで憲兵隊の家宅捜索を受けました。／事件を大きく伝えた新聞をひろげて、両親が暗い顔で話し合っていた朝を覚えています。（中略）／同じ頃中学に入った私は一層臆病な人間になり、学校では隠れキリシタンを決めこみました。そして自分の家の宗教がキリスト教でさえなかったら、どんなに気楽だろうかと夢想しました。鬼が島生まれの桃次郎が自分のツノを削り取ろうと試みたのと、それは全く同じ心情ではなかったでしょうか。」（五一〜五二頁）

そして阪田が中学四年生の十二月八日、ついに太平洋戦争が始まり、時代は悪化の一途をたどることになる。阪田が高知高等学校を受験した背景には、鬱屈した都市生活をぬけ出て、太平洋に面した光の明るい高知――それは『ほらふき金さん』のイノクマが憧れた坂本龍馬の生い育った地であり、山の中の自然児として育った庄野貞一の故郷徳島県と地続きの場所でもあった――への渇望にも似た思いがあったからではないだろうか。

阪田が住吉中学校五年生（卒業年度）の時の担任は、東京外国語学校（現　東京外国語大学）卒で英語教師の新井利雄であった。この中学校には詩人の伊藤静雄がおり、国語を担当していた。庄野潤三は、住吉中学校卒業後に親交を深め、敬愛する伊藤静雄の家を訪ねて、習作の短篇を読んでもらったりしたようだ。伊藤は京都帝国大学国文科に在学中、「児童文学に関心を持ち、大学3年の夏休みに童話『美しい朋輩達』を執筆」。「大阪三越主催の児童映画脚本募集に応募したところ一等に入選、短篇映画として上映され」、「子どもの心を高めるのは決して言葉ではありません。いつもほんとうの心の糧になるものは形をもっていません。漂っているもの――それだけが心の扉のすき間から入るのです」と、作者の言葉を寄せた。一九二九（昭和四）年に旧制住吉中学校に赴任したが、「文法に

阪田恒四郎氏

厳しく、文章を平易な日本語で表現する日本一の国語の先生」と、生徒から信奉されたようだ。[12] 住吉高等学校の校庭と松虫通りに伊藤静雄文学碑がある。

ところで、『わが町』に所収されている「上福島」は、叔父三郎をモデルにしながら阪田家のルーツにつながる話が展開されており、「大阪市此花区《このはな》（後に福島区）上福島北一丁目」が阪田の本籍地であったと書かれている。大阪における阪田家は、「日清戦争後祖父が豊田郡役所の書記から広島の銀行員を経て大阪に出て、梅田駅裏で四斗釜と手回し石臼を備えただけの新聞インキ製造業を始めた時」[13]が起点であった。祖父の阪田恒四郎《つねしろう》が広島県の忠海《ただのうみ》（現　竹原市忠海町）から上阪し、三十九歳で開業した阪田インキ製造所が、「わが国初の新聞インキ製造を専業とする事業所の誕生であり、後の株式会社阪田商会そしてサカタインクス株式会社のはじまりである。」[14]恒四郎は二十年間で阪田商会を大きく成長させ、業界に揺るぎない地盤を築いた後、一九一七（大正六）年に、阪田の父素夫に経営を託して引退する。青年時代に広島で俳句の手ほどきを受けており、「達筆で風雅を好む人であった」ので、「引退後は『桃雨』の俳号で俳諧の道にいそしみ、社内外の同好者たちを指導した」[15]。阪田は、「桃雨」（『土の器』文藝春秋）で、恒四郎の俳句を引用しながら祖父像を描き出し、その生き方について、「何かおかしいようで哀しい気持ちだ。いわゆる『軽み』とはこのような境地であろうか」と、評している。「祖父はやせた背の高い人で、羽織袴がよく似合った。」「口少なで」「気の弱」い人であったようだ。やせて背が高く、内気で文才があり、「おかしいようで哀しい」というと、まさに阪田寛夫その人である。『一世紀のあゆみ』（サカタインクス株式会社の社史）に掲載されている阪田恒四郎の写真は、帝塚山学院小学部六年生の阪田の写真と非常によく似ている。阪田は、祖父の気質や文芸の才能を、容姿とともに受け継いだといえよう。

父の素夫は、「受憐と奉仕を信条として事業に心血を注ぎ」、「社長・会長として阪田商会のかじ取り役を担い、事業多角化を進めて定着させ、天与の事業人としての力量をいかんなく発揮した。」[16]が、「昭和四十五年、兄（注　一夫）の社長時代の阪田商会が、突然経営危機に陥り」、「万策尽き、いよいよ倒産という日に、思いがけず救いの道が開かれ」る。「住友化学の傘下に入ることで、大部分の社員がそのまま残れることになった」[17]のだ。そして現在は、日本の「新聞インキ、フレキソインキで業界トップシェア」となり、「米国で第三位のインキメーカー、サカタインクス」[18]として発展している。

『新潮』一九八六年十二月号（新潮社）に、阪田は「バルトと蕎麦の花」を発表した。[19]信濃村伝道所の牧師であった影山譲《ゆずる》をモデルにした傑作である。「昭和三十年前後の日本のプロテスタントの神学は、カール・バルトの全盛時代だった」頃、神学生であった影山譲はバルトの神学に傾倒するようになる。が、一方で父親の影響によって、「家の前に蕎麦の畑あり夕べ行けば花あかりせり幽かにゆれて」や、「白き蝶蕎麦の畑に湧き出でて白き花群に又紛れ入る」といった自然詠の短歌を作った。阪田は、影山との出会いを次のように記す。

線路をはさんで右側の山裾には湖がある。十年ほど前から、湖畔の山小屋に仕事をしに来ているが、ある夏思い立って町の教会の日曜礼拝に出席して、あから顔の小柄な牧師のふしぎな訛りのある説教を聞き、なぜかその日いちにち元気にすごせて以来、時たま炎天下を一時間歩いて説教を聞きに行くようになった。（中略）自転車だと往きも帰りも一山越えるのが心臓にこたえる。いずれにしても楽ではないが、それでも魅きつけられるものがあって、月に一度が、二度三度とふえ、ここ二年ほどは、夏や秋に山小屋に来ている限り教会を休むことが珍しくなった。もちろん東京ではそんなことをしていない。（『新潮』一九八六年十二月号　七頁）

湖畔の山小屋とは、妻豊が亡父吉田長祥から譲り受けたもので、信州、信濃町の、眼下に美しい湖が眺められる野尻湖畔の外人村（現　国際村）という別荘集落のキャビン6番である。この辺りには、南大阪教会事務の松崎泰二郎の父の別荘もあった。阪田と六十年にわたって親交を深めた南大阪教会員の吉岡済《わたる》（兵庫医科大学名誉教授）は、「毎年私ども家族は阪田家家族の一員として夏に約十日間をともに過ごすことにしております。今年から六番の二軒隣、二番が私どもの所有となりましたので、阪田、吉岡両家族が二軒を共有して使用しております。」[20]と、当時を回想している。阪田寛夫と影山譲の交流の様子は、内藤啓子が、「記念誌によせて」（『信濃村伝道所宣教五十周年記念誌』二〇〇六年）で、次のように記している。

影山先生は、短歌を嗜まれ、父と文学談義をなさるのがお好きでした。毎年6月の声を聞くと

「今年はいつ頃来る?」と東京に催促の電話がかかってきたそうです。両親が野尻に到着するとすぐに6番へいらして、母の淹れたコーヒーを飲みながら父と話し込んでいかれるのでした。

信濃村伝道所とのご縁で生まれました「バルトと蕎麦の花」という父の短篇がございます。死後、韓国の翰林大学校の日本学研究所から手紙を頂きまして、日本基督教文学の一編として韓国語訳されるとのことでした。(八五頁)

阪田は、「彼の説教を聞いてなぜ元気が出るのか」、「年々、元気の素を探すのが、いつのまにか私の宿題」になる。「生まれてすぐ軽い小児麻痺にかかった」生い立ちや、篤農家で歌人でもあった父との関係を探り、影山譲が、「本当に美しいと思うものに初めて出逢った」中学二年生の春の「ふしぎな経験」を次のように描き出す。

縁側に寝ころんでいて、ぼんやり目を上げた遥か先の、まだ葉がない筈のけやきのてっぺん、細枝が交錯するあたりで、晴れた空の色が変わっている気がした。草を焼く煙がその辺りに漂っているのか、それとも枝が濡れて光っているせいか、目を細めて梢に焦点をあてて確かめてみた。どちらでもなかった。ちょうどいま、けやきの芽吹きはじめの瞬間なのだった。(中略)けやきの入り組んだ大枝と天との間をさえぎる網状の細枝に、黄緑色の気配が顕《た》ってきて、気配がいま形をとりかけている。「こんなきれいなものが世の中にあったのか」と、息がつまった。/これまで木なんかに注意を払ったことはない。自分のことに精一杯で、とても木や草にまで、きれいだの何だのと、好意を持って眺めたりできなかった。(中略)／ところがけやきの芽吹きは、そういうことと全く関係なしに空を彩りはじめていた。今も、これまでも、あの高みで誰からも見られず、見られるつもりもなく、ずっと春ごとに、あんなに美しく萌え出ていた。たぶんこれから先の先の春まで……。(『新潮』一九八六年十二月号　一六頁)

この美しい文章には、リリカルな詩人阪田寛夫の面目が躍如している。影山の「ふしぎな経験」に重ねながら、阪田は、けやきの芽ぶき(自然の営み)の中に造物主の顕現を見ているのである。作品の最後で、阪田は、「けやきと、短歌と、父と。ユズル牧師の裡から『自然』が輝き出すのも消すわけには行かない。」と結論づけながら、続けて、「――こんなことを説教の間に考えたりしては、聖書以外に存在の根拠はないと断ずるバルトから、また、／「否《ナイン》!」／と叱られるだろうか。」と自問した後で、次のような文章を付け加えている。「これらの祈りを私たちの主キリストを通して御前に捧げます、という結びの慣用句に入りかけた時、いきなり地鳴りがして、床を突き上げる衝撃と共に、あたりが暗くなった。」「私は突然の恐怖に、膝から下が湯に浸ったように生温くなって、頭だけ空中に取り残されて浮いたまま、これは咎めか、罰か、それとも牧師の祈りへの感応か」と思う。実際にはこの地鳴りは、人息で温まった伝道所のトタン屋根の雪がすべり落ちただけなのだが、このように表現するところに、「自然の中に造物主を感じる心」を否定したバルトに対峙する阪田の、「自罰的傾向」[21]が感じられる。そしてそこには、「土の器」の選評で、永井龍男がいった「この作者の連作の、読後におそってくるやりきれない暗さはなんであろう」[22]に通底する、闇を見据える眼差がある。

二　高知高等学校から東京大学へ

一九四三（昭和一八）年の春、十七歳の阪田寛夫は、高知高等学校に入学した。受験に向かう日のことと、三浦朱門との出会いについて、「土讃線のトンネル」（『燭台つきのピアノ』人文書院）で、次のように記している。

まだ空襲は無いが、交通事情は窮屈で、そのうえ、受験生が大勢乗り合わせたものだから、汽車は猛烈に混み合った。／宇野と高松の桟橋を疾走してやっと乗りこめた列車は、やがて四国山脈にさしかかると短いトンネルに入っては出、入っては出、いいかげんにうんざりしたころに、突然視界がひらけた。なだらかな芝山が目の下いっぱいに夕日を受けて、波打ちながら海の方へと落ちこんで行く。そこが土佐の国なのであった。大袈裟に言うと、その時の私は、長い間潜りっぱなしの潜水艦がやっと浮上して、新鮮な空気を胸一杯吸いこむ乗組員の心地であった。
　今は蒸気機関車が宝物のようにもてはやされているが、機関車時代の乗客としては、辛い面もたくさんあった。／トンネルを通過する時に車内に入って来る煙の味は、今のＳＬマニアたちに

罐詰にして贈りたいほどである。（中略）

無事に入学して高知高校生になった私は、作家の三浦朱門と寮で相部屋になった。その年の記念祭に、三浦は七幕の劇を書き下ろした。どの幕も五分くらいで終ってしまうのに、幕間がそれぞれ十分以上かかった。最後の合評会で、ある教授が批評して、「土讃線のトンネルのような芝居だ」と言った。（一四七～一四九頁）

「突然視界がひらけ」、芝山が「夕日を受けて、波打ちながら海の方へ落ちこんで行く」光景を見た時、「新鮮な空気を胸一杯吸いこむ乗組員の心地であった」というのは、息苦しい大阪をぬけ出て心身ともに解放された阪田自身を象徴的に語っているように思える。

三浦朱門とは一年生の二学期から、六畳に二人という南溟寮で同室になった。三浦は、曾祖父が「この県下の離島の郷土で、維新前夜には京都・大阪に出ていたらしい」(23)ので、高知にゆかりのあることがわかる。が、阪田はなぜ高知を選んだのであろうか。大中恩は、「親から遠く離れた土地で自立したかったことと、高知の質実剛健な気風への憧れがあったのではないか。帰省した折りに会ったら、男らしくなっていて驚いた」と語っている。(24)

「倉田」という名前で三浦朱門をモデルにした「わが心の鞍馬天狗」（『戦友』文藝春秋　一九八六年）では、次のように書いている。学校の所在地は「南国の県庁のある港町で、明治維新前夜には志士がたくさん出たところであった。」「戦争が一層暗くけわしくなった矢先のことで、本来なら明るくのんきな気風の筈の南国の高等学校の寮で、私は倉田と同じ部屋を割り当てられた。」三浦は寮で禁止されている喫煙をし、「外出禁止の寮を抜け出して堀込座へ白河夜舟一座の浪曲芝居を見に行[25]」くのに、阪田を誘った。また、「倉田が企画立案した各種の悪事の中に、芋泥棒があった。」「秋の夜更けに、寮の二階から渡り廊下の屋根伝いに抜け出して掘って来た芋をコッヘルで煮ていると、なつかしい匂いが部屋に立ちこめ」、「鍋の中身をつつくうちに、倉田を中心に我らは同志という気持ちが身にしみてくる」こともあった。またある時は、いっしょに授業をサボって城に登ったり、読書に耽ったりもしている。「三浦はしたたかな自意識をもつという理由だけで学校当局のブラックリスト上位にあげられており、その薫陶をうけて、私もたちまち注意人物に昇格し[26]」、同志意識を強めた。

三浦朱門は、「阪田寛夫と共に、映画を見、小説や詩の話をしているうちに、将来はどうなるにしても（さしあたりは戦争に行かねばならないにしても）進学するなら文学部、という雰囲気になった」と語り、戦後、東京大学で阪田と再会した時のことを、『お金で買える人生　買えない人生』（大和書房　二〇〇二年）で次のように記している。

昭和二十一年の秋にもう一つ忘れがたいことがある。阪田寛夫が中国の東北の遼陽にあった日本の陸軍病院から、復員してきた。まだ残暑厳しい九月のはじめに私の家に現れた彼は、黒い学生服のズボン、半袖の軍隊シャツに、どこで手にいれたか、大学の古い角帽をかぶっていた。（中略）／私は翌日、同級生ではあるが、一年半の先輩として、彼を大学に案内して、今で言うガイダンスのようなことをした。ついでに銀座に出て、大阪出身の彼のために、東京の盛り場と大学間の交通機関を教えた。そして彼が無事に帰ってきたのがうれしかったから、二人分で百円ばかりを投じて、昼飯を食べた。（二一四～二一六頁）

阪田は、入営時に、高校からの志望する大学・学科の問い合わせに「文学部美学科」と返事を出しておいた為、復員してみると、学校の籍が東京大学文学部に移っていた。三浦と再会した時のことを、「私は三浦が小綺麗な大学生になっているのにおどろいた。おどろき、かつ少し不満でもあった。彼は文学部の言語学科に属し、そろそろ卒業論文にとりかかるんだと話した。(27)」と語っている。そして二人は、大学で「毎日のように逢って、話をした。詩や小説の習作を見せ合ったこともある。(28)」その後、一九五〇（昭和二五）年十二月に、三浦朱門、荒本孝一（高知高校陸上競技部で一緒だった）、阪田寛夫の三人で、小説同人誌「新思潮」（文京書院）を創刊。一九五二年の「新思潮」七号に小説「平城山」を、翌年の十一号には、「わたしの動物園」という題で、「熊にまたがり」「GORILLA」などを含む詩六篇を発表している。この辺りが、阪田の創作活動（詩と小説）の本格的な始まりといえよう。

三浦朱門は、高知高等学校で出会った阪田寛夫との深い友情について、「これは同袍友あり自ずから相親しむ、だなと思ったんだ。だから、そういう時というのは、先もなく何もない時に、無条件で、無前提で親しくなった。そういう友だちというのはとても懐かしい。だから僕は阪田が死んだら非常に衝撃を受けると思う。それで、孤独になろうと思う。その時は。」と、一九九九年に、曾野綾子との対談『人はみな「愛」を語る』（青春出版社）で述べていた。阪田と三浦との奇《くす》しき縁について、阿川弘之は、「『サッちゃん』の作者逝く」で次のように語っている。

それにつけても、阪田寛夫と三浦朱門の友人関係は、奇縁に因《よ》るとしか言ひやうの無い関係であつた。東京生れ東京育ちの三浦と、大阪生れ大阪育ちの阪田と、全く無縁の十七歳の若者二人が、戦時中の昭和十八年、何を思つてか、遠い南国土佐の高知高等学校を受験し、合格して文科一組の同級生になる。やがて寮も同室になる。（中略）／阪田は、読書家で物知りの三浦が、ウィリアム・サローヤンのウィッティな文体や、織田作之助の作品の面白さを語るのに耳傾ける。三浦は三浦で、阪田のこっそり書いた詩を見て驚きを感じる。「東京弁には生活の手垢が着いてえへん。ようそないな、岩波書店みたいな言葉使ひよんなあ」と笑はれて、此奴はもしかするとサローヤンのやうな軽妙なウィットと、ユーモアのセンスを持つてるのかも知れないぞと、刺戟を受ける。

二人の文学青年の、国家緊急事態に役立ちさうもない交友は、阪田に招集令状が来るまで一年半続いて一旦途切れるが、敗戦後、双方が東京大学文学部在学中旧に復した。昭和二十五年、高知高等学校出の仲間たち数人で、第十五次の「新思潮」を発刊し、これが彼らの文学的拠点、出発点になつた。／もし二人が、戦争中の進学先を高知にせず、片方は一高か浦和、片方は三高か姫路を志願してゐたらと、今、阪田の著書巻末の年譜を見ながら考へてゐる。遅かれ早かれ彼らの才能が開花したことは疑はないけれど、たどつた道程は少しちがつてゐたのではあるまいか。
(『文藝春秋』文藝春秋　二〇〇五年六月号　七七〜七八頁　原文旧仮名)

ところで阪田寛夫は、一九五八(昭和三三)年八月、三十二歳の時、東京都練馬区江古田から中野区鷺宮に転居した。その家は「東京西郊の鷺宮にある分譲式公団住宅」で、「『テラスハウス』と、うっとりする響きを持つ長屋式住宅の一番奥の棟に、阿川さんのお宅があった。[29]」つまり、阿川弘之は一時期、阪田と同じ公団住宅に住んでいたのである。阿川家の子どもたちと阪田家の「幼い女の子二人とが遊び友達で」(前掲書)、両家は親しかった。阿川佐和子は、大浦みずき著『なつめでごじゃいます!』(小学館　一九九三年)の序文「なっちんのリズムノート」で、当時の阪田家の様子を次のように語っている。「団地であるから、どの家もほとんど同じ間取りで同じ大きさのはずである。にもかかわらず、阪田家には、我が家ではお目にかかれないような魅力的なものがたくさんあった。(中略)一日じゅう原稿用紙に向かっている父上の仕事ぶりは我が家の父と同じはずなのに、この家にはなぜかアメリカっぽい匂いがする。そのくせ家族揃って大阪弁を話し、子供はご両親のことを『とうちゃん、かあちゃん』と呼ぶ。まるで関西の漫才ショーを見ているように四六時中冗談と音楽が溢れていた。洋風の雰囲気を漂わせながら、ユーモラスで気取りのない阪田家は、私にとってあこがれの世界だったのである。」

三　卒業論文「明治初期プロテスタントの思想的立場」

阪田寛夫は、一九四六年七月に上京して、東京大学文学部美学科への「復学」手続きをしている。「同じ日、大中恩が始めたばかりの『P・Fコール』という合唱団に入れてもらった。以後三年間、従兄のP・Fコールと叔父の率いる霊南坂教会聖歌隊で歌った。[30]」PFコールの合唱を初めて聴いた日の感動を、「おさの会　歌創り50年記念コンサート」（二〇〇一年九月二四日）のパンフレットで次のように回想している。

練習場がないので天気の日は銀行の屋上で歌ってる、と聴いて興業銀行本店を訪ねたさの字（注　阪田寛夫）が、エレベーターを降りて、屋上に通じる階段を探していると、とつぜん陽光と一緒に音が天から降りそそいで来ました。人間の歌声には違いないが、さの字がこれまで味わったことのない、輝く音の滝でした。戦争中の大阪でも合唱をナマで聴く機会は少なかったのに、日本語がこんなにキメ細かに磨かれ響き合うなんて……。頭からほとばしりを浴びながら靴音を忍ばせ音源にさかのぼってまた驚いたのは、歌っていたのが兵隊服や父親の古ズボンを仕立て直したスラックス姿の、フツウの男女だったことでした。その人たちからかなしいほど透明な光の束を紡ぎ出しているのが、塔屋の上に立つ小柄なおの字（注　大中恩）の、まるい指先なのでした。PFという名のコーラスに、さの字も入れて貰いました。(「おの字とさの字」)

東京生活の中で、大中寅二・恩からの影響を受けて音楽への志向性を一層強めた阪田は、「一時は本気で音楽美学を勉強する気で、東京音楽学校選科に入り石桁真礼生氏から初歩の和声学を教わったりした」[31]。当時の東京大学美学科には、「西洋音楽史」があるくらいで、「音楽美学の授業は殆どなかった」のである。また、美学科の演習は英語ではなく、ドイツ語かフランス語で行われた。が、阪田は「高等学校も一年生までで、しかも一年の五分の三くらいしか勉強して」おらず、「そのあとは勤労動員と兵隊で。だからドイツ語は習って」いなかった。「卒業論文は日本の讃美歌史をやりますと申し出て、ダメ!」といわれ、他のテーマを提出してもドイツ語ができなければダメだと先生からいわれて、「日本語でやれるところへ変わった」[32]。国史学科に転科したのである。耳を痛めたことも大きな要因となった。大学四年めの一九四九(昭和二四)年四月に転科して、ゼミに出席し、「歴史を学ぶ者の喜び」を実感したと、『花陵』(文藝春秋)の中で次のように記している。

(国史学科に転科したのは)キリスト教や近代を受けつけようとしない日本の歴史の構造を人生の入口で一度しっかり調べておこうとも考えたのだ。私の家族は私が何年大学にいようと誰も文句を言わなかった。世の中の景気はよくないが、講義を聞きに行くつもりさえなければ、大学生がひとり暮らして行けるだけの仕事はいくらでもあった。転科の手続きを済ますと、私はさっそく史科篇纂所で行われている「中世古文書学」というゼミナールに出席してみた。そこでは荘園の田地の地券書き換えや、出先の代官が不当に税を着服したとか、それを詰ると「濫打極まりなく頭を打破られ」たと嘆く百姓の愁訴など日常の記録が、謄写版で印刷されて一同に配られ、学生たちが経済や政治制度や時の中央政府の動向をも睨み合わせてさまざまの角度から活発に分析討論していた。このような当て字や破損による空白の多い、ごく具体的な書き付け反故類の注意深い検討から、長い暗い手付かずの時間の満ち引きが透視解析できる。その歪みやごく小さな疵跡から日々の営みと自然の変化を推理し、時代と地軸の軋みを測る。これが歴史を学ぶ者の喜びというものだと私は感動した。（七四頁）

転科して卒業が二年遅れた阪田は、「世話になっていた父方の叔父の家を出[33]」、アルバイトをして自活したようだ。その頃の様子は、三浦朱門の「阪田寛夫を悼む」（「讀賣新聞」夕刊　二〇〇五年三月二三日）に窺うことができる。

彼の家はブルジョアで、大阪の邸宅は引っ越した後が、バスの車庫になったほどの面積があった。それなのに彼が美学から国史に転科して卒業が二年遅れた時、親に不必要な負担をかけるといって、その二年間を完全に自活した。／トタン屋根の天井裏を部屋にしたのを借りた時は真夏で、まさに天火そのもので、二人はさすがにいたたまれず、外で水道の水をガブ飲みすると汗がどっと吹きでた。摂氏三十度の気温を涼しいとさえ思った。『椰子の実』の作曲者の大中寅二の甥《おい》だけに、阪田の一家は音楽のたしなみがあり、彼も生活費を素人楽団のベースをはじき、ドラムをたたいて稼いでいた。そのころは戦後のダンスブームで、怪しげな楽団でも結構、お呼びがかかったのであろう。私などに満員電車の中を、ベースやドラムを運ばせたのだから、大した楽団ではない。／楽器を壊さないように、頭の上に両手で支えるので、他の客の頭上の空間を占拠することになる。そんなことも当時の大変な交通事情だからこそ、許されたのだろう。今から考えると、彼の完全自活も、自罰的傾向の現れだったのだ。

一九五一年頃の大学は、復員してきた学生たちで「学校が満員だったから」、「卒業期の三月を待たずに前年の九月に出され」[34]たと、阪田は語っている。提出された「論文題目」は「明治初期プロテスタントの思想的立場」で、論文には大学側の「卒業論文送付用紙」の薄紙が添付されている。そこには、「審査教官氏名」として「坂本教授、岩生教授、宝月助教授」の三人の氏名が記入。坂本教授への送付年月日は「昭和廿六年七月貳日」、閲了年月日は「9月4日」と記され、他の教官の閲了年月日は、岩生教授「9月19日」、宝月助教授「9月10日」となっている。

用いられている原稿用紙は茶色の罫線で、左下に「10×20」または「十行廿字詰」（これは片面の字数表示と思われる）と「規格Ａ4」が印刷されている。縦書Ａ4版四百字詰を袋折りにしないで頁を打ち、右端を紐で綴じている。各章の節ごとに、膨大な注を記した青い罫線のレポート用紙が挟まれて頁が打たれ、総頁数は一七七頁。ブルーブラックの万年筆で書かれた、四百字詰原稿用紙約一八〇枚に及ぶ論文であった。現時点では紙質の酸化がかなり進んでいる。「目次」は次の通りである。下段は大学所定の表紙、次頁は卒業論文の直筆稿である。

序　言　一頁
第一章　その国民主義
第一節　入信の契機　六頁
第二節　信仰と国家主義との結合　二五頁
第三節　その国民主義の特質　四三頁
第四節　対外的態度　六六頁
第二章　政治論に対する態度
第一節　自由民権論　八七頁
第二節　国権論　一一二頁
第三章　儒教的傳統に対する態度
第一節　否定面と肯定面（1）　一三七頁
第二節　否定面と肯定面（2）　一五六頁

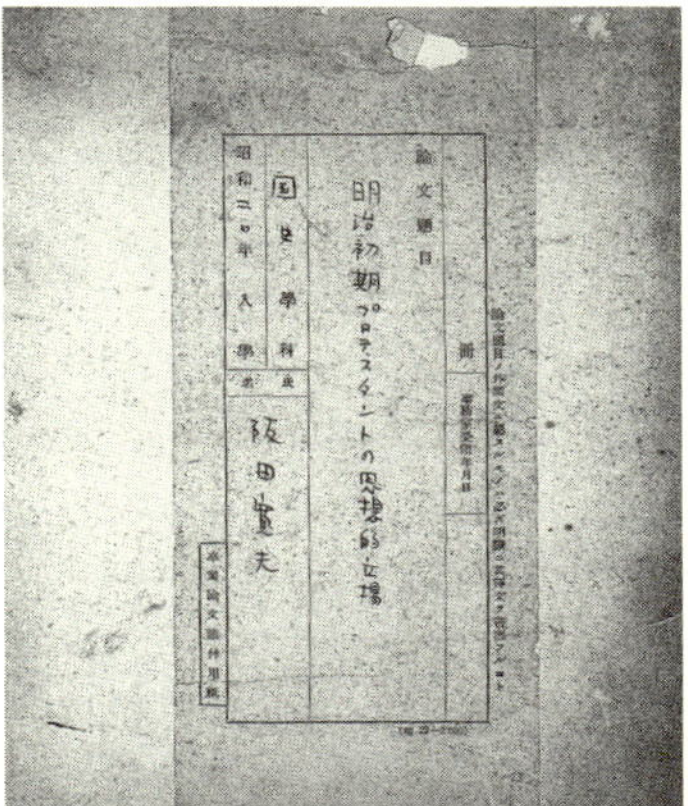

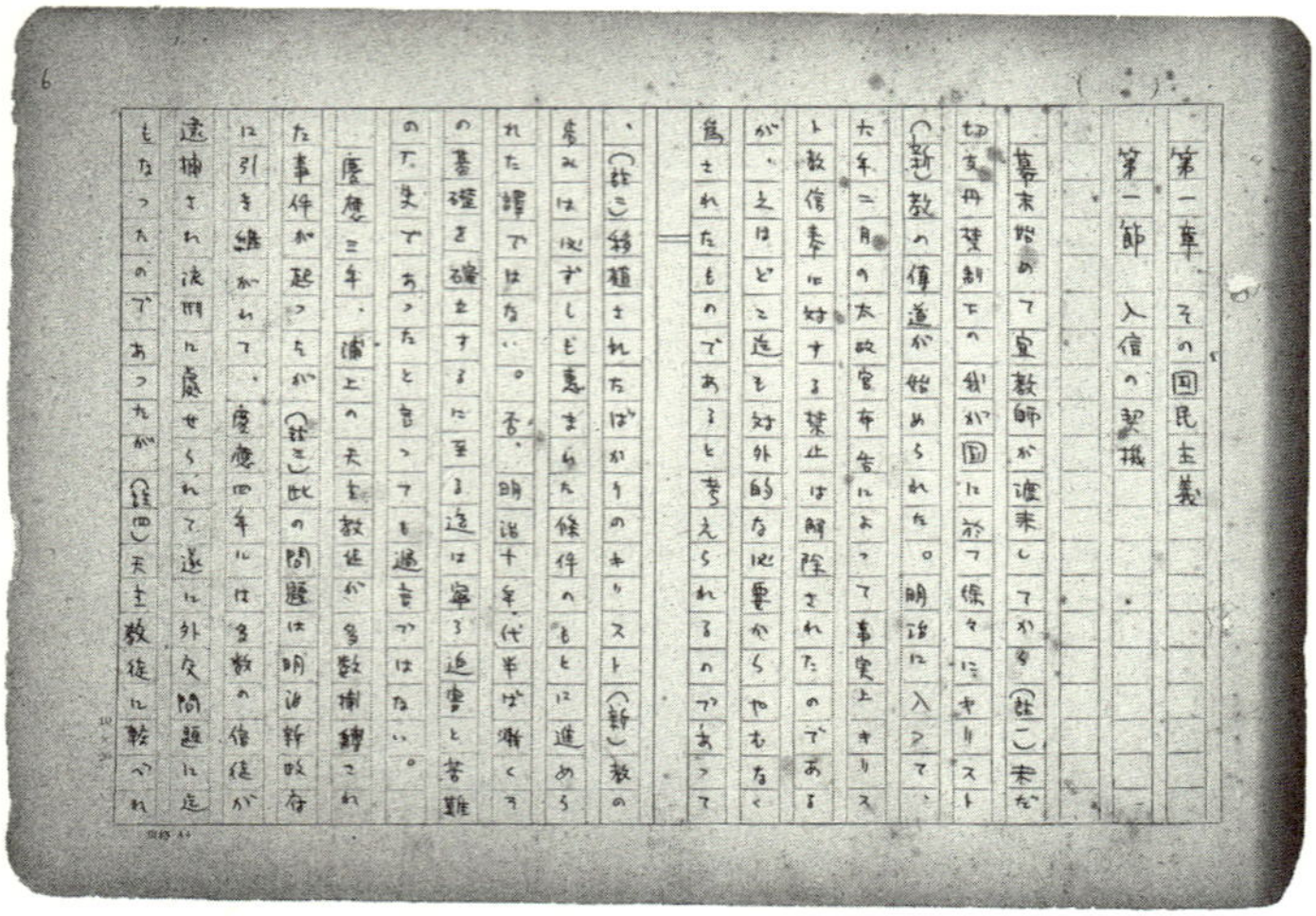

第一章　その国民主義

第一節　入信の契機

幕末始めて宣教師が渡来してから(註一)未だ切支丹禁制下の我が国に於て徐々にキリスト(新)教の伝道が始められた。明治に入って、六年二月の太政官布告によって事実上キリスト教信奉に対する禁止は解除されたのであるが、之はどこ迄も対外的な必要からやむなく為されたものであると考えられるのであって

、(註二)移植されたばかりのキリスト(新)教の歩みは必ずしも恵まれた条件へもとに進められた訳ではない。否、明治十年代半ば漸くその基礎を確立するに至る迄は専ら迫害と苦難の歴史であったと言っても過言ではない。

慶応三年、浦上の天主教徒が多数捕縛された事件が起ったが(註三)此の問題は明治新政府に引き継がれて、慶応四年には多数の信徒が逮捕され流刑に処せられて遂に外交問題に迄もなったのであったが(註四)天主教徒に較べれ

〈第一章第一節の最初〉

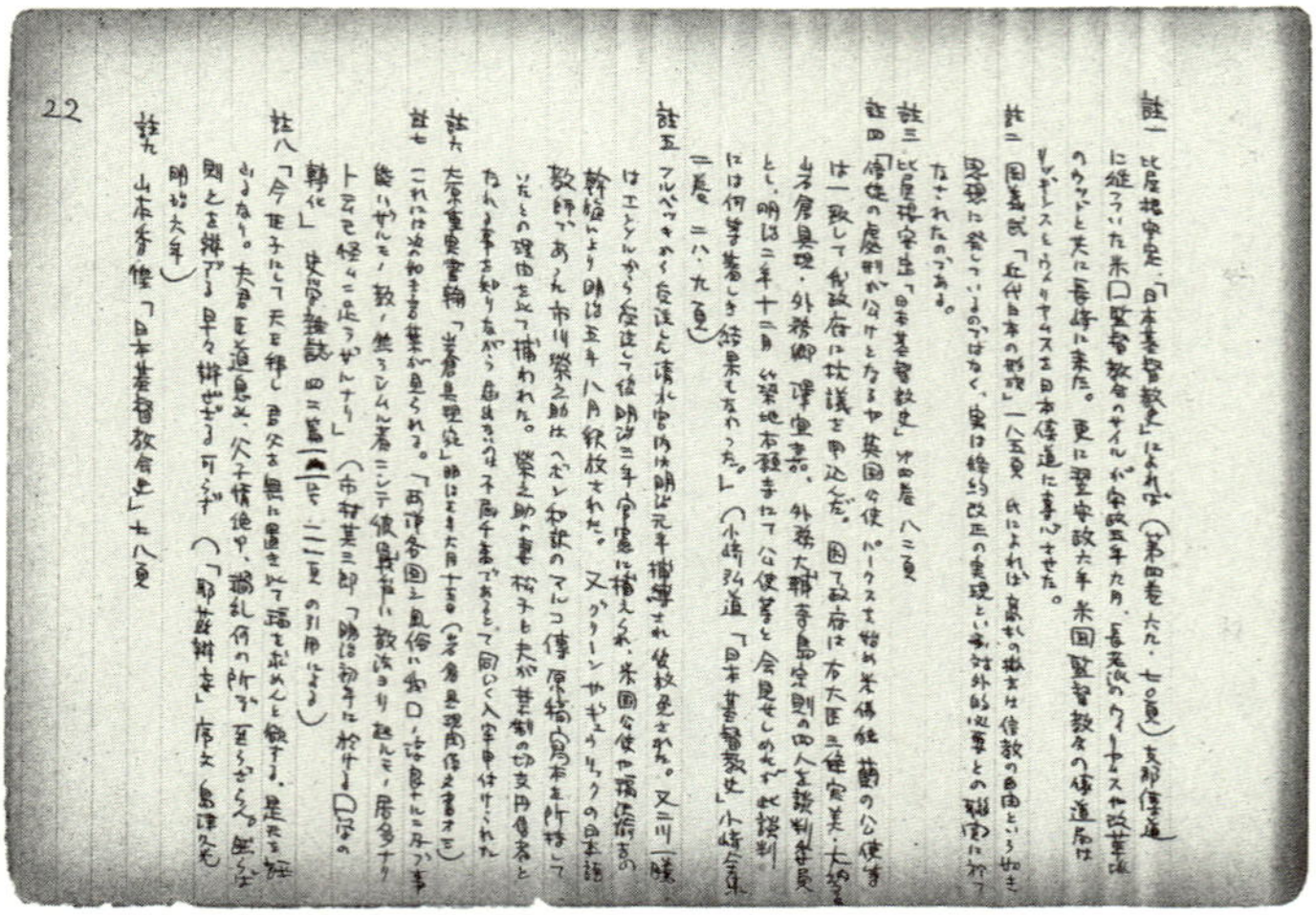

〈第一章第一節の註〉

『花陵』（文藝春秋）の中で、阪田は卒論への取り組みについて次のように記している。

昭和二十六年四月から五月にかけて、私はほとんど毎日大学の図書館の地下室へ通って、古い雑誌の文章を写して過ごした。そこは明治時代の新聞・雑誌だけを集めた文庫で、イタリア煉瓦で粧われた同じ大きな建物の中にありながら、図書館から組織上は独立していた。私が借り出すのは、「七一雑報」「六合雑誌」の二種類で、書庫にある限りを年代順に出して貰って、必用な箇所を夕方近くまでノートに写して過ごした。（中略）／毎日いい天気が続き、仕事は順調に進んでいた。私が届け出た論文の題目は「明治初期プロテスタントの思想的立場」である。「思想」ではなくて「思想的立場」というところが味噌であった。もっと種を明かせば、「明治初期プロテスタント」とは、本当は宮川經輝牧師とその仲間たちを指すのであった。

私が初めて花岡山の「奉教趣意書」を読んだのは、恐らくその一年ほど前、アメリカ軍と北朝鮮軍、のちに中共軍との朝鮮事変が起こった年だと思う。どんな本の中にそれが引用してあったのか、今はもう覚えていないが、趣意書の最初の数行を見ただけで、私は「しめた」と思った。「しめた」とは、これは卒業論文の種になるということである。／「此ノ教ヲ　皇国ニ布キ大ニ人民ノ蒙昧ヲ開ント欲ス」／皇国とか人民ノ蒙昧という文字にいきなり私の気持がひっかかったのだが、逆にその気持を批判的に追って行けば、身を入れて論文が書けるに違いないと思った。趣意書の筆頭署名者は宮川經輝で、文章をよく見れば、私が戦争中に身にしみた国家主義の呪力が

ことごとしげな漢字の重なりになって、至る所に露われてきた。（七七〜七九頁）

卒業論文「序言」の中で阪田は、「『明治初期プロテスタント』と言うのは、ここでは幕末から明治初年にかけて、外人宣教師の指導によって入信した人々——謂わば初代の信徒を指す」と定義づけ、「年代的には日本に於けるキリスト教伝道が一応緒についたと考えられる明治一五年前後で区切って」いる。そして、次のような見通しの上に立って考察を進めると述べている。

> 今、プロテスタンティズムを理念として考えるならば、それは飽く迄も、自己の否定とその救いを契機とする様な個人的内面的な問題なのである。故に若し日本人の楽天的な現世的な思推形式が與えられた「罪の意識」に関して或る飛躍をしない限り、それは寧ろ外面的な実践的な宗教となり又、倫理主義的な性格を帯びる可能性があると思われる。又一方、明治初年に於けるキリスト教信仰の担い手が多く士族の青年であったことは、（註一《（ママ）》）又その儒教的な教養と結びついて右に述べた実践的倫理的な面が更に強調される可能性も亦考えられるのである。（三〜四頁）

卒論における阪田の根本的な問いは、自身にもつながっている熊本バンドの人たちが、「罪の自覚を欠きながら、しかもかなりの迫害を受けながら、なおキリスト教を奉じようとしたのは何故か」という点にあった。「論文の中の私の結論」は、「日本の『開明』を名分としての『信仰と国家意識との結合』」にあったと、『花陵』（文藝春秋）で次のように記している。

「国家に尽す手段視」であった。キリスト教は「邪道迷信」とは違って国家の開明をはかるのに役立つと思ったからである。奉教趣意書の言葉によれば、／「学術之ニヨリテ其基礎ヲ得、国之ニ依リテ其開明ヲ致スノ真理」／だからであった。もともと明治維新に当って大事をとりすぎて薩長土肥に遅れをとった熊本藩が、人物養成の目的で作った学校だから、生徒たちも新政府の高級官僚に出世して郷土と国に尽くすつもりだった。手段だけが変った。気持に変りはない。

花岡山の奉教趣意書より二年遅れた明治十一年に札幌農学校の生徒三十余名が署名した「イエスを信ずる者の契約」の一部も、私は比較対照のため論文に引用した。／（中略）／この難解だが厳密な条文は、契約者の存在の目的をキリストの信仰一点に縛る。有名なクラーク博士が英文で書いたものの翻訳である。署名者の一人の内村鑑三は、のちに、自分は当時忠君愛国の高潔な志がこういう提議によって破壊されてしまうことを憂いながら、仕方なしに署名したのだと告白している。その内村の告白も引用しながら、私は一方花岡山の奉教趣意書が逆に進行の内容に一言も触れていない点を指摘した。むしろ告発した、と言ってよい。熊本バンドの連中は、札幌バンドの内村鑑三が悩んだ二つの絶対者の対立が最初のうちは目に入らなかったらしい。ただひたすら国家に向けられた情熱が、そのまま「西教」をつつみこんで、彼らは少しもさしさわりを感じないのであった。

「以上諸例の如き日本の『開明』を名分としての『信仰と国家意識との結合』は、初期のプロテスタント達の思想的立場の基本的な性格をかたちづくっていると考えられる」これが私の結論であった。実際熊本バンドに限らず、他の有力な初期のキリスト教徒（新教）の大部分が、このような目的で入信していた。ただ、熊本バンドが他の信徒たちと変わっている点は、国家主義の傾向がそのまま最後まで続いたことだ。そして国家主義の方へ、キリスト教を合わせて柱げて行ったことだ。（『花陵』八三～八五頁）

熊本洋学校は、「開明的政治家・思想家、横井小楠《しょうなん》の薫陶を受け、明治初年の熊本藩藩政改革を主導した徳富一敬《かずたか》、竹崎律次郎らの実学党が、アメリカの予備役陸軍大尉ジェーンズを招聘して」(35)設立された。阪田は卒論の第一章第二節「信仰と国家意識との結合」で、「小楠を師父と仰ぐ実学党の支配下にあった熊本洋学校に学んだ青年達」が、「ジェーンズの感化によってキリスト教を信じずるに至った場合、その精神的な転換を可能ならしめる素地が既にあった」として、次のように指摘する。

即ち一党一藩の利害から視野を国家に迄拡げ得る可能性があったこと。然もその国家意識が観念的な保守的な神国思想や攘夷思想ではなく現実的であり漸進主義的な、近代的な国家意識に近いものであったこと。右の二点は、プロテスタンティズムが後進国たる日本に対して持ち得た思想的な進歩性に触れる事に依って独自の思想的立場を形成するに至ったのである。逆に信仰の面から言うならば、純粋に福音主義的な個人の救済をその焦点としたものではなく、（中略）実践的な意志に支えられるものであった。（三六～三七頁）

なお、第二章第一節「自由民権論」では、板垣退助が説いた「民権者側のこの様な考方は《（マヽ）》」、「基督教側の（註《（マヽ）》　六合雑誌の記事）説く所と相通ずるものであって、事実プロテスタントにして自由民権運動に加わった者も数えられるし、殊に十年代末であるが自由民権論者であってキリスト教に入信した者の例は少くない」（九〇頁）と指摘。第三章「儒教的傳統に対する態度」では、「先ず近代市民の倫理を説くプロテスタンティズムが個人の確立をその核心として我が国の後れた社会関係の旧さを剔抉する方向に働いた事は当然であろう。／男女の平等に就て特に熱心に主張された事は我が国のプロテスタントに於て著しい事実であった。」（一七〇頁）と、論述している。

阪田寛夫の「明治初期プロテスタントの思想的立場」は、様々な角度からの興味を喚気する示唆に富んだ卒業論文である。

注（1）『南大阪教会70周年誌』日本基督教団南大阪教会　一九九九年二月
（2）『菜の花さくら』講談社　一九九六年二月
（3）南大阪教会事務の松崎泰二郎氏は、子どもの頃（昭和十年代）吉田家に遊びに行ったと語っている。
（4）『讃美歌　こころの詩』日本基督教団出版局　一九九八年一二月
（5）(26)(27)(29)『燭台つきのピアノ』人文書院　一九八一年六月

(6)(7)(25)(28)(30)(31)(33)　「河内」他『わが町』講談社　一九八〇年七月

(8)　『サッちゃん　永遠に歌い継ぐ／阪田寛夫さんの「詩碑を建てる会」から感謝こめご報告』二〇〇六年

南大阪教会の塔と「サッちゃん」の詩碑の写真は、この冊子から使用した。

(9)　「詩碑建設沿革」(『「サッちゃん」詩碑完成感謝礼拝式』式次第)

(10)　『講演　帝塚山の文学』(帝塚山学院高等学校PTA広報委員会　一九九六年三月)所収。

(11)　筆者の聞き書き(二〇〇六年五月二七日)。

帝塚山学院玄関と小学六年生の阪田氏の写真は、阿部喜兵衛氏所蔵の「卒業記念帖　第二十回」を使用した。

(12)　『あべの発見！』阿倍野区役所　二〇〇六年

(13)(17)　『南大阪教会に生きた人びと』日本基督教団南大阪教会　二〇〇一年二月

(14)(15)(16)　『一世紀のあゆみ』サカタインクス株式会社　一九九七年三月

(18)　「関西企業大研究　サカタインクス①」「産経新聞」二〇〇四年一〇月二六日

(19)　「朝日新聞(夕刊)」一九八六年一一月二〇日の「文芸時評　上」で、この作品が評価されている。

(20)　吉岡済『春秋記』二〇〇五年三月。なお、吉岡済氏は、阪田氏の病状の進行・悪化と最後の様子を、兵庫医科大学　歯科・口腔外科学講座「同門会会報」12号に「縦、横、前から鬱をみる」で詳述している。

(21)　三浦朱門「阪田寛夫氏を悼む」「讀賣新聞(夕刊)」二〇〇五年三月二三日

(22)　『芥川賞全集　第十巻』文藝春秋　一九八二年二月

(23)　「わが心の鞍馬天狗」『戦友』文藝春秋　一九八六年一一月

(24)　筆者の聞き書き(二〇〇六年一二月二八日)。

(32)(34)　『どれみそら——書いて創って歌って聴いて』河出書房新社　一九九五年一月

(35)　『NHK高校講座　教育セミナー　歴史でみる日本』日本放送出版協会　二〇〇三年四月

付録　文庫解説・書評・解題 他

『まどさん』（ちくま文庫　一九九三年）解説

愛といたみの詩人

『まどさん』のモデルであるまど・みちおは、一九三四（昭和九）年に、「コドモノクニ」で北原白秋に認められて詩・童謡の世界にデビューした。戦前すでに「やぎさん　ゆうびん」のようなノンセンス詩を書き、戦後は「ぞうさん」「一ねんせい　に　なったら」などの国民的愛唱歌ともいえる童謡を数多く発表している。一九六八（昭和四三）年に刊行した第一詩集『てんぷらぴりぴり』（大日本図書）で野間児童文芸賞を受賞して以来、詩作への意欲が奔出し、『まめつぶうた』『いいけしき』（理論社）『宇宙のうた』『人間のうた』『風景詩集』（かど創房）などの詩集を続々と出版。「つけもののおもし」他が小学校の国語教科書にも採択され、詩人としての地位を確かなものとする。一九九二年十一月十六日、まどは八十三歳の誕生日を迎えたが、この年は大きな実りの季節となった。六十年間に

わたる詩集を集大成した『まど・みちお全詩集』(理論社)が刊行され、芸術選奨文部大臣賞を受賞。皇后美智子様の英訳による『THE ANIMALS』が日米同時出版されて、国際舞台にも登場。この二冊に対して郷里の徳山市からは市民文化栄誉賞が贈られ、「ぞうさん」の文学碑が立てられた。最新詩集『ぼくが　ここに』(童話屋)の刊行と前後してNHK教育テレビでは、「まど・みちおの世界」が放映。いま、まどは、大きな脚光をあびる存在となっている。

阪田寛夫は、一九二五年に大阪でキリスト教徒の家庭に生まれており、まどより十六歳若い。戦後に詩・小説を書き始め、三浦朱門らと同人誌を発行。一九五五(昭和三〇)年から「ABC子どもの歌」という創作童謡の番組に携わり、作詞依頼を通して、まどと初めて出会った。阪田自身も「サッちゃん」「マーチング・マーチ」のような現代的な童謡を創作。阪田が機会を見つけては、まどから聞き書きを取るようになるのは、「月刊自動車労運」(一九七八年六月)に発表した「童謡のまわりぞうさん」の立論の根拠を、まどから否定されたことがきっかけであった。この「ぞうさん」論は、現在『童謡でてこい』(河出文庫)に再掲されているが、その「あとがきに代えて」で、阪田は次のように述懐している。「私は『ぞうさん』の歌を、焼け跡の戦後という時代の、一番美しい部分を、一番深いところから表現していると思って、感動したのだが、まどさんが言われるように、動物が動物として生かされていることの賛歌なら、時代や場所には関係なく、それは宇宙が始まって以来のいのちの本質、ものの本質をうたっているわけだった。そんな歌を、人間が動物をとじこめている動物園へ行って書いたなどと、誤解されたくない気持も、わかってきた。——すぐにわかったのではなく、それから六年間、まどさんから話を聞き、その作品を読んで、『まどさん』という評伝小説を書き上げる頃に、少し分りかけてきた。ただ暖く優しい字義通りの『ヒューマニズム』のうただとばかり思ってきた『ぞうさん』だったが。」

まどからの聞き書きと徳山訪問を基に、最初の習作「遠近法」が発表されたのは、『新潮』の一九八二年七月号である。これは後に『戦友』（文藝春秋）に再掲されたが、「まどさん」よりも、阪田らしい登場人物の言動のおかしみに作品の魅力があり、阪田がこれまで発表してきた身近な人を題材にした小説の作風に近い。それからさらに三年の歳月を費やして、阪田はまどを知る人々からも丹念な聞き書きをし、それまで埋もれていた戦前のまどの詩・散文を収集し、未公開の日誌を読み、まどが青少年期を過ごした台湾にまで調査の足を延ばし、こういった資料の全てを駆使して「まどさん」を書き上げた。これはまず『新潮』の一九八五年六月号に発表され、同年十一月に単行本（新潮社）として刊行。しばらく絶版となっていたが、今度、筑摩書房から文庫版として新生することになった。

自己宣伝が嫌いで、「自分について話すとなると、どうしても自分をかざる嘘を言う」という厳しい自己認識をもった「口重いまどさん」であるだけに、阪田のまどへの執着がなければ、ここに記された事実の多くは明るみに出ずに終わったであろう。伝記的側面でも探ることの最も困難な部分（まどのキリスト教と母親との関わり）を明らかにし、まどと作品とを理解する通路をいち早く開いたこの本の功績は大きい。阪田に筆を執らせたのは、「キリスト教と何とか結びつけたい私の思いこみの強さと、それを上廻るまどさんの考えや感じ方の意外さ」であった。その意外さは、「時が経ってのちに、突然私をゆさぶり、目を開かせたりした」ように、読者の中にも「心のふるえ」を刻印する。

阪田寛夫は、東京大学時代、国史学科に学んでいる。「書き付けや反古類の注意深い検討から、長い暗い手付かずの時間の満ち引きが透視解析できる。その歪みやごく小さな疵跡から日々の営みと自然の変化を推理し、時代と地軸の軋みを測る。これが歴史を学ぶ者の喜びというものだ」と感動し（『花陵』文藝春秋）、卒業論文では、明治初期のプロテスタントの国家主義について書いている。『まどさん』には、こうした史家としての阪田の姿勢がよく生かされている。篠田一士は、この作品を、「小説言語、あるいは、擬似小説言語を駆使しながら、ノンフィクション、すなわち、事実の世界にひろく目配りをきかせた、小説作品で、しかも、阪田氏自身の詩情が二重がさねになっていて、氏の同種の作品のなかでも、とくにすぐれたもの」（毎日新聞　一九八五年五月二八日）と評価した。

まど・みちおと阪田寛夫とには共通点が多い。子どもの心をもった詩人で、どちらも戦前に受洗しながら、現在はキリスト教に距離を置いている。そして戦争体験（阪田は中国へ出征）をもつ。が、作風と気質の面では対照的である。阪田は人間・現実に愛着をもち、『土の器』に代表されるように伝記的小説家の面をもつ。それに対しまどは、人間・現実を超えて存在する全てのものと感応する魂をもち、抽象画（想像）の世界にひとり没頭して遊ぶ精神の持ち主である。阪田が、まどを「ただびとではない」と思うようになったのは、「暗い、底知れぬ思考をつきつめる精神力」を示す抽象画――「あれがまどさんの宇宙観ではないか」に出会って以来のようだ。魂の基底部で共鳴しながら、自分とは異質な世界を内包するまど・みちおという詩人の人間像と、作品が「生まれ出た胎内の細部」を探索したいというのが、阪田にとっての『まどさん』執筆の動機であったといえよう。

阪田が描くまどの肖像は、「感受性の導くままに徹底的に自他に誠実を求めてはばからぬ頑固のかたまり」であり、「痼疾といってもよい人間への失望の激しさからくる肉体の痛み」をもった人である。そして、「自我の痕跡をのこさぬ、つぎめひとつない、ユーモアを湛えた作品の多くが、この『怒り』と『焦り』を原液に、吐気・微熱・頭痛・潰瘍・浸潤をたえず伴なって滲み出し、戦後の十数年間に集中して作品化されている。――怒りと焦りなどと書いたが、それはまた『愛』と『いたみ』と言っても同じだろう。まどさんの肖像はこんな言葉では描けないところがある。」また、まど・みちおには「遠近法の詩」（無限性）に痺れる「一つの感受の型」があり、「いのちの大事な部品として、視聴覚を規整する原器」となっており、「人間を超えた宇宙の意志――我々を我々たらしめたもの」に向かって祈るところから、作品が生まれる。

カバーデザイン　安野光雅

『まどさん』（新潮社　一九八五年）書評

魂の共鳴によって生まれた詩的人間史

――伝記的側面でも探ることの最も困難な部分が明される

「まどさん」のモデルまど・みちお氏は、昭和九年二十五歳の時、白秋に認められて童謡作家への道を歩み出した。白秋門下の他の詩人たちが感覚詩写生詩の伝統を超えることができなかったのに比し、戦前既に「やぎさん　ゆうびん」の原型作のようなナンセンスなおかしみを持った作品を書き、戦後には「ぞうさん」のようなアイデンティティに関する童謡を生み出している。まど氏は、白秋に始まった日本の童謡史に現代性をもたらした最初の詩人といえる。また、昭和四十三年に『てんぷらぴりぴり』を刊行して以降は、少年少女詩の領域で「木」「皿」など数多くの優れた作品を発表し、児童文学と文学との垣根を取り外すような子どもにも大人にも味わいの深い現代詩の世界を生み出した。

しかし児童文学界の研究の立ち遅れの為に、まど・みちお研究はまだ緒についたばかりである。この時点で、伝記的側面でも探ることの最も困難な部分が、阪田氏の「まどさん」によって明らかにされたことは、今後の研究者・読者にとって、作品の基底部に達する通路がいち早く開かれたことになる。自己宣伝が嫌いで、「自分について話すとなると、どうしても自分をかざる嘘を言う」という厳しい自己認識を持った「口重いまどさん」であるだけに、存在することの傷みを知っている阪田氏の

「ただびとではない」まど氏への執着がなければ、ここに記された事実の多くは明るみに出ずに終わったであろう。この出会いには、両者の信じる「人間を超えた大いなる者」の導きとさえいえるものを感じる。

探ることの最も困難な部分とは、まど氏のキリスト教と母親との関わりだ。キリスト教については、当時まど氏が属していたホリネス派の綿密な考証によって、まど氏が語らない部分の深みに何があったかを示唆しており、クリスチャンでもあり史家でもある阪田氏の眼差が生きている。母親については、敗戦後の様子が傷ましいほど赤裸々に語られており、「かあさんが　すきなのよ」という「ぞうさん」の明るさが、陰惨ともいえる母親との葛藤の果てに表出されているのがよくわかる。

また、一般には眼にし難い作品――郷里徳山を舞台にした散文詩「幼年遅日抄」、台湾総督府時代に書かれた哲学的な随筆、「マニラ湾の落日の美しさ」とともに「人間への失望の激しさ」を語っている戦中日誌などの豊かな引用によって、「歌詞がまさにその中から生まれ出た胎内の細部」を呈示し、まど氏の根源に無限なるものへの「心のふるへ」が存在することを解読している。それは、阪田氏の本書執筆の動機にもつながるものだ。／この作品は、モデルと作者との深いナイーヴな魂の共鳴によって生まれた詩的人間史ともいえる評伝文学である。ただ、作者があまりにも「まどさん」になりきろうとする努力の為、作品や事実に寄り添い過ぎていて、詩人阪田氏の特質であるダイナミックな面とおかしみが影を潜めているのは残念に思える。

（「週刊読書人」一九八六年二月十日）

装幀　秋山巌

『童謡の天体』（新潮社　一九九六年）書評

讃美歌が深い部分で日本人に及ぼしている
影響をあらためて認識させてくれる書

この作品は、「まどさんの自然」「はじめの讃美歌」「童謡とは」「自然讃美歌」「帝塚山の文化」「ノイマン爺さんにご挨拶」「童謡作家への弔辞（童謡最終講座）」の七話から成る。

全体は講演のスタイルで、途中に楽譜とともに合唱や独唱が入るように描かれていて、文学の中に音楽が鳴っているような印象を与える。文学表現で音楽を聞かせようとする「音と結びつけた表現」の試み――阪田氏の独特のふしぎな新しい文学の手法が感じられる。これは、『戦友　歌につながる十の短篇』（文藝春秋）や『童謡でてこい』（河出文庫）での試みを、さらに発展させたものといえる。

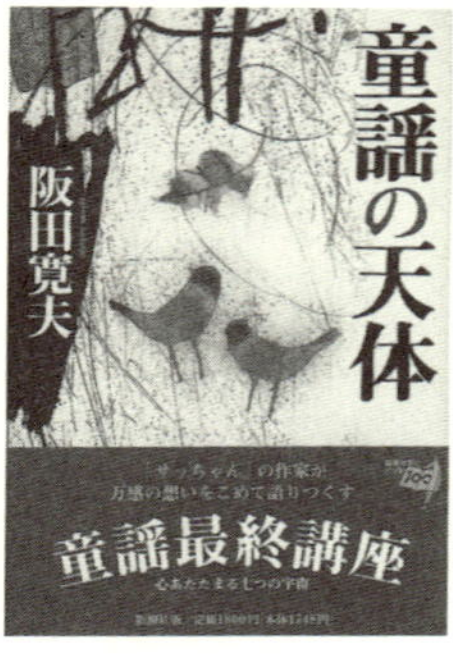

阪田氏は、「西と東の文化の関わり」という空間的広がりと、『日本書紀』に「日本の歴史上初めて『童謡』という言葉が使われ」て以降の時間的流れとを交差させて、この『童謡の天体』を立体的に描き出している。

明治時代、文部省が音楽教育のために招いた「メーソンの手がけた小学唱歌集の中に……讃美歌の旋律が少くない」「讃美歌とは、早く言えば、曲も歌詞も交換自在な巨大な替歌大系であり」、小学唱歌集には「あおげば尊し」を含めて讃美歌を原曲とする替え歌がかなりあるという。一方、唱歌の作詞者には「古今調の桂園派」が多く、「自然鑽仰」の傾向が強かった。その代表格の高野辰之《たつゆき》は、キリスト教徒の作曲家岡野貞一とともに小学唱歌という形式を完成させる。二人の作品中ことに美しい「朧月夜」は、讃美歌の基本形式に歌詞をのせた「自然讃美歌」であると、指摘する。

梅花学園の創立者澤山保羅（牧師）は、日本で最初の楽譜つき讃美歌の編集に加わり、病床の妻のために、自作の讃美歌で「慰めと死への備え」をした。

この本は、讃美歌が深い部分で日本人に及ぼしている影響を、あらためて私たちに認識させる。

阪田氏が、「ノイマン爺さん」と人格化して呼ぶ燭台つきのピアノは、大正時代にドイツから阪田家へやってきた。そして大阪教会の熱心な信徒であった両親たちの讃美歌練習や、叔父の大中寅二の作曲を助け、阪田氏の内部に幼年期から豊かな音楽性を培った。このピアノは、廃棄処分になる寸前に「救いの手」がさしのべられ、みごとに修理されて新生するのだが、阪田氏はそのいきさつを「奇跡」と呼ぶ。キリスト教と音楽のためにはるかな東洋の異国で働き続け、その後は荒れるがままに納屋に放置されていたピアノの上にも、神の恩寵は注がれていたのだ。この話は感動的である。

「帝塚山の文化」では、庄野貞一、英二、潤三などとの出会いが、阪田氏の精神的風土となり、作家への目覚めを促したことが窺える。「童謡作家への弔辞」は、鶴見正夫に対するとともに、音楽の変動によって生産を終えた「近代童謡」への弔辞でもある。一九一八年に『赤い鳥』で北原白秋が創《はじ》めた「近代童謡」には弔辞を送り、阪田氏は、「遥かなもの、限りないものを目ざ」す、まどみちおの詩が、「時代や国境を超えて」読みつがれていくことを願っている。

阪田氏は、膨大な資料を使いながら、歴史の中に生きる人々とその関連性を天体にきらめく星座のように描き出し、こわくておかしくてなつかしい〈童謡・唱歌〉の物語を私たちに語って聞かせてくれる。

（『信徒の友』日本キリスト教団出版局　一九九七年三月）

装画　新井亮／装幀　新潮社装幀室

小学校教科書（二〇〇六年度版）掲載　阪田寛夫作品

国語教科書

出版社＼学年	二年 上	三年 上	三年 下
大阪書籍		夕日がせなかをおしてくる	
教育出版			夕日がせなかをおしてくる
東京書籍		夕日がせなかをおしてくる	
学校図書			ななくさ 夕日がせなかをおしてくる
光村図書	おおきくなあれ		

音楽教科書

出版社＼学年	二年	四年
教育出版	夏だ！	エーデルワイス
教育芸術社	うたえバンバン	

『サッちゃん』（国土社 一九七五年）解題

この詩集には、初出が、一九五九年から一九七五年にかけて様々な機関に童謡（歌）として発表された三十六篇が収録されている。従って、各作品が児童文学史的意味をもつとともに、全体としては幼年期の子どもが楽しめる本格的な詩集の誕生という史的評価もできる。

一九一八年に『赤い鳥』で近代童謡を創始した北原白秋は、〈童謡とは子どもの言葉で子どもの心を歌うもの〉と定義した。が、白秋以降の童謡は感覚的写生詩を伝統とし、戦後もその域を出なかった。一九五九年に発表された「サッちゃん」は、「サッちゃんはね／サチコって　いうんだ／ほんとはね」と、子どもの自然な話し言葉で、異性への思いと絶対的な寂しさという子どもの心を歌い、童謡の分野に新しい息吹を吹き込んだ。「おなかのへるうた」では、空腹をがまんできない子どもが、「かあちゃん／おなかとせなかがくっつくぞ」と叫ぶ。リアルな生活実感の溢れる日常的な子どもの言葉で、子どもの本音（心）を歌うところに阪田寛夫（一九二五～二〇〇五）の革新性（現代性）がある。

阪田は多様な子どもの心を生き生きと描いている。「おとうさん」「かぜのなかの　おかあさん」には、最も身近で親しい父母が老いることに不安と怖れを抱き、父が「よそのひとみたい」にならないように、母の「いまが／このままで」あるようにと願う愛情深い子どもがいる。「おしっこのタンク」

「しょっぱい　うみ」には、飲んだ水がおしっこになると湯気が出るのは「なぜだろう」と思い、塩からくて冷たい海でも魚が平気なのは「いったいこったい／どうなってんのかな」と不思議がる子どもがいる。そして「夕日がせなかをおしてくる」には、夕日と交感して「あしたの朝ねすごすな」と叫ぶダイナミックでアニミスティクな子どもの感受力と想像力がある。

この詩集は、「国土社の詩の本」全二十巻の第十三巻めに当たる。このシリーズは戦後初めての童謡叢書で、戦後の「約三十年間に作られた童謡の作者別集大成」である。「より豊かな童謡の未来のための大きな文化遺産となることを願って」（扉の趣意書）刊行された。阪田は『童謡の天体』（新潮社）の中で、「日本の音楽の地殻変動につらなって」「歌詞と言えばリズム優先の自律性のうすい童謡」が主流となり、日本の近代童謡は「昭和四十三（一九六八）年頃突然終わった」と語っている。童謡の詩性が問い直される時代状況の中で「国土社の詩の本」が刊行され、阪田の童謡を詩集として味わうことを可能にした意義は大きい。和田誠のユーモラスなペン画タッチの表紙絵・さし絵が、詩への親近感を増している。第六回日本童謡賞を受賞。「サッちゃん」は国民的愛唱歌となり、「マーチング・マーチ」や「夕日がせなかをおしてくる」（小学校国語教科書に採択）は子どもたちに活力を与えている。

（大阪国際児童文学館「日本の子どもの本100選　戦後」二〇〇五年四月）
http://www.iiclo.or.jp/100books/1946/htm/frame089.htm

追悼　阪田寛夫先生

二〇〇五年三月二十二日（火）、阪田寛夫氏が肺炎のため七十九歳で逝去。この夜十時のＮＨＫニュースで、童謡「サッちゃん」の作詞者で芥川賞作家の訃報とともに、お元気な頃の阪田氏が子どもの歌について語る姿が放映されました。それはまるで、画面を通して阪田氏が最後のお別れに来て下さったようでした。東京都港区赤坂の霊南坂教会（叔父で恩氏の父の大中寅二氏がオルガニストを務めていた）で行われた二十四日の前夜式と、二十五日の葬儀に参列しました。白鷺教会の竹井祐吉名誉牧師は、告別の辞で、阪田氏が体の不自由な奥様を支えながら礼拝に出席されていたこと、二月に梅花教会から白鷺教会に転会されたこと、最後の平安になられたご様子などを語られました。三浦朱門氏は、弔辞で、「君は天国でも道端の野の花としてひっそり咲いていることだろう」と言われ、白い花に囲まれた遺影の中の阪田氏は、少し恥ずかしげに微笑んでいました。

阪田氏と最後にお会いしたのは、二〇〇二年十月二十五日（金）の夕方、御宅のある中野区白鷺に近い、庄野潤三氏とよく行かれる「くろがね」というお店でした。奥様の介護の隙を見て出て来られたということで、庄野英二研究をしている彭佳紅氏（帝塚山学院大学教授）と三人で楽しく充実した歓談の時を過ごし、御馳走になりました。が、二〇〇三年ごろから介護疲れで入院され、昨年十一月に資料の問い合わせをした際、病院からあまりにも弱々しい字のお返事が届いて胸騒ぎを覚えました。そしてそれが最後のお手紙となりました。私は、数年前から『阪田寛夫の世界』（和泉書院）を出版するべく準備し、表紙をまど・みちお氏の絵で飾ることもお伝えして、阪田氏は期待して下さっていましたのに、出版が遅れたため、ご覧にならずに逝ってしまわれました。前夜式で未刊の原本を手に阪田氏の遺影の前に立った時、無念さと後悔で涙が溢れました。

阪田氏は、梅花学園とはゆかりの深い方です。ご両親は、梅花女学校の母胎となった教会の一つ梅本町公会（後に大阪教会）の熱心な信徒で、大阪教会の宮川經輝牧師を深く尊敬。宮川牧師は、校祖澤山保羅先生の友人で、梅花女学校の第三代目の校長であり、寛夫氏の名付け親でもありました。そして「サッちゃん」と同じコンビで美しい学園歌が生まれたのです。とともに私が研究している童謡「ぞうさん」の作詞者まど・みちお氏とも関わりが深く、評伝小説『まどさん』を書いています。さらに従妹の阪田蓉子氏（図書館学）が私と同じ一九八四年度に梅花女子大学へ就職され、阪田氏との不思議なご縁はこの点でもつながっています。一九九三年、『まどさん』（ちくま文庫）の解説を担当した御礼にと、蓉子氏と大阪で御馳走になったのも貴重な思い出の一つです。一九九四年は春季児童文学講演会にお招きしましたが、その時話された〈澤山保羅先生と讃美歌〉は、後に『童謡の天体』（新潮社）に収められました。二〇〇〇年五月十三日（土）には京都の国際日本文化研究センターでの公開セミナー「童謡の天体」にご招待下さり、阪田氏の講演と川口京子氏のすばらしい歌を聴くことができました。他にも数々の研究への機会や楽しい時を与えていただきました。

葬儀で、川口京子氏が阪田寛夫作詞「塩・ロウソク・シャボン」（いずみたく作曲）を歌われました。「ロウソクは身をすりへらして／ひたすらまわりを　明るくしてくれる」「塩もまた身をすりへらして／まわりのいのちを　よみがえらせるため」というこの歌こそ、他者のために誠意を尽くされた謙虚な阪田氏のお人柄そのものです。
阪田寛夫先生、ありがとうございました。心よりご冥福をお祈り申し上げます。

塩・ロウソク・シャボン

一、ロウソクは身をすりへらして
ひたすらまわりを　明るくしてくれる
誰もほめてくれるわけじゃないのに
それでもロウソク　身をすりへらし
さいごまでロウソクを　やめません
ああこれが　新しいつながり
塩、ロウソク、シャボンになりたい
それがわたしの　よろこび
それがわたしの　よろこび

二、塩もまた身をすりへらして
まわりのいのちを　よみがえらせるため
誰もほめてくれるわけじゃないのに
ましろい結晶　おしげなく棄て
とけてあともなく　消えてゆく
ああこれが　新しいつながり
塩、ロウソク、シャボンになりたい
それがわたしの　よろこび
それがわたしの　よろこび

（『うたえバンバン』音楽之友社）

（梅花学園同窓会ホームページ　http://www17.plala.or.jp/baikadosokai/）

川口京子氏は、阪田寛夫氏の追悼コンサートを次のように行っている。

○「歌とお話でつづるコンサート『日本の唱歌・童謡史』番外編――阪田寛夫氏を偲んで――」

二〇〇五年八月二十七日（土）午後二時〜四時／司馬遼太郎記念館

歌とお話　川口京子／龍笛・ピアノ演奏　平井裕子

○「川口京子　日本の歌コンサート　阪田寛夫氏を偲んで」

二〇〇六年一月十九日（木）夜六時三十分開演・一月二十日（金）昼二時開演

ルーテル市ケ谷センター／音響　ユー・エム・エム・サウンドシステムズ／主催　川口京子

歌と朗読　川口京子／笛　平井裕子（龍笛独奏　阪田寛夫氏に捧げる「涙――tears――」　平井裕子作曲を初演）、オルガン　伊藤園子、ピアノ　長谷川芙佐子

「二〇〇五年三月二十二日、童謡『サッちゃん』や小説『土の器』の作者として知られる阪田寛夫氏が七十九年の生涯を閉じられました。晩年の阪田先生から、日本の唱歌と童謡の歴史について御教えを賜わりましたことへの感謝をこめまして、歌と朗読で先生の足跡をたどり、皆様とご一緒にそのお人柄とお仕事を偲びたいと存じます。寒い時期で誠に恐縮ですが、ご案内を申し上げます。」

川口京子」（案内チラシ）

なお、二〇〇六年六月二日（金）、奈良県立図書情報館のメインエントランスホールで、「演奏者フルート　河合隼雄／唄　川口京子／ピアノ・龍笛　平井裕子」によって、「（日本画家上村淳之《あつし》氏寄贈の）四季花鳥図をめでる夕べ」の中の一部として「阪田寛夫さんを偲んで」が行われた。

阪田寛夫著作と受賞一覧

一　児童文学関係――詩集・絵本・童話　他

『ぽんこつマーチ』　大日本図書　一九六九年五月。（この本所収の「マーチング・マーチ」（服部公一作曲）で、一九六五年、レコード大賞童謡賞受賞。）／新版　一九九〇年四月
『サッちゃん　国土社の詩の本13』　国土社　一九七五年一二月。（一九七六年、第六回日本童謡賞受賞。）／新版「現代日本童謡詩全集8」　二〇〇二年一二月
『詩集　サッちゃん』　講談社　一九七七年一一月
『夕方のにおい』　教育出版センター　一九七八年三月（第一回赤い靴児童文化大賞受賞。）
『ばんがれ　まーち』　理論社　一九八六年一月／新版　一九九八年三月
『てんとうむし』　童話屋　一九八八年一月
『夕日がせなかをおしてくる　しのえほん4』　国土社　一九八三年六月
『阪田寛夫　童謡詩集　夕日が　せなかをおしてくる』　岩崎書店　一九九五年一二月
『びりのきもち』　白泉社　一九八八年九月／童話館出版　一九九八年七月
『ほんとこうた・へんてこうた』　大日本図書　一九九九年一二月
『阪田寛夫詩集』　角川春樹事務所　二〇〇四年九月

『月刊予約絵本《こどものとも》一九八号　ひっこし　こし』福音館書店　一九七二年九月
『国土社の創作えほん4　ピンクのくじら』国土社　一九七四年一月
『どらどらねこ』『ねこふんじゃった』『ねんねこさいさい』『ねこずぼん』『にゃん　にゃん　にゃん』
（ねこねこえほん1～5）国土社　一九七五年一月～四月
『ちさとじいたん』佑学社　一九八四年一月。（織茂恭子の絵とともに、一九八四年、第七回絵本にっぽん賞大賞受賞。）／岩崎書店　一九九七年一二月
『サンタかな　ちがうかな』童心社　一九八四年一一月
『ひかりが　いった』至光社　一九八八年
『おばあちゃんちの　おひるね』至光社　一九八九年
『イルミねこが　まよなかに（「こどものとも」四四二号）』福音館書店　一九九三年一月
『ほらふき金さん』国土社　一九六九年八月／てのり文庫　一九八九年三月
『新選創作童話11　おんなの子』国土社　一九七二年一月
『トラジイちゃんの冒険』講談社　一九八〇年三月。（一九八〇年、第十八回野間児童文芸賞受賞。）
『けやきとけやこ』童心社　一九八八年一一月
『桃次郎』楡出版　一九九一年九月
『少年少女世界名作16　シンドバッドの冒険』世界文化社　一九八三年三月
『三びきのくま　せかいむかしばなし5』フレーベル館　一九八五年九月

『だくちる　だくちる……はじめてのうた……』（V・ベレストフ原案）　福音館書店　一九九三年一一月
『まどさんとさかたさんのことばあそび』（共著　以下同じ）　小峰書店　一九九二年一一月
『だじゃれはだれじゃ　まどさんとさかたさんのことばあそびII』　小峰書店　一九九七年一〇月
『ひまへまごろあわせ　まどさんとさかたさんのことばあそびIII』　小峰書店　二〇〇〇年九月
『あんパンのしょうめい　まどさんとさかたさんのことばあそびIV』　小峰書店　二〇〇三年五月
『カステラへらずぐち　まどさんとさかたさんのことばあそびV』　小峰書店　二〇〇四年六月
選者・解説『まど・みちお童謡集　地球の用事』　JULA出版局　一九九〇年一一月

二　詩集・小説・評論他

『詩集　わたしの動物園』　牧羊社　一九六五年四月／新装版　一九七七年九月
『含羞詩集』　河出書房新社　一九九七年一〇月
『わが町』　晶文社　一九六八年九月／講談社　一九八〇年七月
『国際コムプレックス旅行』　學藝書林　一九六八年一〇月
『現代作家シリーズ　我等のブルース』　三一書房　一九六九年九月／新装版　一九七五年四月
『土の器』　文藝春秋　一九七五年三月。（「文學界」一九七四年十月号に発表した「土の器」で、一九七五年、第七十二回芥川賞受賞。この本に所収。）／文春文庫　一九八四年
『桃次郎』　インタナル出版社　一九七五年四月

『背教』　文藝春秋　一九七六年四月
『花陵』　文藝春秋　一九七七年七月
『それぞれのマリア』　講談社　一九七八年一月
『漕げや海尊』　講談社　一九七九年四月
『わが小林一三　清く正しく美しく』　河出書房新社　一九八三年一〇月。（一九八四年、第三十八回毎
日出版文化賞受賞。）／河出文庫　一九九一年二月
『まどさん』　新潮社　一九八五年一一月。（一九八六年、『童謡でてこい』などの著書や新しい童謡へ
の仕事に対して、第九回巖谷小波文芸賞を受賞。）／ちくま文庫　一九九三年四月
『戦友　歌につながる十の短篇』　文藝春秋　一九八六年一一月。（「文學界」一九八六年七月号に発表
した「海道東征」で、一九八七年、第六十四回川端康成文学賞受賞。この本に所収。）
『天山』　河出書房新社　一九八八年四月
『ノンキが来た　詩人・画家　宮崎丈二』　新潮社　一九八九年一〇月
『春の女王』　福武書店　一九九〇年一二月
『武者小路房子の場合』　新潮社　一九九一年九月
『菜の花さくら』　講談社　一九九二年二月
『ピーター・パン探し』　講談社　一九九九年三月
『庄野潤三ノート』　冬樹社　一九七五年五月

『燭台つきのピアノ』 人文書院 一九八一年六月
『受けたもの 伝えたいもの』 日本キリスト教団出版局 二〇〇三年九月
『童謡でてこい』 河出書房新社 一九八六年二月。（一九八六年、『まどさん』とともに第九回巌谷小波文芸賞受賞。）／河出文庫 一九九〇年一一月
『どれみそら――書いて創って歌って聴いて』 聞き手 工藤直子 河出書房新社 一九九五年一月
『童謡の天体』 新潮社 一九九六年一〇月
『讃美歌 こころの詩《うた》』 日本基督教団出版局 一九九八年一二月
『まどさんのうた』 童話屋 一九八九年一〇月。（一九八九年、第二十回赤い鳥文学賞特別賞受賞。）
『おお 宝塚! シャイ・ファーザー、娘を語る』 文藝春秋 一九九二年五月／文春文庫 一九九四年
『声の力 歌・語り・子ども』（河合隼雄他 共著） 岩波書店 二〇〇二年四月
編者・解説 『この道より 武者小路実篤詩華集』 小学館 一九九三年四月

三 童謡曲集・歌曲集（一部）他

『うたえバンバン ソロで、コーラスで 少年少女の歌』 音楽之友社 一九七三年一二月。（一九七四年、第四回日本童謡賞受賞）
『新現代 こどものうた名曲一〇〇選』（阪田寛夫／湯山昭編） 音楽之友社 一九七三年二月
『阪田寛夫の詩による幼児の歌 サッちゃん』 音楽之友社 一九七六年一〇月

『うたのほん　すき　すき　すき』　理論社　一九九九年五月
『童謡曲集　すてきな66のうた』（〈6の会〉共著）　カワイ出版　一九九二年八月
『歌曲集　魚とオレンジ』（中田喜直作曲）　音楽之友社　一九八五年五月
『混声合唱組曲　アビと漁師』（中田喜直作曲）　カワイ出版　一九七〇年六月
〈大中恩作曲の合唱曲集・歌曲集〉
『混声合唱組曲　青い木の実』　カワイ楽譜　一九七一年一一月
『女声合唱組曲　感傷的なうた』　カワイ楽譜　一九七二年三月
『混声合唱曲集V　草原の別れ』　カワイ出版　一九八三年一月
『混声合唱　煉瓦色の街――日日のわれらへのレクイエム』　カワイ出版　一九八七年一二月
『女声合唱組曲　草の津』　カワイ出版　一九九七年一二月
『歌曲集　はにかみ・はぎしり』　大中恩作品刊行会　一九九七年七月
『混声合唱組曲　ウェンズデー』　カワイ出版　一九九八年六月
『ソプラノのための歌曲集　イタリア組曲』　キックオフ　二〇〇一年九月
『バリトンのための歌曲集　…にについて』　キックオフ　二〇〇五年一二月
『歌曲　小品集』　全六曲　キックオフ　二〇〇五年一二月
『落語による男声合唱組曲　おとこはおとこ』　キックオフ　二〇〇六年
「おさの会　歌創り50年記念コンサート」（二〇〇一年九月二四日　於　東京国際フォーラム　ホールC）

が行われた際のパンフレットで、阪田寛夫は、「大中の『お』と阪田の『さ』の字をくっつけただけの『おさの会』というものが、どこかに存在して日本文化のために日夜研鑽しているわけではなくて、今日の会が終れば鳴りひびいた音と一緒にどこかへ消えて行きます。また何年後かにオとサがまだ生きていて、しかもまた何かやってみようよ、と言いだす元気が残っていない限り（言いだすのは大ていおの字の方ですが）跡形も無くなる会です。」と記し、大中恩は、阪田寛夫とともに創りあげた歌曲とミュージカルについて「ごあいさつ」で次のように語っている。

私共二人で創った最初のウタは、記録上では、混声合唱組曲「わたしの動物園」で、これを発表したのは一九五三年となっております。しかし実際には短篇として「こいうた」「熊にまたがり」「秋だで」などをチョコチョコと書いて、PFコール（コールMegの前身）で歌ったりしていました。それらの小品は、後に手を入れたり新曲を加えたりして、一九六一年に混声合唱組曲「熊の上の天使」として発表しました。男声合唱組曲「鳥獣虫魚」（一九六〇年）、混声合唱組曲「日曜学校のころ」（一九六二年）、女声合唱組曲「草と木のうた」（一九六二年）、男声合唱組曲「わが歳月」（一九六四年）、女声合唱組曲「遠い日のうた」（一九六五年）と、彼の私小説的な詩を独占して作曲しました。

文化庁芸術祭参加作品として初めて優秀賞を受賞したのが、〝日々のわれらへのレクイエム〟「煉瓦色の街」（一九六五年）ですが、同じような形式の混声合唱曲〝過ぎゆくものを悼む哀歌〟「駅にて」（一九六五年）両曲とも途切れるところの無い無伴奏の混声合唱曲です。つづいて男声合唱組曲「ぼく達の挨拶」（一九六六年）、落語による男声合唱組曲「おことはおとこ」（一九六六年）、混声合唱と女声合唱それにテナーの独唱のついた「青い木の実」（一九六九年）、女声合唱とテナーの独唱による「感傷的なうた」（一九七〇年）等、けっこう精力的に書いて来られたのも、コール Meg という私の作品だけを歌いつづけて三十年（一九五七年〜一九八七年）という合唱団の存在があったからこそと言えましょう。その間に、「ミュージカルを創りたいね——」という意欲を燃やしてちょっと張り切ったのが「世界が滅びる」（一九六三年　長山藍子主演）、「イシキリ」（一九六四年　市原悦子主演）、合唱ミュージカル「さよならかぐや姫」（一九六五年　水谷昌平指揮）、そもそも「おさの会」という名前が生まれたのが、ミュージカル創作のためのものだったのですが、経済力乏しく、いや、怠け者の故に、「鬼のいる二つの長い夕方」（一九七一年　成田絵智子・友竹正則主演）の発表後、ミュージカル創りは消えてしまいました。

「おさの会」は、「阪田寛夫　追悼コンサート」を次のように行っている。

○ **「おさの会　阪田寛夫を憶う　大中恩・阪田寛夫　歌曲の世界」**

二〇〇五年十二月四日（日）十四時開演／浜離宮朝日ホール

○ **「おさの会　阪田寛夫を憶う　大中恩・阪田寛夫　合唱曲の世界」**

二〇〇六年七月二十二日（土）十三時三十分開演／イイノホール

なお、ＤＶＤ『サッちゃん　作曲家・大中恩の世界』（紀伊國屋書店　二〇〇六年）が制作されている。

略年譜

＊『わが町』（講談社）・『夕日がせなかをおしてくる』（岩崎書店）・『阪田寛夫詩集』（角川春樹事務所）・「縦、横、前から鬱をみる」（吉岡済　兵庫医科大学　歯科・口腔外科学講座「同門会会報」12号）を参考に、新たに加筆して作成した。

一九二五年（大14）

十月十八日、大阪市住吉区天王寺町二二七九番地（現在の大阪市阿倍野区松崎町三丁目十六番八号）に、父素夫、母京の次男として生まれる。九歳の兄一夫、二歳の姉温子がおり、母方の祖母大中幹が離れに住んでいた。父は祖父恒四郎の後を継いで、大阪駅裏の上福島北一丁目にあった新聞インキ製造業阪田商会の社長であった。

一九三〇年（昭5）　五歳

南大阪組合教会付属幼稚園に入園。

一九三二年（昭7）　七歳

帝塚山学院小学部入学。担任は羽場尚夫。

一九三八年（昭13）　十三歳

大阪府立住吉中学校入学。

一九三九年（昭14）　十四歳

六月、南大阪教会で、大下角一牧師より受洗。

一九四三年（昭18）　十八歳

高知高等学校文科に入学。三浦朱門と同級で、二学期から南溟寮で同室になる。

一九四四年（昭19）　十九歳

勤労動員先、新浜市の住友化学の工場で入営通知を受け、九月に大阪歩兵部隊に入隊。一週間後に衡陽作戦追及部隊として釜山から鉄道で南京へ、さらに揚子口まで船でさかのぼったが、アメーバー性赤痢と胸膜炎で入院。

一九四五年（昭20）　二十歳

八月、満州（現在の中国東北地区）遼陽の陸軍病院で終戦の放送を聞く。ソ連軍、中共軍、国民軍の占領下の病院で炊事兵として勤務。

一九四六年（昭21）　二十一歳

六月、博多へ復員。学校の籍が東京大学文学部に移っており、七月、「美学科」へ復学手続きをする。同じ日、大中恩の合唱団に入る。

一九四九年（昭24）　二十四歳

四月、国史学科に転科。

一九五〇年（昭25）　二十五歳

十二月、三浦朱門、荒本孝一とともに、小説同人誌「新思潮」（第十五次　文京書院）創刊。

一九五一年（昭26）　二十六歳

九月下旬、卒業論文「明治初期プロテスタントの思想的立場」を書いて大学を卒業。吉田豊と結婚して、朝日放送大阪本社に就職。

一九五三年（昭28）　二十八歳

九月、長女啓子誕生。「新思潮」七号に小説「平城山」を、翌年十一号には「わたしの動物園」という題で詩六篇を発表し、文学活動本格化。

一九五五年（昭30）　三十歳

「ABC子どもの歌」という創作童謡の番組を企画。九月から放送開始。

一九五六年（昭31）　三十一歳

朝日放送東京支社に転勤。東京都中野区野方に住む。八月、次女なつめ誕生。ろばの会に参加。

一九五七年（昭32）　三十二歳

四月、神奈川県藤沢市鵠沼に転居。十一月、東京都練馬区江古田に転居。

一九五八年（昭33）　三十三歳

八月、東京都中野区鷺宮（現白鷺）に転居。

一九五九年（昭34）　三十四歳

三月、祖母幹死去（八十八歳）。六月　大阪の実家が近畿日本鉄道株式会社に売却。両親は、奈良市学園町に転居。十月、大中恩の依頼で最初の童謡「サッちゃん」「いちばんたかいは」を作詞。
十一月、放送劇「花岡山旗挙げ」執筆。

一九六一年（昭36）　三十六歳
管理職になる。九月、父素夫死去（七十二歳）。
母は大阪クリスチャンセンターの離れに住む。

一九六二年（昭37）　三十七歳
一月、朝日放送大阪本社に転勤。文芸教養デスクとして、芸術祭参加放送劇（安部公房作「吼えろ」＝文部大臣賞受賞）と民放祭参加放送劇（土井行夫作「お婆さんと七千匹の仏たち」＝金賞受賞）の制作を最後に、退職を決意。

一九六三年（昭38）　三十八歳
朝日放送退職。五月、〈6の会〉結成。作家生活に入り童謡・詩・小説・TVドラマなど執筆。

一九六七年（昭42）　四十二歳
一月、「音楽入門」が第五十六回芥川賞の候補作になる。二月より一ヶ月間ヨーロッパとアメリカ、カナダを廻り、八月より「国際コムプレックス旅行」を連載。五月、岳父吉田長祥死去。

一九六八年（昭43）　四十三歳
放送劇「花子の旅行」で久保田万太郎賞受賞。

一九六九年（昭44）　四十四歳
一月、『わが町』が第六十回直木賞候補作になる。

一九七〇年（昭45）　四十五歳
四月、遠藤周作に同行してイスラエルへ旅行。

一九七三年（昭48）　四十八歳
七月、母京死去（八十一歳）。

一九七四年（昭49）　四十九歳
『うたえばんばん』で第四回日本童謡賞受賞。

一九七五年（昭50）　五十歳
一月、「土の器」で第七十二回芥川賞受賞。

一九七六年（昭51）　五十一歳
六月、『サッちゃん』で第六回日本童謡賞受賞。
野尻湖畔の山小屋で仕事をし、影山譲牧師と交流。

一九八〇年（昭55）　五十五歳
十月、『トラジイちゃんの冒険』で第十八回野間児童文芸賞受賞。『夕方のにおい』で第一回赤い靴児童文化大賞受賞。

一九八四年（昭59）　五十九歳
『わが小林一三』で第三十八回毎日出版文化賞受賞。『ちさとじいたん』で第七回絵本にっぽん賞大賞受賞。心筋梗塞を起こしかけて散歩を始める。

一九八六年（昭61）　六十一歳
童謡の仕事に対し第九回巖谷小波文芸賞受賞。

一九八七年（昭62）　六十二歳
「海道東征」で第六十四回川端康成文学賞受賞。

一九八八年（昭63）　六十三歳
六月、第四十五回日本芸術院恩賜賞受賞。

一九八九年（平元）　六十四歳
『まどさんのうた』で赤い鳥文学賞特別賞受賞。

一九九〇年（平2）　六十五歳
日本芸術院会員となる。

一九九二年（平4）　六十七歳
三月より六月までロンドン、スコットランドを訪れる。九月、ベルリン日独センターで講演。

一九九五年（平7）　七十歳
一月、兄一夫死去（七十八歳）。十一月、修復された燭台つきのピアノを工藤直子邸に寄贈。

二〇〇一年（平13）　七十六歳
九月、おさの会「歌創り50年記念コンサート」。

二〇〇二年（平14）　七十七歳
二月から十回にわたる日本財団ミニコンサート「童謡の天体　～お話と歌でたどる童謡唱歌史」。

二〇〇三年（平15）　七十八歳
十二月、最初の入院。遺稿となる「鬱の髄から天井のぞく」という題の七篇の詩――「父の死」「今年六月」「延命パイプ（母の死）」「六月二十一日（鬱のはじまり）」「おじさん・おばさん」「兄が死ぬ時」「鬱の髄から天井みれば」を、入院直前に執筆。

二〇〇四年（平16）　七十九歳
三月に一時回復。入退院を繰り返した後、十月から療養型病院へ転院。十二月、遺稿となる詩七篇を「群像」編集長に渡す。

二〇〇五年（平17）
三月二十二日八時四分死去（七十九歳）。
五月、富士霊園に納骨。「群像」に遺稿掲載。

文学散歩地図

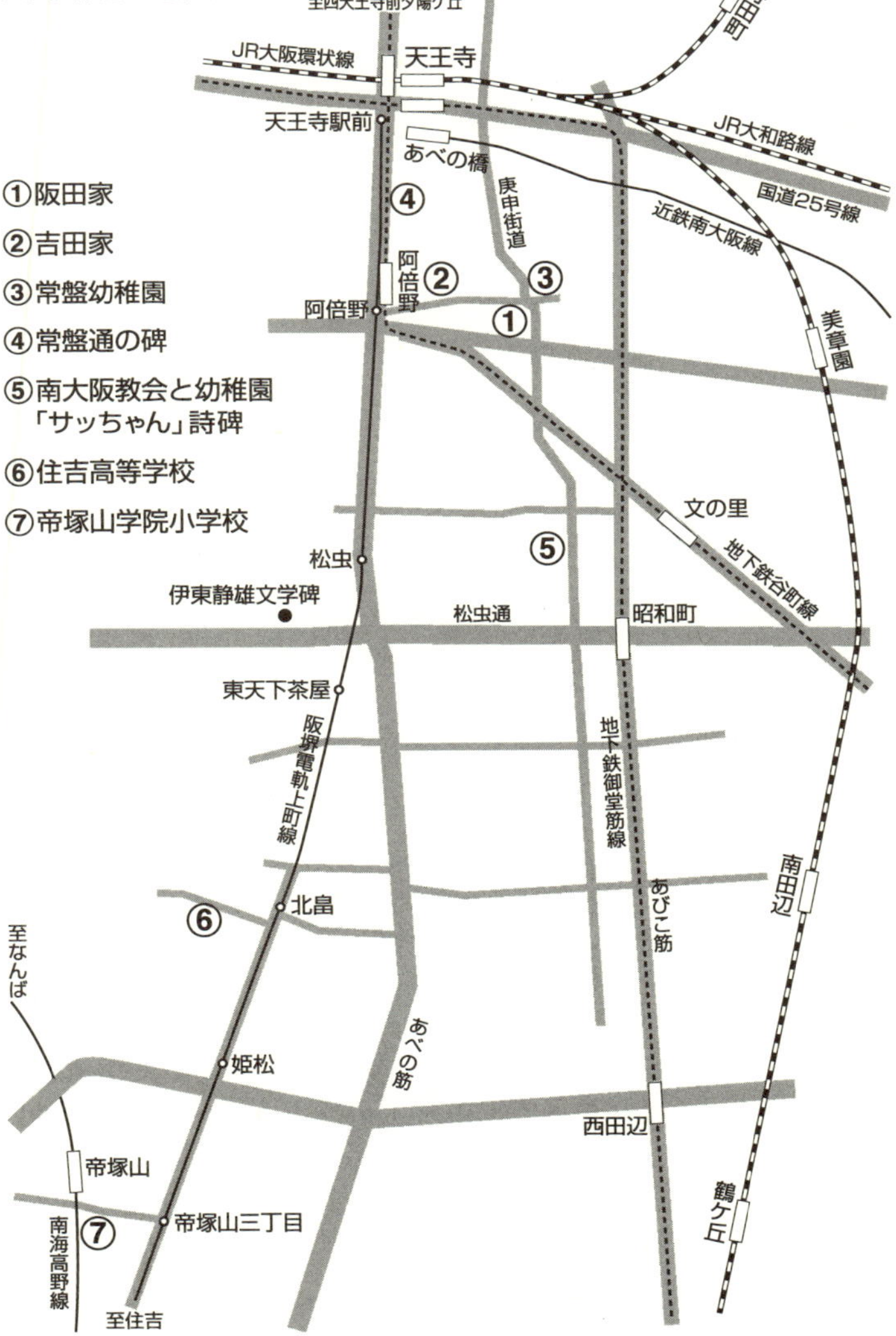
①阪田家
②吉田家
③常盤幼稚園
④常盤通の碑
⑤南大阪教会と幼稚園
「サッちゃん」詩碑
⑥住吉高等学校
⑦帝塚山学院小学校
至四天王寺
至四天王寺前夕陽ケ丘
JR大阪環状線
天王寺
寺田町
天王寺駅前
JR大和路線
あべの橋
国道25号線
近鉄南大阪線
庚申街道
阿倍野
美章園
文の里
地下鉄谷町線
松虫
伊東静雄文学碑
松虫通
昭和町
東天下茶屋
阪堺電軌上町線
地下鉄御堂筋線
あびこ筋
北畠
南田辺
至なんば
あべの筋
姫松
西田辺
帝塚山
帝塚山三丁目
鶴ケ丘
南海高野線
至住吉

あとがき

阪田寛夫氏に初めてお会いしたのは一九八五年の秋、大阪で現代詩の講演会が行われた時である。対談形式であったが、相手の問いに答える度に、汗を拭って俯いておられたのが印象に残っている。本当に〝含羞〟の詩人であった。阿川弘之氏は、「『サッちゃん』の作者逝く」（『文藝春秋』二〇〇五年六月号）で次のように語っている。「六十四歳の時、日本芸術員の会員に選出されたが、これが亦心の重荷になつて、悶々の末、最晩年『どう考へても自分にはその資格が無いから』と、辞任願ひを芸術院に提出し、責任者の三浦朱門をあわてさせた。辞めれば当然、芸術員会員の年金も来なくなる。収入の乏しい、夫婦揃つて病気勝ちな友の為、これを握りつぶすか、取り下げるやう口説くか、三浦は相当苦労したはずである。」阪田氏のお人柄がよく窺えるエピソードである。

阪田氏は、私が着手していた〈まど・みちお研究〉の先達であり、梅花学園学園歌の作詞者である。従妹の阪田蓉子氏（図書館学）が一九八四年に、私と同時期に梅花女子大学に就職したこともあって、阪田氏への親近感を強めた。そして、まど氏とは対照的な阪田氏の作品世界が、現代児童文学にどのような新しさをもたらしたのかを探りたいと思うようになった。最初に書いたのは第一章で、原題は「阪田寛夫論――闇を劈《ひら》く光」である。阪田氏は拙文をお送りする度に丁寧なお返事を下さったが、この論考に対しても、「当人が書いてしまった具体的な作品の一部を例示して論議を進める方法で、存在を根こそぎ洗い上げられた事は初めての体験でして、参りましたと白旗を上げながら読み進み読み終えて、汗を拭きました。」（一九九四年四月一日）という葉書を、速達で下さった。万年筆の青いインクが少し滲んだ所のある、「もじが／こぼれて／おっこちそう」（まど・みちお）な葉書を、もういただけないのが残念である。大切な卒業論文を貸して下さり、様々な資料やご教示を下さったいまは亡き阪田寛夫氏に、追悼と深い感謝の念を捧げます。

本書は、これまで発表してきた論考を中心に一部加筆修正し、第三章と第七章を新しく書き加えて一書と成した。初出誌は、第一章・第四章・第五章・第六章三はいずれも『梅花女子大学 文学部紀要』の、28（一九九三年）・32（一九九八年）・34（二〇〇〇年）・35（二〇〇一年）、第二章は『児童文学研究』第27号（日本児童文学学会　一九九四年）、第六章一・二は『梅花児童文学』第九号（二〇〇一年）。芥川賞作家で童謡「サッちゃん」の作詞者でもある阪田寛夫氏の、最初の本格的な作家作品論である。が、児童文学を中心としているため、小説（特に評伝小説には優れた作品が多い）の研究が不十分であり、戯曲・歌曲・宝塚に関わる仕事などについても言及できなかった。今後の課題としたい。引用した文章は必要な場合を除いて、ルビを省略し、旧漢字を新字に改めた。敬称は省略させていただいた。本文中の不備な点や誤りなどについては、ご教示いただければ幸いである。

本書をまとめるに当たり、貴重な写真や資料の使用をお許し下さった著作権者の内藤啓子氏、阪田豊氏、大浦みずき氏に、心より御礼申し上げます。

表紙カバーと扉を、まど・みちお氏の絵で飾ることができ、阪田氏も喜んで下さっていることと思う。まど氏は、「表紙に『五月の風』ご使用のこと、私は有難くほこらしく思いますが、阪田さんが喜んで下さると嬉しいのですが……」と、筆者宛書簡に書いておられた。絵の使用をお許し下さった、まど・みちお氏と周南市美術博物館に深く感謝致します。

多くの方々や諸機関から、写真・資料の提供やご教示とご協力をいただきました。記して深く感謝致します。

大中恩氏、河野温子氏、阪田蓉子氏、内山繁氏と『サライ』(小学館)編集部、平野重男氏、笠井秋生氏、遠藤トモ氏、川口京子氏、平井裕子氏、柏岡富英氏、阿部喜兵衛氏、彭佳紅氏、迫田茂行氏、岩橋常久氏と南大阪教会、松﨑泰二郎氏、吉岡済氏、佐藤慶次郎氏、橋本淳氏、向川幹雄氏と大阪国際児童文学館、サカタインクス株式会社、神奈川近代文学館、阿倍野区役所、梅花学園資料室。

なお、平井裕子氏には、第三章の丹念な校正をしていただきました。原稿の印字に当たっては梅花女子大学児童文学科卒業生の、仙田まどかさん、岡英美さん、氷室真理子さんの協力を得ました。

最後になりましたが、本書の出版を引き受け、ご助言を下さった和泉書院社長の廣橋研三氏に、心より御礼申し上げます。本書は、梅花学園出版助成金を得て刊行されたものです。

二〇〇七年二月

著　者

著者略歴

谷　悦子（たに　えつこ）

1944年　徳島県生まれ
1976年　大阪教育大学大学院修了
現　在　梅花女子大学教授
著　書　『新美南吉童話の研究』（くろしお出版）
『まど・みちお　詩と童謡』（創元社）
『まど・みちお　研究と資料』（和泉書院）

阪田寛夫の世界　　和泉選書　155

2007年３月31日　初版第一刷発行

著　者　谷　悦子
発行者　廣橋研三
発行所　和泉書院
〒543-0002　大阪市天王寺区上汐５－３－８
電話06-6771-1467／振替00970-8-15043
印刷・製本 大村印刷／ブックデザイン 森本良成／JASRAC 出0703410-701

ISBN978-4-7576-0404-9　C0395　定価はカバーに表示